書下ろし

長編時代小説

初《うい》 陣《じん》

密命・霜《そう》夜《や》炎《ほむら》返し

佐伯泰英

祥伝社文庫

目次

『密命』主な登場人物

金杉惣三郎

元豊後相良藩二万石徒士組。
五十三石深井家より御右筆方
百十石の金杉家婿養子に。
直心影流綾川道場に学び、
寒月霞斬りを体得。
故あって現在は市井に暮らし、
荒神屋にて帳付けを務める。

しの
結衣（二女）

前妻 あやめ（死去）
清之助（長男）
みわ（長女）

◇荒神屋（火事場始末御用）
喜八（主人）
松造（小頭）

◇冠阿弥（札差）
膳兵衛
一人娘・お杏は纏持ちの登五郎と再婚、
二人合わせて芝鳶の養子となる。

◇芝鳶（め組）
辰吉
つや
登五郎とお杏の間に長男半次郎誕生。

◇南町奉行
大岡越前守忠相
西村桐十郎（同心）
花火の房之助（岡っ引き）

◇豊後相良藩
斎木高玖（当主）

第一章　鎌倉剣難旅

一

享保《きょうほう》六年（一七二一）の夏、幕府は大名、旗本などに対して所領地内の人口、田畑の反《たん》数を調べて勘定所に提出するように命じた。

日本で初めての人口・農地調べである。

この結果、江戸の町人人口は五十万一三九四人であることが分かった。

この後、子《ね》年と午《うま》年の六年ごとに行なわれるようになって「子午《しご》の調査」と呼ばれるようになる。

さらに財政の再建と勘定所の機構改革に着手し、公事《くじ》方と勝手《かって》方に分掌することにした。激増する訴訟に忙殺されていた勝手方は訴訟から解放されて、財政優先に立ち向かうことができるようになった。

将軍吉宗《よしむね》はこの八月にも江戸城竜《たつ》の口《くち》評定所前に目安箱を設置して、将軍に直訴したいものは、訴状に住所や氏名を明記したうえに封をして投函する制度を作った。

　享保の改革への批判や不満を直接受け止めようとする吉宗の考えであった。

　この投書制度を利用して、小石川伝通院《こいしかわでんづういん》に住む町医者小川笙船《しょうせん》が貧困者や身寄りのない者のための施療院開設を提案し、これが小石川療養所として誕生する切っ掛けになった。

　吉宗の下《もと》、次々に改革が提案され、その中のあるものは実施に移された。

　そんな慌《あわ》ただしい初夏のある日、吉宗は老中水野和泉守忠之《みずのいずみのかみただゆき》と南町奉行大岡越前守忠相《おおおかえちぜんのかみただすけ》の二人を呼んだ。

「和泉、越前、ちと相談じゃ」

　二人とも吉宗が将軍に就《つ》いて抜擢《ばってき》した人物であった。

　水野忠之について記しておこう。

　家康《いえやす》の生母伝通院の父親が水野忠政《ただまさ》、その四男が忠之の先祖にあたる。

　名門である。

　元禄《げんろく》十二年（一六九九）、旗本であった忠之は兄忠盈《ただみつ》の遺領を継いで、三河岡崎《みかわおかざき》藩五万石の大名となった。

　二年後の三月十四日、浅野内匠頭《あさのたくみのかみ》が吉良上野介《きらこうずけのすけ》に城中で刃傷《にんじょう》に及ぶ出来事が起こった。

　このとき、忠之は幕府の意を受けて浅野家に出向き、家臣らが騒動に及ばぬように警告する使いを無事に果たした。この関わりもあって、大石内蔵助《おおいしくらのすけ》ら四十七士が本懐を遂げたあと、神崎与《かんざきよ》五郎《ごろう》ら九人を預かり、忠之は切腹まで見届けていた。

奏者番《そうじゃばん》、若年寄、京都所司代を経て、享保二年に老中に昇進した。

吉宗の周りに「援立の臣」とよばれる井上正岑《まさみね》、土屋正直《つちやまさなお》、久世重之《くぜしげゆき》、阿部正喬《あべまさたか》、戸田忠真《ただざね》と五人の老中がいた。が、「正徳《しょうとく》の治」の折りには新井白石《あらいはくせき》に頭を抑《おさ》えられていた凡庸《ぼんよう》な老中ばかりだ。

吉宗はただ一人抜擢した忠之に、

「国用のこと奉《たてまつ》るべき旨《むね》……」

を期待した。

国用とは国家財政、つまりは収税、賦役《ふえき》、金穀出納、旗本領地の分割、禄米《ろくまい》支給、貨幣鋳造、橋梁普請など幕府の一切の出費入費の扱いである。

吉宗は、所司代時代に近衛基熙《このえもとひろ》から、

「この人、只《ただ》の人にあらず、最も聡明にして他に類なし」

と評された人物に幕府の財政再建の期待をかけた。

それだけに金銭には厳しく、若年寄時代には料理人のまな板新調にまで口をはさんだといわれた。

ともあれ、吉宗の寵愛の臣二人が将軍の前に緊張の面持ちで畏《かしこ》まった。

「幕府が誕生して早や百十八年、戦乱の時代遠くに去り、武士《もののふ》は本分たる武術の稽古《けいこ》精進を忘れて軟弱に堕した。近ごろでは細身の刀を差すのが流行というではないか、忠相」

と名指しされて、忠相は、

「いかにもさようにございます」

と相槌《あいづち》を打ちながら、吉宗の下問の真意がどこにあるのか考えを巡《めぐ》らした。だが、どうしても思いあたらない。

吉宗はそれを楽しむように見ていたが、

「赤穂《あこう》の四十七士が今も歌舞伎芝居で持てはやされるのは武に訴え、意地を貫《つらぬ》いたからである」

「上様、それはあまりにはばかりの多きお言葉……」

武士の意地を貫き、仇《あだ》を討つことを将軍吉宗が支持したとなれば、幕府の沙汰《さた》にも反するし、またそれは似たような事件の誘発を喚起するやもしれぬと心配した忠之が口をはさんだ。

「忠之、人というものは失ったものに愛着を抱くものじゃ。大名諸侯も旗本八万騎も戦国の気概を失った……」

と紀州《き》の暴れん坊であった吉宗は水野を名で呼んで言い切った。

「そこでじゃ、余は享保の世に剣者第一を決める剣術大会を催《もよお》して、武士の本義を呼び起こそうかと思う」

吉宗が二人を見た。

忠之は、幕府にとって武術奨励がどのような事態を引き起こすか考えていた。

旗本御家人が武術の鍛練に精進することは悪いことではない。

だが、大名諸侯が武術を奨励し、ひいては戦力を高めるとき、徳川幕府への謀反《むほん》など考えられないか、そのことを危惧《きぐ》したのだ。

「忠相、どうだな」

「誠に時宜《じぎ》を得た武芸奨励策かと考えます。治にあって乱を忘れず、武術がおろそかにされる時代は危険にございます」

「世に隠れた人材もおろう。その者たちに光をあてるのも余の務《つと》めじゃ」

「尤《もっと》も至極にございます」

忠相は吉宗らしき考えかと思った。

「上様が主催なさる剣術試合にございますか」

となれば日本諸国が沸《わ》くことは必定《ひつじょう》だった。

「どうしたものか、そこが相談じゃ」

二人は吉宗を正視した。

「余が音頭をとったとなれば、三百大名諸侯に旗本どもをいたずらに煽《あお》り立てることになろう。その結果、無益な犠牲者が出ることになるやもしれぬ。それは吉宗の本意ではない。そこでじゃ、忠之、そなたが中心になって剣術界の古老たちの知恵を借り、考えをまとめよ」

「ははっ」

忠之は承《うけたまわ》った。

「忠相、そなたは和泉を助けよ」

「はっ」

と畏まった忠相は、

「上様、お尋ね申します。その規模は日本諸国津々浦々に隠れた人材を探し、武術を奨励するための剣術試合と考えてようございますな」

「さよう、享保の天下第一の剣士の栄となれば、数多《あまた》の剣士も稽古精進の励みも張りも出よう」

「参加の資格にございまするが、大名家家臣、旗本子弟、浪々の剣術家、浪人を含めてもようございますか」

「天下第一の剣者に幕臣、陪臣、浪人の分け隔てがあってはなるまい」

「となりますれば、大変に手間が予測され、多数の参加者が推測されまする」

「そこをなんとか知恵を絞り、参加を望む者に均等の機会を与えよと申しておる」

「上様、そうなれば、人選など準備に年余の時が必要かと考えます」

「ならぬ。想は迅速《じんそく》をもって第一と致す。年内に見たいものじゃな」

吉宗自らが上覧すると言い切った。

　忠之と忠相は顔を見合わせた。

　忠相がなんとか考えませねばという顔で忠之に小さく頷《うなず》いた。

「忠相、金杉惣三郎《かなすぎそうざぶろう》はどうしておる」

　吉宗がふいに惣三郎の名を上げて尋ねた。

「健在にございます」

　吉宗の頭には剣士金杉惣三郎があったのか。

「あの者の腕前、いま一度見たいものじゃ」

「上様、金杉惣三郎が剣術試合に出ること、ちと差し障《さわ》りがあろうかと思います」

「なぜか」

「第一、金杉惣三郎は上様を密《ひそ》やかにお護《まも》りする最後の砦《とりで》にございます。隠れた人材を発掘する、この度《たび》の剣術試合に敢《あ》えて出す理由もございますまい」

大岡忠相は、金杉惣三郎の名は密かに江戸の剣術界に知られていると言っていた。

それに忠相は尾張《おわり》の継友《つぐとも》、宗春《むねはる》兄弟との暗闘は幕を下ろしたわけではないと考えていた。そのときのためにこそ、金杉惣三郎の力が必要になるのだ。

「いかぬか」

「金杉惣三郎の技量をご覧になる機会は別にござりましょう」

「仕方ないか、忠相」

「世には名もなき剣士が必ずや潜《ひそ》んでおりましょう。その者たちに光をあてることこそ、上様のお考えに添うものか、と越前考えまする」

「なれば金杉をこたびの企《くわだ》てに加えよ」

吉宗は命じると、

「忠之、忠相、年の内にな、天下第一の剣士の技を見たいものである」

と再び念を押した。

この年の五月、金杉惣三郎としの夫婦に娘のみわと結衣《ゆい》の四人は鎌倉《かまくら》、江ノ島見物の旅に江戸を発《た》った。

はじめ、惣三郎は鹿島《かしま》で剣術の修行をする清之助《せいのすけ》のもとを訪ねようかと考えていた。

清之助の師匠の鹿島諸流の長老米津寛兵衛《よねつかんべえ》に、

「ときに鹿島に教えに来てくだされ」

と度々懇願されたこともあり、清之助の成長の度合いを確かめたいという思いもあって、鹿島行きを考え、仕事先の火事場始末荒神屋《こうじんや》の主《あるじ》、喜八《きはち》にしばらくの休みの許しを受けていた。

その矢先、鹿島から飛脚便が来た。

米津寛兵衛先生の弟弟子の、出羽米沢《でわよねざわ》藩士土岐貴三郎《とききさぶろう》が急逝《きゅうせい》したとか。寛兵衛の供で清之助は急に米沢へ葬儀に行くことになったと知らせてきた。

惣三郎は張り切っていただけにがっかりした。

その様子を見た喜八が、

「金杉さん、よい機会だ。この際、しの様孝行娘孝行だ。どこぞに旅をされてきたら」

と勧めてくれた。

惣三郎は大川の流れを見ながら、しばらく考えた。

しのを連れて行きたいところはあった。また、その地なら惣三郎もぜひ訪ねてみたい刀工がいた。

（この二つの懸案を達するためにも行くか）

と決心した。

その夜、惣三郎の旅の提案に、

「行きましょう、行きましょう」

「兄上も旅をなされているのです、私たちも負けずに参りましょう」

とみわと結衣が一も二もなく賛成した。

「おまえ様、どこへ参るというのですか」

「しの、鎌倉に行く」

「鎌倉でございますか」

「おお、そなたの両親の縁《ゆかり》の地にな」

しのがはっとしたように頷き、瞼《まぶた》を潤《うる》ませた。

鎌倉は寺村重左ヱ門《てらむらじゅうざえもん》とその囲い者だったしのの母が一度だけ一緒に旅した地であった。

「いや、それがしも訪ねたきところがあってな」

そんな会話のあと、鎌倉江ノ島見物の旅が行なわれることになったのだ。

一夜目、江戸日本橋から八里半の程《ほど》ケ谷《や》泊まりだ。

二日目には武州《ぶ》と相州《そう》境の権太《ごんた》坂、境木立場《さかいきたてば》を越えて戸塚《とつか》宿に入り、そこで東海道を離れて、三里先の鎌倉に向かう古道に入った。

昼過ぎには鎌倉街道から鎌倉五山の第二位に列する臨済《りんざい》宗円覚《えんがく》寺、第一位の巨福《こふく》山建長《けんちょう》寺の二寺を見物した。

二寺ともに牡丹《ぼたん》が真っ盛り、目にあでやかであった。

さらに巨福呂坂《こぶくろ》を抜け、雪下若宮小路《ゆきのしたわかみや》から鶴岡《つるがおか》八幡宮に回った。

一之鳥居から真っ直ぐに南に伸びた参道に旧暦仲夏の光が満ちていた。

少し潮の匂《にお》いが風に混じるのは若宮大路、琵琶《びわ》大路の先に由比《ゆい》ケ浜《はま》が広がっているせいだろう。

「これが源《みなもとのよりとも》頼朝様ゆかりの鶴岡八幡宮にございますか」

一之鳥居を見上げたしのは感慨深げに菅笠《すげがさ》の下の、額《ひたい》の汗を手拭《てぬぐ》いで拭った。

「お山の若緑を配してなんとも清々《すがすが》しいな」

惣三郎も視線を小高い山に広がる神域に移した。

鶴岡八幡宮は康平《こうへい》六年（一〇六三）、鎮守府《ちんじゅふ》将軍源頼義《よりよし》が陸奥《むつ》の安倍貞任《あべのさだとう》・宗任《むねとう》を倒したのは神徳によるとして、石清水《いわしみず》八幡宮を由比郷に勧請《かんじょう》したのが始まりとされる。

治承《じしょう》四年（一一八〇）には源頼朝が鎌倉に入ると、小林郷北山に新たに社殿を造営して、由比から遷座した。

さらに頼朝は源平池、若宮大路を造って八幡宮としての偉容を整えた。

惣三郎ら四人は一息つくと一之鳥居を潜って段葛《だんかずら》の参道に入った。段葛とは頼朝が北条政子《ほうじょうまさこ》の安産祈願に葛石を敷いて造った参道のことだ。

源平池に架かる赤橋をみわと結衣が渡るのを見ながら、

「やはり旅はよいものですね」

しのが惣三郎を振り見た。

「これで清之助がいれば一家が揃《そろ》いましたのに」

「清之助はわれらの手を離れた倅《せがれ》だ、仕方あるまい」

「さよう申されても子はいつまでも子にございます」

「ならば、武門の棟《とう》梁《りょう》の源氏が敬《うやま》われた八幡様に清之助の武運を祈ろうか」

「清之助の前にあなたの武運長久が先にございますよ」

仁王門を潜って下宮などを参詣《さんけい》した。

いよいよ上宮への石段が立ち塞《ふさ》がっていた。

石段の途中に銀杏《いちょう》の大樹があった。

青葉が夕暮れの光に陰影を見せて、風にそよいでいた。

「みわ、結衣、ここが右大臣源実朝《さねとも》様が刺されたところだそうな」

頼朝の二男、母は北条政子である。

右大臣就任の拝賀の式典を終えた鎌倉幕府三代将軍源実朝は承久《じょうきゅう》元年（一二一九）一月二十七日、雪の参道で、甥《おい》であり同宮別当の公暁《くぎょう》に、

「親の仇はかく討つぞ！」

と叫びかけられ、暗殺された。

その背景には一族内の複雑な実権争いが介在していた。

大木の下に立てられた銘板の説明を読んだ惣三郎が女たちに言った。

「なんとまあ……」

と呟《つぶや》いたしのが銀杏に向かって合掌した。

四人が口を濯《すす》ぎ、手を清めて本殿にお参りした。しのは、両親の菩提《ぼだい》を弔《とむら》ったような清々しい気持ちになった。

本宮のお参りをした四人はさらに若宮へと回った。若宮は寛永《かんえい》元年（一六二四）に秀忠《ひでただ》が造営したものだ。

惣三郎《ろう》は石畳の上に正座して、若宮に参る一人の武士を見かけた。黒蠟の鞘《さや》の塗りがところどころ剝《は》げた大小が膝《ひざ》の前に揃えてあった。

武者修行か。

武運を祈願しているのであろう。

身に纏《まと》った単衣《ひとえ》も道中袴《ばかま》の裾《すそ》がほつれて、色あせていた。無精髭《ぶしょうひげ》に覆《おお》われた顔は精悍《せいかん》にも陽光に焼けていた。

年の頃は三十三、四であろうか。

風雪に耐えた相貌《そうぼう》と物腰は、武士がなかなかの腕前であることを物語っていた。

四人はその人物のお参りが終わるのを待った。

口の中で最後になにかを念じた武士が礼拝して立ち上がった。

惣三郎と目が合った。

「お待ちになられましたか。ご無礼を致したな」

当惑の顔は意外と若かった。

「なんのなんの。こちらは物見遊山《ものみゆさん》にござれば、ご懸念無用にござる」

惣三郎が応じた。

会釈《えしやく》をした武士は裏手の山へと入っていった。

「父上、これからどちらへ回られますか」

石段まで戻ってきたとき、結衣が聞いた。

「鎌倉は見物するところも多い。明日一日とってある。今日は武門の神様にお参りしたところで旅籠《はたご》に入ろうか」

しのが足を引きずっているのを承知していた惣三郎が言い、みわが、

「やれやれ、これで父上が大仏様の見物に回ると言われぬかと私も結衣も心配しておりました」

と正直な言葉を漏らした。

「ならば、冠阿弥《かんあみ》様がご紹介の旅籠に参ろう」

惣三郎らが鎌倉見物に出ると聞いため組のお杏《きよう》が、

「半次郎《はんじろう》がもう少し大ききゃあ、一緒に行くのだけどな」

と残念がり、

「鎌倉に行くのなら、うちの馴染《なじ》みの宿があるわ」

と実家の札差《ふださし》冠阿弥が使うという旅籠を紹介してくれたのだ。

四人は若宮大路と琵琶大路の境にある旅籠さがみ屋の前に立った。

玄関先に水が打たれ、提灯《ちようちん》が点《とも》された構えはなかなか堂々とした旅亭である。

「さすがに冠阿弥様が馴染みの旅籠、われらにはちと敷居が高いな」

と迷う惣三郎らの前に番頭が出てきて、

「もしや江戸から参られた金杉惣三郎様のご一家ではありませぬか」

と聞いてきた。

「いかにも金杉だが」

「冠阿弥のお嬢様からも大番頭の忠蔵《ちゆうぞう》様からもお知らせを頂いておりましてな、お待ちしておりました。ささっ、こちらへ……」

番頭が四人を切石が敷き詰められた広い玄関へと導き、

「お四方が着かれましたよ。濯ぎの水を持ってきてくだされ」

と奥へ呼び掛けた。

「正直、われら家族が泊まれるお宿ではないが、これも後学のためだ。世話になろう」

惣三郎が懐《ふところ》具合を気にしながらも覚悟を決めて、しのに言った。

足を濯いで二階に通された部屋は、若宮と琵琶の二つの大路を見下ろす続き部屋であった。

しのらが旅の荷を片付け終えたところに、初老の宿の主さがみ屋利兵衛《りへえ》が挨拶《あいさつ》に来た。

「本日は程ケ谷宿から来られましたか、さぞお疲れでございましたでしょう」

「ご主人、世話になる」

「お任せくだされ。金杉様のご一家が鎌倉に滞在の間はしっかりと世話をせよと、冠阿弥様からの命でございますのでな」

利兵衛は冠阿弥の膳兵衛《ぜんべえ》とも、め組の頭取《かしら》とも懇意な間柄、

「大船に乗った気で滞在してくだされ」

と丁寧《ていねい》な挨拶を受けた。

二

翌朝、目を覚ました惣三郎の胃にはまだ夕べの酒が残っていた。

そこで名にしおう由比ケ浜に散策にと独り寝床を抜け出した。

着流しの帯に脇差河内守国助《かわちのかみくにすけ》だけをたばさむ軽装で部屋を出ると階段を降りた。

「おはようございます」

不寝番の手代が、

「お散歩にございますか」

と下駄《げた》を揃えてくれた。

「由比ケ浜を見てみたくてな」

「ぜひ朝ぼらけの海をご覧になってください」

と言う手代に送られて、琵琶大路に出た。

さがみ屋から琵琶大路を下り、琵琶橋を渡って大鳥居を潜れば由比ケ浜だ。

折しも鎌倉の山の端《は》から陽が昇り、潮騒の中、由比ケ浜から稲村《いなむら》ケ崎《さき》、さらには江ノ島、相模

湾が遠望された。

惣三郎は浜に下りた。

下駄が砂に埋もれた。

波打ち際まで行って、相模湾の向こうに見える富士を仰《あお》ぎ見た。

なんとも清々しい気持ちで惣三郎は、霊峰に向かって合掌して頭を下げた。

漁師船が白帆を膨《ふく》らませて湊《みなと》に戻ろうとしていた。

波の音までが新鮮に響く。

「待て、棟方新左衛門《むなかたしんざえもん》！」

「師匠の仇、討つ！」

穏やかな海岸に怒声が混じった。

惣三郎が振り向くと一人の侍が砂浜に駆け下り、それを七人の男たちが追いすがって取り囲んだ。

七人の道中支度《じたく》や持ち物から見て、どこぞの大名家の家臣と推測された。

取り囲まれたと見たのは惣三郎の誤りであった。

侍は戦いの場を海岸に選んだようだ。

（あの者か……）

昨日、鶴岡八幡宮で見かけた武芸者であった。

「津軽卜伝流《つがるぼくでん》棟方新左衛門、そなた様らに追い回されるいわれはございません」

七人に囲まれながら棟方と名乗った武士は落ち着き払っていた。

津軽卜伝流の元々は関東諸流の源、鹿島の神伝の刀術から出た塚原《つかはら》卜伝高幹《たかもと》流祖の新当《しんとう》流だ。新当流は諸国に伝わり、様々な流派に少なからず影響を与えた。

卜伝十六代の田中武平《たなかぶへい》が津軽に入り、棟方一族に伝えたとされる。新左衛門もおそらくその後継であろう。

本家の新当流が長剣を推奨したのに反して、卜伝流は二尺三寸の定寸を使った。

その稽古は、薩摩《さつま》の示現《じげん》流のように地中に立てた五尺の柱を歯引きした真剣で打ち込む稽古である。

「われら、濃州《のう》高須《たかす》城下の平沢道三郎《ひらさわみちさぶろう》先生の門弟である。江戸藩邸に参る途次、そなたを藤沢《ふじさわ》宿で見かけたは、天の助けである」

「われら、平沢先生の門弟七人、先生の無念を晴らす」

七人のうち、上役と思える二人が決闘の趣旨を告げた。

羽織を脱いで、刀の下緒《さげお》で襷《たすき》にかけた。

七人の目がちらりと鎌倉の町に向けられた。

惣三郎は視線の先に、仲間が二人ばかり立ってこちらの様子を窺《うかが》っているのを見た。

新左衛門もそれを確かめ、

「確かに高須城下にて平沢先生とお手合わせ致し、それがしが勝ちを得ました。それは尋常の立ち会い、そなた様方も承知のはず……」

と言った。

「黙れ！　師匠を討たれ、おめおめとそなたを見逃したとあっては神道一刀流《しんとういっとう》の名折れ、恥辱《ちじょく》である。そなたを討ち果たして師匠の無念を雪《そそ》ぐ」

七人が抜刀した。

棟方新左衛門は、

「仕方なし、お相手致す」

とあくまで静かに言った。

「待たれよ」

惣三郎が闘争の輪に近付いて声をかけた。

棟方も七人も惣三郎を振り見た。

「それがし、旅の者にござる。お手前方の言い分、聞き及んだ。だが、棟方どのの申されるとおり、師匠の平沢道三郎様と棟方どのの立ち会いが尋常のものなれば、勝敗は時の運にござる。もはやそれ以上の戦いは無益にござろう」

「素浪人、引っ込んでおれ！」

年長の上役とおぼしき者がうそぶいた。

「確かにそれがし浪々の身なれば、素浪人と呼ばれても不思議はござらぬ。だがな、ご両者、喧《けん》嘩《か》の仲裁は時の氏神《うじがみ》とも申す。もはや、陽も高くなれば、人が知るところとなり、譜代の松平《まつだいら》様のお名にも傷がつこう」

「差し出がましい、引っ込んでおれ！」

上役の言葉に再び仲間の注意は、棟方新左衛門に向けられた。

棟方は柄《つか》に手もかけずに静かに情勢を見守っていた。

「どうしてもと言われるか。ならば仕方ない、金杉惣三郎、検分致す。よろしいな」

惣三郎の声は凛《りん》として由比ケ浜に響いた。

棟方新左衛門だけが惣三郎に会釈すると刀の鯉口《こいぐち》を静かに切って、抜いた。

新左衛門は背丈五尺八寸（約一七五センチ）、がっちりと鍛えられた体付きだ。

その手に二尺三寸ほどの定寸の剣があった。

七人に囲まれた棟方新左衛門は、正面の上役に正眼の剣をつけて構えた。

柔らかな構えだ。

惣三郎は輪の外で双方の機が熟するのを見ていた。

「おうっ！」

威嚇《いかく》するように上役が叫んだ。

新左衛門は陽を右から相貌に受けて、静かに立っていた。

上役の八双が天を衝《つ》くように上げられた。

その右手にいた藩士が素早く動いた。正眼の構えを下から伸び上げるような突きに転じさせて突進したのだ。

迷いなき攻撃であった。

新左衛門は正眼の剣で払うと、肩と肩をぶつけ合うようにしてすれ違い、輪の外に出た。が、その一瞬、右足を軸に反転すると剣を峰に返し、上役の脇腹を鋭く薙《な》いだ。

「ぐっ！」

空気が洩《も》れるような鈍い呻《うめ》き声を発し、上役が横倒しに倒れ込んだ。

棟方新左衛門の太刀《たち》風は素早かった。しかも、新左衛門の剣には力みが感じられなかった。

両者の力は歴然としていた。

「おのれ！」

「押し包め！」

反撃されて輪を崩《くず》された高須藩士たちが、輪の外に逃れた新左衛門を再び取り囲もうとした。

が、新左衛門の動きは俊敏を極めた。

背後に回ろうと移動する六人の間を駆け回り、峰に返した剣で脇腹を、肩口を、太股《ふともも》を薙いで
三人を瞬《また》く間に転がした。

どれも戦闘能力を殺《そ》ぐだけの打撃であった。

残るはあと三人。

最初に突きの攻撃をしかけた侍が、血相を変えた面相で突きの構えを再びとった。

それは己が倒されるか相手を倒すかの必殺の構えであった。

惣三郎は漁師町に立っていた一行の姿が消えているのを確かめ、

「それまで！」

と叫ぶと両者の間に身を入れた。

新左衛門がすうっと剣を引くと自らも後退した。

「邪魔立てするな！」

藩士の一人が叫んだ。

「すでに勝負は決した！」

数々の修羅《しゆら》の場を潜ってきた惣三郎の叱咤《しった》がびりびりと由比ケ浜に響いた。

他の二人が立ち竦《すく》んだ。

「お仲間と一緒に引き上げなされ」

「おのれ……」

と哮《たけ》りたつ仲間の一人を連れが止めた。

「手当てを致さねば、あとで後悔することになる」

惣三郎が少しばかり大仰《おおぎよう》に言って諫《いさ》めた。

「その方のことも覚えておく」

突きの構えを見せた藩士が刀を引くと、倒れた仲間たちのところに走り寄った。

惣三郎は新左衛門を振り見た。

「そなたもな、立ち去りなされ」

惣三郎の声に会釈した新左衛門が剣を鞘に納め、海岸から足早に大鳥居の方に上がっていった。

惣三郎も高須藩士たちの怪我《けが》がさほどでないことを確かめると海岸をあとにした。

大鳥居に入り、琵琶大路で下駄と足裏に入った砂を落としていると、

「造作をかけました」

という落ち着いた声がした。

棟方新左衛門だ。

「いや、いらぬ節介《せっかい》をしたようだな」

「直心影流《じきしんかげ》の金杉惣三郎様ではございませぬか」

「いかにもそれがし、直心影流が流儀にございます」

「元豊後相良《ぶんごさがら》藩の留守居役の要職におられた方にございましたな。まさかかような場所で達人にお目にかかろうとは」

新左衛門がさらに言った。

「達人などとは笑止《しょうし》な……」

「江戸には隠れた剣術家金杉惣三郎と申されるお方がおられると、上方から東海道筋で度々耳にして参りました」

「そのような風聞はあてにならぬもの」

「いえ、剣名はかねがね聞き及んでおりました。いつの日かお手合わせをと願っておりましたが、己の未熟を思い知らされてございます」

新左衛門が壮快に笑った。

「なんのなんの、そなたのお手並み、尋常ではござらぬ。それがしのような老体では不足であろう」

惣三郎は言い返すと、

「あの者たちにはまだ仲間もおるようだ。気をつけてな」

「金杉様、いつの日か……」

「もし江戸に参られるなら、車坂《くるまざか》の石見銕太郎《いわみてつたろう》先生の道場を訪ねられよ」

「一刀流の石見先生にございますか」

「いかにも」

「伺います。金杉様にも会えますな」

「またな、お目にかかろうか」

棟方新左衛門は惣三郎に頭を下げると、大仏のある長谷《はせ》への裏道に姿を消した。

三

「見物にはよい日和《ひより》でございますな」

「いってらっしゃいまし」

さがみ屋の女将《おかみ》や奉公人らに送られて、四人はまず旅籠の裏手を流れる滑川《なめりがわ》を越えて、竹庭で名高い功臣山報国寺《ほうこく》から寺参りを始めた。

開山は建武《けんむ》元年（一三三四）、天岸慧広《てんがんえこう》が坐禅《ざぜん》堂を建立《こんりゆう》したことに始まるという。

竹林を渡る風に古《いにしえ》のことなどを思い、岩蔵山光触《こうそく》寺に陽光が強くなった野道を歩いて行った。

四人の足取りは初夏の気候のように軽やかだった。

訪ねる先々の寺内にもその石段にも野の道にも牡丹、山藤、花菖蒲《しょうぶ》、躑躅《つつじ》、紫陽花《あじさい》が競い合って咲き乱れ、しのたちの目を楽しませてくれた。

「なんとも気持ちがよいものでございますね」

しのは何度も同じ言葉を繰り返し、訪ねた先の神仏に、

（一家五人の平穏）

を祈願して、賽銭《さいせん》を上げた。

昼前に鶴岡八幡宮前に戻り、今度は鎌倉街道を越えた岩船《いわふね》地蔵堂から扇谷山海蔵《かいぞう》寺に回った。

先ほどから、惣三郎は一家を見つめる目を感じていた。

そのような者がいるとしたら、由比ケ浜で棟方を襲った者たちだ。

しのらに言って心配させても仕方がない。

惣三郎は気にかけないことにした。

「父上、お寺様参りで歩いてばかり、お腹が空きました」

結衣が寺参りに飽きて言い出した。

「刻限も刻限、鎌倉七口の仮粧《けわい》坂の切通しを越えて、若宮大路に戻ろうか」

「父上、七口とはなんでございますか」
　みわが聞く。
「旅籠の番頭どのの受け売りだがな、鎌倉は南の海をのぞいて三方を山に囲まれておるそうな。鎌倉幕府が都を置いたのも、この天然の要害を城塞と見立てたからだそうだ。どこから攻めるのも難攻不落だ。だが、都に入る人や物はそれでは困ろう。そこで山ひだを縫《ぬ》うように口を開けた谷を谷戸《やと》と呼んで、道とした。だが、それでも都に出入りする人馬には不足だ。そこでな、要所要所の山の尾根を細く切り立つように削《けず》って切通しを造った。これなれば人馬物資も行き来でき、敵が攻めてきたときに守ることもできる。鎌倉にはそんな切通しが数多く残っているそうだが、その中でも名高き七つを、鎌倉七口と呼ぶそうな……」
　その七口とは、
　仮粧坂
　亀《かめ》ガ谷《やつ》坂
　大仏坂
　巨福呂坂
　朝比奈《あさひな》坂
　名越《なごえ》坂
　極楽寺《ごくらくじ》坂
を言った。

「これから越える仮粧坂は、新田義貞《にったよしさだ》様が幾多の激戦をしたところだそうな」

新田勢の鎌倉攻めは元弘《げんこう》三年（一三三三）五月十八日未明のことだ。

古戦場でもある切通しには欅《けやき》、紅葉《もみじ》、竹林など夏木立ちが緑に覆いかぶさって切通し全体を包み、辺りは森閑としていた。

時折り峠を吹き抜ける風が竹の葉群《はむら》を揺らして音を立てた。

四人の胸には戦《いくさ》に倒れた武士たちの無念の声のように聞こえた。

切通しの頂きに一つの人影があった。

今朝《けさ》、由比ケ浜で棟方新左衛門を襲った濃州高須藩の家臣の一人、最後まで棟方との闘争を諦《あきら》めなかった、突きの構えの藩士だ。

（やはりこの者たちであったか）

惣三郎はしのら三人の女たちを背後に回すと、

「なんぞ用かな」

と聞いた。

「あやつの行方《ゆくえ》を探していたら、おまえを見かけた。今朝方のいらざる節介、腹に据《す》えかねる」

「高須藩のお名に傷がつきますぞと今朝も申し上げた。愚かなことを繰り返されるな」

高須藩は元禄十三年（一七〇〇）に尾張徳川藩主光友《みつとも》の次男義行《よしゆき》が三万石をもらって分家した支藩である。

現在の尾張藩主継友とは従兄弟《いとこ》にあたる。

「許せぬ」

「棟方どのはすでに鎌倉をあとにされていよう」

「われらは、草の根分けてもあやつを探し出し倒す」

「愚かなことよ」

「言うな、武士の意地だ」

「武士の意地か。そなた、名は」

「豊元日出男《ほうげんひでお》」

よく見れば二十二、三の若さだ。

「豊元どの、見てのとおり、女連れで寺見物をしている身だ。見逃してはくれぬかな」

豊元は黙って剣を抜いた。

両者の間には十間《じっけん》の間があった。

「しの、みわ、結衣、下がっておれよ」

惣三郎は路傍《ろぼう》の竹に目をつけると河内守国助を抜き、左右に払った。

径が一寸余、四尺の長さの竹が切り取られた。

国助を鞘に戻した惣三郎は、

「お相手しよう」

と切通しの頂《いただき》に立つ豊元に言った。

「おのれ、返す返すも愚弄《ぐろう》しおって」

竹棒で相手するという惣三郎の行動を愚弄と豊元は受け止めたのだ。

「古都を血で汚すのも恐れ多いからな」

豊元が突きの構えを見せた。

惣三郎は右手に青竹を提げて、すたすたと間合いを詰めた。

四間の間に縮まったとき、惣三郎の足が止まった。

「参られよ」

豊元の顔が紅潮した。

まなじりを決した顔が歪《ゆが》んだ。

「ええいっ！」

坂上から豊元が突き下ろしてきた。

迅速な剣だが、平静を失った五体の筋肉は固ったままだ。

惣三郎が不動の姿勢のまま、右手一本で擦《す》り上げた。

伸びを欠いたままの突きが惣三郎を襲おうとしたとき、青竹が豊元の拳《こぶし》を叩き上げた。

剣が虚空へ飛んだ。

「なに糞っ！」

脇差に手をかけようとした豊元の肩口を、反転した青竹がしたたかに叩いた。

豊元日出男がくたくたと峠道に崩れ落ちた。

「お仲間に申し上げる、これ以上の無益はやめられよ。高須藩ばかりか、本家の尾張様にも迷惑もかかろう。それがし金杉惣三郎、本家江戸留守居役北村主膳《きたむらしゅぜん》どのといささかの縁もござる。以後、気を付けられよ」

　木陰に潜んで様子を見守っていた濃州高須藩馬廻役杉村弥平次《すぎむらやへいじ》は、浪人者が本家留守居役の名を出したことに慄然《りつぜん》としていた。

　青竹を捨てた惣三郎が、

「参ろうか」

　としのらに声をかけた。

　仮粧坂から源氏《げんじ》山の裾を通って若宮大路に戻ってきた四人は、鎌倉五山の第三位に列する臨済宗の亀谷山寿福《じゅふく》寺の門前に小さな茶屋を見つけた。

　旬《しゅん》の筍《たけのこ》御飯が出来るというので、四人は板の間に上がった。

「一汗かかされたな」

　惣三郎は酒を頼んだ。

「父上はなにやかにやと申されながら、お酒を飲まれますな」

　結衣が言う。

「そう申すでない。胸の血が立ち騒いで静まらぬわ」

「旅の酒は格別にございましょうな」

　しのまでが言い出した。

「理屈を抜きに申すなら、そういうことだ」

「それにしても濃州高須藩の方々は意地になっておられるようです。この後、なんぞなければよいのですが」

しのの顔が曇った。

「昼からは参詣人の多い大仏様から長谷寺ゆえ、まずあの者たちも馬鹿げた騒ぎは起こすまい」

膳が運ばれてきた。

烏賊《いか》と葱《ねぎ》のぬた、鶏肉と筍の煮物に筍御飯がきれいに盛り付けされていた。

惣三郎は一合の冷や酒をとっくりと味わって飲んだ。

「しの、寺参りが済んだことだ。そなたらをさがみ屋に送り届け、ちと参りたいところがある」

「まあ、父上お一人で見物に参られるのですか」

結衣がまた口を尖《とが》らせた。

「鎌倉は古来より刀鍛冶《かじ》五郎入道正宗《まさむね》どのをはじめ名人上手を幾多も輩出した地だ。瑞泉《ずいせん》寺近くに相州刀を継承なさる鍛冶新藤《しんとう》五綱光《ごつなみつ》どのが住んでおられると江戸で聞いてきた。それで鍛冶の作事場を見物したいものとかねがね思うておったのだ」

「なんだ、刀の造られるところの見物にございますか」

結衣が関心を失ったか、膳に注意を戻した。

「おまえ様、見物だけにございますか」

しのが笑いかけた。

惣三郎がしのを見て、

「そなたに隠し事はできぬか」

と笑い返した。

「刀をご注文なさりたいのでございましょう。そなた様は旅に出られる前、だいぶ考えておられました」

「そなたに相談いたそうかどうしようか迷ったが、まずは工房を見てと思ったのだ」

「そなた様にとって命にも代えがたき刀、よい機会にございます。誂《あつら》えなされ」

「なけなしの金を用意して参った」

と惣三郎が言い、

「だが、しの、それがしの佩刀《はいとう》ではない」

「と申されますと」

「清之助の背丈はもはやおれを越えている。鹿島に修行に向かう折り、冠阿弥膳兵衛どのに贈られた備州《びしゅう》長船《おさふね》右京亮《うきょうのすけ》勝光《かつみつ》二尺三寸六分は定寸、今の清之助に物足りまい。二尺六寸余の相州ものをと思うたまでだ」

「さようでございましたか。ぜひともご覧になってきてくだされ」

しのが納得したように大きく頷いた。

「母上も父上も兄上のことになるとこれでございます。やはり男が娘より可愛うございますか」

みわが嫌みを言った。

「そのようなことはございませんぞ。わが家は痩《や》せても枯れても武士の家系、清之助の刀はなにに増しても大事なもの……」

「姉上、この一件、なにを申されても駄目ですよ」

結衣が話題に決着をつけた。

昼餉《ひるげ》の後、高徳院《こうとくいん》の大仏に参った。

鎌倉大仏建立について、定かな史料は残されていない。

『吾妻鏡《あずまかがみ》』によれば、僧浄光《じようこう》の勧請によって寛元《かんげん》元年（一二四三）に木造のものが完成した。

その後、銅製のものがいつ造られ、完成したか明白ではない。

推測では建長《けんちよう》年間（一二四九〜五六）頃と言われる。

惣三郎たちが見上げる阿弥陀如来《あみだによらい》像の高さはおよそ六間余。もとは大仏殿に安置されていたものが、台風津波で被災し、大仏殿は消滅して、露座《ろざ》になった。そこで、

「濡《ぬ》れ大仏」

と呼ばれて親しまれていた。

「なんとも見目麗《うるわ》しいお顔にございますな」

しのが嘆息しては伏し拝んだ。

このしのが鎌倉行きで一番楽しみにしていたのは阿弥陀如来像ではなく、十一面観音立像《りゆうぞう》のほうだった。

海光山長谷寺の十一面観音について、亡き父と母が、

「長谷の観音様の荘厳華麗なこと、この世のものとも思えぬな」

「極楽浄土に参ったような、気持ちでありましたな」

と何度も漏らしていたからだ。

養老《ようろう》五年（七二一）、徳道《とくどう》上人は霊感を得て、一木から二つの十一面観音像を彫り上げた。

この一体を奈良大和《やまと》の初瀬《はつせ》に長谷寺を創建して祀《まつ》った。

もう一体は、どこか有縁の地で衆生済度をと願い、海に流したところ十余年の歳月の後、三浦郡の長井《ながい》浜に漂着した。

そこで徳道上人が招かれ、長谷の地に移された十一面観音を祀った長谷寺が新たに建立された。

天平《てんぴょう》八年（七三六）のことだ。

しのは高さ五間余、漆箔《しっぱく》の十一面観音を見て、無言のうちに随喜の涙を流し続けた。

その理由を知っている惣三郎と二人の娘は、母を一人にして好きなように過ごさせた。

相州鎌倉鍛冶は、京の粟田口《あわたぐち》派の藤六左近国綱《とうろくさこんくにつな》が建長頃、執権北条時頼《ときより》に召されたことに始まる。さらに備前から三郎国宗《くにむね》、一文字助真《すけざね》が鎌倉に下向して、鎌倉鍛冶の源が作られた。

この鎌倉中期は刀剣鍛造の最も充実した時期で、国綱の老後の子と一説される新藤五国光《くにみつ》が鎌倉鍛冶の中心になった。

国光は粟田口派の伝統を踏まえて、

「小板目肌のよく約《つ》んだ地鉄《じがね》」

と、

「小沸《こにえ》のついた直刃《すぐは》の刃文」

が特徴であった。

この国光の弟子から五郎入道正宗ら名人が生まれたのだ。

さて、時代を経た江戸期、相州鎌倉の刀鍛冶は衰微していった。だが、孤塁を守って、鍛え続ける鍛冶もいた。

国光、正宗の直系の流れを汲む新藤五綱光だ。

この綱光の工房は、

「鳥鳴き、花笑い、水迸《ほとばし》り、山囲む……」という地に夢想国師《むそうこくし》が錦屛山瑞泉寺を建立した紅葉《もみじが》谷《やつ》の、閑寂とした中にひっそりとあった。

惣三郎は江戸京橋《きょうばし》の刀剣商で綱光の作刀を見たことがあった。正宗入道の、

「地に真砂《まさご》子を敷くがごとし」

と言われた地肌の美しさを伝承して、さらに硬軟の鉄を鍛え上げた豪壮な一剣であった。

惣三郎は突然工房を訪ねた非礼を初老の刀鍛冶綱光に詫《わ》びた。

綱光は黙って惣三郎の相貌を眺め、

「幾多の修羅を潜ってきた貌《かお》かな」

と呟いた。

背後の鍛錬場では白衣に烏帽子《えぼし》の弟子たちが作業を続けていた。

火床の炎の中では今しも一本の刀身が熱光を放って、魂が加えられようとしていた。

豪壮な剣であることは一目で分かった。

「そなた様の差し料を拝見させてもらってよいかな」

「お望みなれば」

惣三郎は豊前《ぶぜん》の刀鍛冶の手になる高田酔心子兵庫《たかだすいしんしひょうご》二尺六寸三分（約八〇センチ）を鞘ごと抜いて、老人に渡した。

老鍛冶は一礼すると鞘を走らせた。

夕暮れの光に酔心子兵庫を長いこと翳《かざ》していた綱光は、

「ふううっ」

と深い吐息をついた。

「旧主から拝領した一剣にござれば、それがしの腰にはもったいのうござる」

「それでこの綱光を訪ねられたか」

いえ、と惣三郎が首を横に振り、

「それがしの息子のためにと綱光どのを訪ねたまで」

「ほう、そなたのご子息にな。年はいくつになられる」

「十八にしてすでにそれがしの身の丈《たけ》を越えてござる」

「どこぞで修行かな」

「鹿島の地にて鹿島一刀流の米津寛兵衛先生の下で住み込み修行を致す若輩者《じゃくはい》にございます」

「なにっ、寛兵衛先生のお弟子か」

老鍛冶の顔が初めて和《なご》んだ。

「寛兵衛先生をご存じか」

「ここにも参られたことがある。そなたの名はなんと申される」

「金杉惣三郎にございます」

綱光が改めて惣三郎の顔を正視した。

思いあたることでもあるのか、しばらく見ていたがなにも口にしなかった。

「お願いできますか」

「若武者にふさわしい一剣ができるかどうか」

老鍛冶は酔心子兵庫の重さを手に覚えこませるように見ていたが、鞘に納め惣三郎に返した。

「金杉様、子は父親の姿を見て育つもの。ここにて長剣の酔心子兵庫を遣《つか》ってみせてくれませぬか」

「畏まった」

惣三郎は酔心子兵庫を腰に戻し、庭のほぼ中央に立った。

しばし瞑想《めいそう》した惣三郎は心の内に水の流れに映る、

(円月)

を想念した。

故郷の豊後相良を流れる番匠《ばんしょう》川の冬の風景が映じ、満月が映《は》えた。

惣三郎の腰が沈んだ。

手が柄に掛かり、押し殺した気合いとともに地擦りから抜き撃たれた。

水面に映る寒月を両断する、

（寒月霞斬り一の太刀）

が流れるようにかたちを見せ、虚空に跳ね上がったかます切っ先が岩魚《いわな》のように反転して、水面に再び姿を見せた満月を音もなく斬り分ける、

（寒月霞斬り二の太刀）

へと繫《つな》がれた。

それは白い光が幻想の軌跡を描いた一瞬でもあった。

鍔《つば》鳴りがして二尺六寸三分の長剣が鞘に収まった。

「ふううっ」

綱光が吐息を再び吐《つ》いた。

「そなたは……」

という呟きを、

「鎌倉にはいつまで滞在なさる」

という問いに変えた。

「明後日の朝には江戸に戻ろうかと考えております」

「旅籠はどこか」

「さがみ屋にございます」

「明日の夕刻、さがみ屋に伺おう」

惣三郎は深々と腰を折り、

「それがしが用意出来た金子《きんす》にござる」

懐から袱紗《ふくさ》包みの五十両を出すと差し出した。

新藤五綱光は、

「預かっておこう」

とさらりと受け取った。

四

紅葉谷の新藤五綱光の工房から永福寺《えいふくじ》、鎌倉宮への野道は右手は山裾の雑木林、左には田圃《たんぼ》や畑が細くつながっていた。

惣三郎は、父が息子に為《な》すべき最後の仕事を終えた気分で夕暮れの道を急いでいた。すると人影もない野道を二人の男が塞《ふさ》いでいた。

残照に照らされた格好は、血に染まった餓狼《がろう》そのものだ。

単衣も毛羽立ち、野袴も色褪せていた。

尖った視線がじっと惣三郎に注がれていたが、二人は前後に少し離れると半身に構えた。

慣れた行動は二人の長年の仕事ぶりを示していた。

野道に殺気が流れた。

惣三郎はゆっくりと二人の前に進み、五間余のところで足を止めた。

「なんぞ御用か」

「金杉惣三郎だな」

先頭の剣客が問うた。

背丈は五尺四寸ばかりか。胸も厚く、足腰もしっかりと大地に根を生やしたようにどっしりとしていた。

後ろに控えた者は、身の丈六尺余、二十数貫（七十五キロ余）の巨漢だ。

こちらも五体が鋼鉄のように鍛え上げられていた。

そして、その腰に刃渡り三尺余の朱鞘の長剣を携《たずさ》えていた。

二人して修羅場を潜って生き抜いてきた不敵な相貌をしていた。

「いかにも金杉だが、お手前らに面識はないと思うが」

「そなたの命、頂く」

しばらく沈黙した後、惣三郎の口から静かな笑いが洩れた。

「いささか迷惑至極、命は一つしかないでな」

「問答無用」

先頭の剣客が黒蠟の鞘から剣を抜いた。

「高須藩に金で雇われたか」

惣三郎はどこかに潜む者の姿を意識しながら聞いた。

答えはなかった。

答えがないことが答えを示していた。

「そなたとそれがしが雌雄《しゆう》を決するいわれはない。だが、行く手を塞がれてはそれがし、相手せぬわけにはいくまい」

惣三郎は右足をわずかに前に出した格好で立っていた。

まだ手は高田酔心子兵庫の柄にもかかってない。

相手が相手、生死を賭《か》けた戦いになる。

「生死は時の運、剣を交える者同士、恨みつらみはない。だがな、そなたらの名を知らずして戦うのも心残り、名を聞かせてもらえぬか」

「東軍無敵流《とうぐんむてき》大家美中《おおやびちゅう》」

先頭の剣客が名乗った。

東軍と名乗るからには東軍僧正を開祖として仰ぎ、川崎鑰之助《かわさきかぎのすけ》が始めた流儀からの分流であろう。

惣三郎の視線が巨漢に移った。

「直心影流天野《あまの》図書助《ずしよのすけ》」

巨漢の声は嗄《か》れていた。

「ほう、それがしと同じ流儀か」

直心影流は祖を高槻《たかつき》藩家臣山田《やまだ》平左衛門《へいざえもん》光徳《みつのり》一風斎《いつぷうさい》とする。

最初、直心正統《じきしんせいとう》流を学んだ後、柳生《やぎゆう》一門に転じたが、後に再び直心正統流の門に戻ると神影流の的伝《てきでん》七代を継ぎ、流名を直心影流と改めた。

分流も多ければ、弟子も長沼四郎左衛門《ながぬましろうざえもん》ら綺羅星《きらぼし》のごとくいた。

巨漢にかすかに動揺が走った。

「天野、こやつの策に乗るでない」

美中が叱咤すると剣を右肩に立てて構えた。

八双の構えよりさらに高く突き上げた。

図書助は長剣を脇構えにおいた。

野道は一間の幅もない。

左手の田圃の間に細流が水音を薄暮に響かせていた。

剣を交えるしか逃げ場所はなかった。

惣三郎は美中の面貌を見ていた。

浅黒い顔がすうっと青白く変わっていく。

だが、死線を幾度も潜ってきたであろう美中はいささかも動じていなかった。

不動の姿勢で機が熟するのを待った。

惣三郎も動かない。

初蜩《ひぐらし》が、

「カナカナカナ……」

と雑木林で鳴いた。

その瞬間、美中が腰を沈めて走り出した。

一気に間合いが詰まり、図書助も後に続いた。

惣三郎は動かなかった。

わずかに左足を引いて、腰を低く保ち、間合いを読んだ。

美中の相貌が大きくなり、見開かれた両眼の瞳孔に血管までも見えた。

美中が沈めた腰を伸ばすと独特の八双を斬り落としてきた。

躊躇《ちゆうちよ》なき一撃であった。

それに対して惣三郎は、高田酔心子兵庫を抜き差すと擦り上げるように伸ばした。

突進する美中は懐の深い惣三郎の剣の伸びを読み誤った。

両者が死線を切った。

一瞬早く酔心子兵庫のかます切っ先が美中の腰骨から左脇腹へと斬り上げ、その衝撃に美中の体は毬《まり》のように田圃に転がった。

惣三郎に余裕はない。

眼前に巨漢の図書助が迫っていた。

かます切っ先はそのとき、虚空を翻《ひるがえ》ると斬り下げの態勢に入っていた。

脇構えから車輪に回された斬撃と虚空から落ちる、

（寒月霞斬り二の太刀）

がぶつかった。

惣三郎の視界は図書助の大きな体で塞がれた。

その瞬間、太い首筋をかます切っ先が斬り裂き、惣三郎は巨体を避けて、右前方に飛んでいた。

ぐうっ！

惣三郎の背を力を失った図書助の剣先がかすめた。

惣三郎は野道を八、九間ほど走り抜けて振り見た。

図書助が小川に崩れ落ち、辺りに血の匂いがぱっと漂った。

惣三郎は酔心子兵庫に血振りをくれると懐紙で拭い取り、鞘に納め、二人の死に合掌した。

葉擦れの音がし、戦いを見張っていた者が姿を消した。

惣三郎はゆっくりと野道を鎌倉宮に向かって辿《たど》り始めた。

鎌倉から江ノ島までは、稲村ケ崎を経て半里とない。

鎌倉に到着して三日目、惣三郎一家は七里ケ浜伝いに江ノ島詣《もう》でをした。

「日頃の行ないのせいでございましょうか、今日もさわやかに晴れましたね」

しのの声は弾《はず》んでいた。

が、惣三郎はそれが装《よそお》われたものだと見抜いていた。

昨夜、惣三郎がさがみ屋に戻ったのは五つ（午後八時）前であった。

惣三郎は鎌倉宮の社殿を流れる湧水で手足を洗い、戦いの気配を静めるためにしばらく石畳で坐禅《ざぜん》を組んで時を過ごしたのだ。

旅籠に戻った惣三郎は平静を取り戻していた。

二人の娘が嬉々《きき》として波打ち際で押し寄せる波と戯《たわむ》れる光景を眺めていた。

「姉上、お杏様や半次郎さん、静香《しずか》おばさんたちに土産《みやげ》を考えなきゃあ」

結衣が言い、

「母上、江ノ島にどんな土産がありましょうか」

としのの知恵を頼った。

「昔から江ノ島名物は貝合わせ、おはじき、貝笛と貝細工がお土産ですよ」

「貝を売っているのですか。ならば七里ケ浜で拾っていきましょう」

と結衣が浜の貝を拾い集めた。

「結衣、今日は一日江ノ島見物だ。あちらで見てから拾っても遅くはあるまい」

「一日じゅう貝を持って歩くのは大変だわ」

と末娘がすぐに諦めた。

江ノ島は、絵島とも榎島とも書く。

『江島譜《えのしまのふ》』によると第九代開化《かいか》天皇の御代のある夜、突如海面が鳴動して、黒雲のために天と地の区別がつかなくなった。

鶏の鳴き声がしたかと思うと、竜女の楽の音が響き、天からは花が散り舞った。

一夜明けると海に浮かぶ緑の亀のような孤島が誕生していた。

それが江ノ島の始まりという。

片瀬の浜と島との間は十一丁（約一二〇〇メートル）という。

引き潮の刻限、弧状に浜が伸びて徒渉《かちわた》りで行けた。

「人足の肩を借りずとも歩いて渡れるな」

江ノ島は岩山の島で浜はない。

島の南に岩屋があって弁財天が祀られ、神像は弘法大師《こうぼうだいし》の作と伝えられる。

惣三郎らは潮が引いた浜を伝って島に歩いて渡った。

島の入り口に鳥居があった。

本来は本宮の奥津宮まで中津宮、辺津宮と宗像《むなかた》三神が祀られてあったが、弁財天信仰が盛んになって、神仏混淆《こんこう》の形になり、金亀《きんき》山輿願《よがん》寺と称するに至った。

鳥居を潜ると旅籠や漁師の女房が片手間に商う土産物屋が軒を並べていた。

「お嬢様方や、帰りに貝細工を買うてくれんかな」

「丸干し、一夜干しの魚も名物じゃがな」

とみわたちに呼び掛けた。

「まずはお参りをして参ります」

しのが断わり、

「ならば、おいしいまんまを炊いてな、待っちょりますでな」

の声に送られて参道を進んだ。

奥津宮まで潮風を感じながらゆっくりと石段を上がった。

「父上、弁財天はお金儲《もう》けの神様でございますね」

みわが本殿の前で聞く。

「現世のご利益《りやく》があるというな」

「ならばしっかりとお願い致します」

巾着《きんちやく》から賽銭《さいせん》をみわが出した。

「みわはお金を儲けたいか」

「はい、母上にせめて小さな庭のついた家に住んで頂きとうございます」

みわは物心ついてからも拝領屋敷から長屋と転々としていた。

「みわ」

としのが言って、瞼を潤ませた。

「また姉上は母上を泣かせなされたよ」

結衣が言い、

「涙もろいのは母上の癖です、私のせいではありませぬ」

とみわが膨《ふく》れた。

「これこれ、弁財天の前で姉妹喧嘩をするとご利益がなくなるぞ」

「それは大変……」

みわが銭を賽銭箱に投げ入れて、熱心に祈った。

四人が再び参道に戻ったとき、昼の刻限に差し掛かっていた。

みわと結衣たちは早速土産物をあれこれとあたり始めた。

「冠阿弥にめ組、荒神屋に花火の親分さんと四つはいりますね」

「独り者の西村《にしむら》どのは、この際よかろう。だがな、しの、車坂の石見先生にはなんぞ買って参りたいな」

車坂の石見銕太郎は清之助の師匠であり、清之助は石見の推薦で鹿島の米津寛兵衛の下に修行に出ていた。さらに惣三郎が毎朝、稽古をさせてもらう道場でもあり、朝餉は稽古を終えた銕太郎と一緒することの多い惣三郎だ。

「大岡様にはどうなさいますか」

大岡とはむろん南町奉行の大岡忠相のことだ。

惣三郎は一介の浪人ではない。

元豊後相良藩の家臣であった惣三郎を、大岡の強い推挙で吉宗が相良藩主斎木《さいき》高玖《たかひさ》から譲り受けた経緯《いきさつ》があった。

大岡は、吉宗と将軍位を争った尾張藩の継友、宗春兄弟との暗闘の防ぎ手として、金杉惣三郎を自分の支配下においたのだ。

これまで尾張の刺客たちと幾度となない死闘を演じてきた惣三郎であり、大岡であった。

「大岡様を数に入れると六つか」

「六つも江戸まで持って行けましょうかな」

しのには土産のあてがあるようだ。

「なんぞ考えがあるようだな」

「鮑《あわび》の粕漬《かすづけ》ですよ」

「それは珍味だが、値もいいな」

「日頃お世話になっている方々ばかりにございます。おまえ様は清之助に大枚をはたかれたばかり、しのが購《か》いますよ」

鮑の粕漬は木桶にいれられ、紐《ひも》で体裁よく結ばれていた。

「ならば六つ、それがしが背負って参ろうか」

惣三郎としのの江戸土産は決まった。

が、みわと結衣は、

「貝細工の小屏風《びょうぶ》がいい」

「箱入り貝だわ」

となかなか決まらない様子だ。

「そなたら、じっくりと選んで参れ。この店の奥にいるでな」

土産物屋の奥は七里ケ浜を望むめし屋になっていた。

むろん魚貝が名物、酒と魚尽くしの料理を頼んだ。

「明日は早立ちで戻ることになる」

「よい旅でございましたな」

「天気にも恵まれた」

「昨夜はなにかございましたか」

「気にかけておったようだな。濃州高須藩に雇われた浪人者が二人、それがしを待ち受けていた」

「そのようなことではと懸念しておりました」

「あまりにもしつこいと、松平摂津守義行様の面目に関わるものを」

本家の継友、宗春の兄弟が放った刺客と度々死闘を演じてきた惣三郎である。

惣三郎は御三家尾張藩に繋がる支藩高須藩との諍《いさか》いに正直当惑していた。

「帰路になにもなければよいのですが……」

「鎌倉街道から東海道筋で騒ぎを起こすとも思えぬが、用心して参ろうかな」

酒がきて、みわたちが戻ってきた。

膳に並んだ魚尽くしに、

「母上、少しばかり魚にも飽きました」

と結衣が贅沢《ぜいたく》なことを言った。

「結衣は土産を買ったら、もはや江戸に戻りたいと言うのですよ」

みわが言い、惣三郎も、

「いや、父もな、ちと母様《かか》の手料理が恋しゅうなった」

と苦笑いした。

それでも四人、新鮮な魚をたっぷりと食べ、惣三郎は二合ばかりの酒を飲んで、陶然とした気分になった。

日も高い。

旅籠は一里とない鎌倉だ。

惣三郎は潮風に吹かれながら、昼寝をたっぷりとした。

江ノ島と片瀬の浜に潮が満ちて、昼餉を食べた店の主が船で対岸の浜まで送ってくれることになった。

「造作になったな」

店の女たちに別れを言う惣三郎の背には、六つの鮑の粕漬がずしりとあった。

みわも結衣もそれぞれに土産を手に下げていた。

十一丁の海上を船で渡った四人は腰越《こしごえ》の浜に下ろしてもらった。

「気をつけていきなせえよ」

漁師が声を残すと島へ舳先《へさき》を向けた。

第二章　炎夏お狐横行

一

惣三郎の一家が江戸に戻ってきたとき、江戸は夏の真っ盛りであった。

炎暑が毎日のように続き、長屋のある芝七軒町《しばしちけんちょう》界隈《かいわい》もうだるような暑さの中にあった。

「おうおう、戻ってきたな。旦那、旅はどうだったえ」

表通りで馴染みの魚常《うおつね》が声をかけてきた。

「まずまずの旅であったぞ」

「相模の海のぴちぴちした魚を食べてきてよ、もう魚常の魚なんぞは食べられないなんて言うんじゃねえかえ」

そう言った魚常は、

「鯖《さば》のいいのがあらあ、あとで届けるぜ」

「ありがとうございます」

しのが腰を折って礼を言う。

その先では、

「みわちゃん、元気そうでなによりだ」

とみわが働く八百久《やおきゅう》がほっとした顔を見せた。

働き手が一人欠けてその分、八百久の主に負担がかかっていたからであろう。

「明日からまたお願いします」

「待ってますよ、青菜を持っていかないかえ」

みわの手に青菜を持たせた。

町内の者たちに迎えられて惣三郎たちは、冠阿弥の家作の長屋に帰りついた。

八日余り留守をした長屋には温気《うんき》が籠《こも》っていた。

荷物を下ろすと家族全員で二階長屋の戸を開けて回り、まずは風を通した。

惣三郎が井戸端から水を汲んできて、瓶《かめ》の水を取り換え、女たちが雑巾《ぞうきん》で部屋の拭き掃除をして、ついでにせまい庭にも水を打ってようやく落ち着いた。

するとみわが言い出した。

「母上、力丸を迎えに行ってようございますか」

旅の間、飼犬の力丸は、め組に預かってもらっていた。

鳶《とび》の若い衆がごろごろしていて、散歩などお茶の子さいさいだ。

「ならば、父上の運んでこられた鮑の粕漬を届けてくださいな」

しのが粕漬の樽《たる》を一つ渡した。

「半次郎さんにも貝細工があるの」

結衣が自分の荷から江ノ島土産を出した。

みわが持たされた土産を手に長屋を出て行った。

「姉上ったら、鍾馗《しょうき》の昇平《しょうへい》さんに江ノ島で土産を買いなさったのよ」

「力丸を迎えに行くのはダシであったか」

六尺三寸を越えた偉丈夫《いじょうふ》のため、鍾馗の昇平と呼ばれる若者は芝界隈の娘たちの人気の的《まと》だった。

「みわもそんな年頃なんですねえ」

しのがちょっぴり寂しそうに言った。

「早いところなら、嫁にやる年だ。一人ふたり好きな相手がいても不思議ではあるまい」

しのがそうですね、と相槌をうっているところに魚常が切り身にした鯖と浅利を竹笊《ざる》に載せてきた。

「残り物だが焼きものにすると美味しいぜ」

「これはこれは、売り物を申しわけのないことで」

しのが受け取ると魚常が、

「冠阿弥でもめ組でも車坂の石見道場の若い衆も、まだ戻ってこねえかって、何度も顔を覗《のぞ》かせていたぜ」

と言い残して店に戻っていった。

「やはりわが家はいいな」

惣三郎は軒に吊《つる》した風鈴が風に鳴るのを聞いた。

しのと結衣は休む暇《ひま》もなく夕餉の支度《したく》に取り掛かった。

そこへ力丸の綱を引いたみわが昇平と連れ立って戻ってきた。

力丸がわうわうと吠え立てて、しのや結衣に飛びつく。

「これこれ、力丸。おとなしくしなされ」

そう言いながらもしのは留守をさせた飼犬を抱き寄せると、力丸は体をくねらせて応えた。

「師匠、お帰りなさい」

昇平は角樽《つのだる》を抱えている。

惣三郎を師匠と呼ぶのは、昇平も車坂の石見道場の弟子の一人で、入門の時、惣三郎が口利《き》きをしたからだ。

「稽古は怠《なま》けておらぬか」

「一日だってさぼっちゃいないぜ」

と胸を張った昇平が、

「姐《あね》さんが酒《こいつ》をって」

「お杏どのから早速下さり物か。ならば、昇平、茶碗を二つ持って参れ」

「いいのかえ、おれが相手で」

そう言いながら、うれしそうな顔で昇平がのしのしと奥の部屋に上がってきた。

二人は蚊《か》やりを焚《た》いた縁側に向かい合って座った。

角樽の栓《せん》を抜いた昇平が、

「師匠、まずは一杯……」

と惣三郎の茶碗に注ぎ、自分の茶碗も満たした。

酒の香りが漂った。

水が打たれた裏庭から風が入ってきて、なんとも心地好い。

「父上、お杏様がこれも……」

みわが釣《つ》り忍《しのぶ》を手に二人のそばに来ると見せた。

「みわ様、おれが吊そう」

昇平が立ち上がると髷《まげ》の先は鴨居を越えていた。

釣り忍が吊されて、さらに涼が増した。

惣三郎は灘《なだ》の名酒を口に含んだ。

ふわりとした香りが口の中に漂い、なんとも切れのいい酒だ。

「ようやくわが家に戻ってきた気分になったぞ」

力丸が裏に回り、縁側から前足をかけて惣三郎に甘えかかってきた。

「どうだ、大火はなかったか」

惣三郎が問うと、

「ぼやはあったがさ、大きな火事はなかったたな。頭取も若頭もほっとしていなさるぜ」

と昇平が答えた。

火消《ひけし》にとって火事は命がけの仕事、木と紙で出来た江戸の町民にとっても火事は難儀な災難だ。それがないのは平穏無事であったということだ。

だが、一方で火事場始末の荒神屋には仕事がないことでもあった。こちらは、

(気がかり)

である。

「それよりさ、車坂に近ごろ心貫《しんぬき》流の大先生をはじめ、お歴々の皆さんが集まって頭を捻《ひね》っておられるぜ」

「奥山佐太夫《おくやまさだゆう》先生か。江戸を騒がす出来事が起こったか」

「そんな話は聞いてねえがよ。じい様先生、えらく張り切っているぜ」

と昇平が言った。

どうやら江戸の剣術界に危難が降りかかったわけではなさそうだ。

「お待ちどおさま」

魚常からもらった鯖の焼き物と青菜のお浸しをみわが運んできた。

「みわ様に聞いたが、師匠のいく先々にはいつも不逞な野郎どもが現われるね」

「お節介をするものではないな。えらい危難が降りかかって、竹棒なんぞを振り回す羽目になった」

「助けた浪人さんは強いのかい」

「江戸でも立派に通用する腕前だ。そのうち、車坂にも姿を見せるかもしれぬな」

「ならば、一手ご指南願おうか」

と鍾馗の昇平が胸を張ってみせた。

大男の怪力のうえに俊敏さを兼ね備えた昇平は、石見銕太郎や惣三郎の指導で基礎の棒振りから鍛え上げられた。

近ごろでは打ち合い稽古でもなかなかの腕前、長身から打ち下ろす面打ちを食らって気を失う門弟もいた。

「そなたなんぞは赤子扱いだ」

「見てみてえな」

惣三郎は昇平を相手に二合の酒を飲んで陶然となった。

飯も炊けたようで昇平も一緒に膳を囲むことになった。

若い昇平が加わってあれこれと夕餉の間じゅう、旅の話で盛り上がった。

「師匠、明日、迎えにきていいかえ」

と帰り際に昇平が聞いた。

「おお、明日から道場に参るぞ」

「合点承知だ」

と出ていく昇平にしのが、

「お杏様にも頭取にも女将《おかみ》さんにもよろしく伝えてくださいな」

と声をかけた。


夏の夜明けは早い。

七つ（午前四時）過ぎには白んでくる。

だが、どんよりした陽気で風がそよともしない。

惣三郎は久し振りで清々しく拭き清められた道場の床に立って気が引き締まった。

道場には住み込みの門弟が八人と昇平だけだ。

住み込みの頭分は師範代の伊丹五郎兵衛《いたみごろべえ》だ。

「金杉先生、ぜひともお稽古を」

と五郎兵衛が所望した。

「ならば伊丹どののお相手を老体が務めますかな」

四半刻《しはんとき》（三十分）ほど袋竹刀で撃ち込み稽古を行なった。

「これまで」

と惣三郎が言ったとき、五郎兵衛はどさりと床に腰を落としてなんとか正座し、

「老体などと金杉様はおっしゃられるが息が上がっておるのは、三十四歳のそれがしにございます。なんともお恥ずかしきことです」

と惣三郎に平伏した。

その背が荒い呼吸のせいで波打っている。

惣三郎に相手してもらおうと待っていた内弟子たちを掻《か》き分け、鍾馗の昇平が惣三郎の前に立ち、

「師匠、おれにも稽古をつけてくだせえ」

と長い袋竹刀を手に正座した。

「稽古を怠けておらなかったかどうか見て遣《つか》わす」

「畏まってござる」

おどけた口調だが昇平の顔は真剣だ。

昇平と惣三郎が向かい合うとさしもの広い道場も狭く見えた。

相正眼。

一呼吸おいた昇平が、

「面！」

と長身から打ち下ろしてきた。

惣三郎が軽く弾いた。

昇平は二撃目、三撃目と次々に面打ちを嵐のように打ち込んだ。

惣三郎は昇平の勢いを止めないようにゆっくりと後ろに下がりながら、受け、払った。

壁際で態勢を入れ替える。

昇平の六尺三寸を越えた長身が機敏にも反転すると、再び面打ちの連続技を繰り出した。

が、ことごとく跳ね返された。

それでも昇平は諦めなかった。

怪力と長い腕と体力を利して、面打ちを止めることはなかった。

驚くべきは超人的な体力だ。

いくら跳ね返されても間合いを開けぬように詰めて袋竹刀を振るった。

ただし攻撃に専念するあまり、長い胴ががら空きだ。

が、昇平は委細構わず大鉈《なた》を振るうような面打ちにこだわった。

間断ない面打ちが止むよりも先に袋竹刀がささくれ立ってきた。

惣三郎は面打ちを払っておいて、昇平の拳《こぶし》を軽く叩いた。

昇平の手から袋竹刀がこぼれ落ち、昇平が真っ赤な顔で立ち竦《すく》んだ。

肩で息をついている。

「た、確かにじい様の剣術じゃねえや」

昇平の言葉に道場内に笑い声が響いた。

上段の間に石見銕太郎が座していた。

惣三郎は目礼を送った。

「ようお戻りなされたな」

いつの間にか通いの弟子たちも姿を見せていた。

銕太郎も竹刀を取り、惣三郎も次々に交替で稽古を望む弟子たちの相手を一刻ほど続けた。

石見鋲太郎と惣三郎は差し向かいで膳を囲んだ。

稽古のあとの朝餉を石見の内儀の給仕で食するのが、近ごろの惣三郎の習わしだ。

「おまえ様、金杉様にな、江ノ島名物の鮑の粕漬を頂きましたぞ」

「それは珍味よな、夕刻が楽しみだ」

酒好きの鋲太郎が笑った。

「昇平の面打ちはいかがでございますな」

「剣術のかたちにもなにもなってないが、力が有り余っているのは驚きです」

「いやはや、あの面打ちに師範の五郎兵衛などは辟易《へきえき》しておりましてな」

と苦笑いした。

「鍾馗に聞き及びましたが、奥山佐太夫先生がお見えになったとか」

「それそれ、そなたをお待ちしておりました」

「なにが出来《しゅったい》しましたかな」

「上様のご発案で享保の剣術試合を催すことになりましてな、老中水野忠之様が勧進元になりまして、諸国の剣術家や剣客に呼びかけることになったのでございますよ」

「それはまた心躍る知らせにございますな」

「このこと、大岡様から金杉様にお話があろうかと思いますので、それがしはこれ以上のことは控えさせてもらいます。ともあれ、その一件で奥山先生がうちに見え、連れ立って江戸柳生新陰《しんかげ》流の柳生備前守俊方《としかた》様にもお目にかかった次第にございます」

柳生石舟斎宗厳《せきしゆうさいむねよし》を流祖とする将軍家ご指南番は五代目の俊方の時代に入り、剣術家としての実力と名声は衰えていた。

だが、腐っても鯛《たい》の柳生宗家だ。

剣術試合となると柳生家の協力抜きにできないことは当然であった。

それにしても南町奉行の大岡忠相が、と惣三郎は思った。

「大岡様はどんなお関わりでございますかな」

「この一件、水野様と大岡様が協力して進めよとの上様の仰せでございます。水野様は世に隠れた逸材まで承知しておられぬ。そこで大岡様の出番でございます」

「と申されますと、参加はどなたでもよろしいのでございますか」

「上様のお考えはそのようでございます。が、実際に一堂に会して試合をなすとなると、どのように致さば等しく参加の機会を与えられるかなどなど難問山積でしてな」

「で、ございましょうな」

「ともあれ金杉様にも一役買って頂かねばと大岡様が待っておられます」

「それがしがなんぞ役に立ちましょうかな」

鎌倉江ノ島で諍いを起こした濃州高須藩のこともあった。

惣三郎は大岡には直々に会って、この一件を報告しておこうと考えていた。

「金杉惣三郎は大岡様の 懐 刀《ふところがたな》、そなたが出ねばおさまらんでな」

と石見鋏太郎が笑ったものだ。

大川端は昼前というのに暑さのせいでげんなりとしていた。

江戸の空を一面薄い雲が覆っていた。雲の向こうからどんよりした重く暑く、湿気の籠った日差しが射して、じっとしていてもじっとりとした汗がにじみ出てきた。

「おおっ、ようやくお帰りだ」

小頭の松造《まつぞう》が惣三郎の姿を認めて、作業場から声をかけてきた。

作業場では人足たちが火事場の燃え残りの棟柱や板などを適当な長さに切り分けていた。燃え残った火事場を早急に片付けて、新しい店や屋敷の普請にかかれるようにするのが火事場始末の仕事だ。

どの顔もげんなりしていた。

火事の多い江戸では豪商たちは、木場《きば》に木組みをするばかりにした建築材料を用意していた。万が一、火事で消失した場合は一刻も早く火事場を整地して、新しい店と家を建てて、商いを始める。

それが豪商たちの気配り、心意気であった。

荒神屋では燃え残った資材を運んできて、長屋などに再生できる柱や板は釘《くぎ》を抜き、洗って大工などに売る。また火が入った板や柱は適当な長さに引き切って湯屋に卸す。この二つもまた荒神屋の収入源であった。

「始末仕事はないようだな」

「それだ。うちが手をかけるような火事はねえや」

松造が汗まみれの顔をしかめた。

「二階長屋の住み心地はどうかな」

荒神屋では大水のとき、浸水する大川端から住み込みの人足たちの長屋を土手の内に移すため、火事場の廃材を利用して自分たちの手で建てたのだ。

惣三郎らが旅に出る前に二階長屋と棟割長屋の普請が終わり、小頭の松造一家も大家のような顔付きで二階長屋に引っ越していた。

「そりゃ、九尺二間の長屋とは違うぜ。手足を伸ばして眠れるなんて生まれて初めてだ」

このときばかりは松造も晴れやかに笑った。

「そりゃ、なによりだ」

「ただな、広くなればなんだかだ費用《かかり》もいろいろとあらあ。油一つとってもよ、今までの何倍も金がかかるぜ」

松造が細かいことを言った。

「小頭、油代くらいおまえさんの飲み代をけずればなんとでもなるよ」

荒神屋の主の喜八が帳場から姿を見せて言い、惣三郎に、

「お帰りなさい。旅はどうでしたか」

と笑いかけた。

二

この一日、荒神屋喜八と旅の出来事を話しながら、溜《た》まっていた帳簿付けをした。

濃州高須藩の家中との諍いを聞いた喜八は、

「金杉さんが行くところ、いつも風雲が渦巻いてますな」

と笑ったものだ。

七つ半（午後五時）、惣三郎は鮑の粕漬をぶら提げて数寄屋橋《すきやばし》の南町奉行所を訪ねた。

南町は今月が非番、大戸は閉じられていた。

惣三郎は同心小者が出入りする通用口に立つ門番に内与力織田朝七《おだちようしち》の名をあげた。

顔見知りの門番が、

「暫時《ざんじ》、お待ちくだされ」

と玄関番の同心のところまで走っていき、しばらく待たされた後、奉行所内へ通された。すると鉄砲がいかめしく飾られた式台に織田が立っていた。

「帰ってこられたか」

「織田様にはお元気そうでなによりにございます」

「そのような挨拶《あいさつ》は抜きだ。お奉行がそなたを待っておられるわ」

惣三郎はまだ与力同心が働く御用部屋のかたわらを通って、奉行の用部屋に通された。

大岡は城中から下がったままの横麻小紋の肩衣《かたぎぬ》を着て、書類に目を通していた。

さすがに町奉行職、この暑さというのにいささかも乱れた様子はない。

「大岡様には相も変わらずご多忙な様子にございますな」

座敷の端で畏まって挨拶をする惣三郎に、

「そなた、陽に焼けたな。それがしも公務を忘れて、鎌倉江ノ島に遊びたいものじゃな。さりながら、いつ途絶えるとも知れぬ訴状の山だ」

と周りを見回して嘆いてみせた。

「車坂の石見銕太郎どのに聞き及びましたが、新たな難題を背負われたとか」

「そのことでそなたを待っておった」

「上様ご発案の剣術試合を水野様お係りでなされるとか。石見先生は、あとは大岡様にお伺いせよと申されました」

大岡は小さく頷いた。

用部屋には大岡と内与力の織田、それに惣三郎の三人だけだ。

女中がお茶を運んできた。

「江ノ島名物の鮑の粕漬にございます。奥へお持ちくだされ」

惣三郎は江ノ島から運んできた土産を女中の前に差し出した。

「金杉、そなたが入ってきた時から目をつけておった。大岡、殊《こと》の外《ほか》、鮑が好物でな、夕餉が楽しみになった」

と大岡が笑みを顔に浮かべた。

「それなれば運び甲斐《がい》があったというもの」

女中が鮑を捧げ持って廊下を奥へと下がった。

庭に夕暮れの鈍い光が差し込み、一日が終わろうとしていた。が、湿気を含んだ暑さは一向に衰えを見せようとはしない。

「上様はな、世の中の乱れは武士が本分を忘れて、遊興に走っておるからだと考えておいでだ。また一方、仕官もままならず世間の片隅や街道筋にあてもなく暮らす浪々の者たちにも望みを与えたいと剣術試合を発案なされたのだ」

「それがし、石見先生からお聞きして、よき企てかなと感嘆致しました」

「ただしじゃ、言うは易《やす》し行《おこの》うは難《かた》しでな」

「老中水野忠之様は剣術界にお詳《くわ》しい方にございますか」

「いや、世情に疎《うと》い能吏と申してよかろう。上様ご自身が主催なされば不必要に企てが燃え上がり、よからぬことが起きはせぬかと身を退かれたのじゃ」

「さようでしたか」

「そこで将軍家ご指南役、柳生家を後ろ盾《だて》に心貫流の奥山佐太夫どの、石見どのらの知恵を借りておるところ、そなたも加わり、ひと汗かいてくれぬか」

「はっ、汗をかくのはよろしゅうございますがそれがしはお歴々と違い、一介の浪人者に過ぎませぬ。名を連ねてよいものでございましょうかな」

「そこでじゃ、そなたの身分、享保の剣術試合が済むまで老中水野家のお抱えの剣術指南といたした。むろん水野様と相談の上だ」

「それがし、ご老中家お抱えにございますか」

惣三郎は幕府の、いや大岡の意向で豊後相良藩を辞《じ》して以来、転々とする身分を思って溜め息が出た。

「そろそろ斎木高玖どのの家臣に戻りたいと申すでないぞ」

大岡が釘を刺した。

「大岡様、もはや豊後相良にはそれがしの席などございますまい。大半の家臣はそれがしの顔すら知りはしませぬ」

「そうか、そうだったか」

大岡はふいを衝《つ》かれたように絶句したが、

「金杉、そなたは風雲の相が備わっておる。妨《さまた》げる者を斬り倒し斬り倒しして進むのがそなたの運命《さだめ》かも知れぬわ」

「でもございましょうが……」

その先の言葉を飲みこんだ。

「金杉、そなたのことは上様直々のご所望じゃ」

「と申されますと」

「ここだけの話だぞ。上様のご本心は一剣客金杉惣三郎の腕前を見たいがために剣術試合をご発案なされた」

「そのようなことがありましょうか」

惣三郎は呆《あき》れて大岡の顔を見直した。

織田朝七も初めて聞く話か、目を丸くしている。

「お奉行、上様は金杉どのに出場せよと仰せられたのでございますか」

「水野様とそれがしにしかと申された」

「で、金杉どのは水野家のお抱え剣術指南として出場なさるのでございますか」

「いや、それがしがお断わりした」

織田の問いに大岡が言い切った。

惣三郎はほっと安堵《あんど》した。

「そうではないか。金杉惣三郎を斎木高玖様から譲り受けたは、尾張藩と上様との間の確執に密かに立ち向かうためじゃ。それを表舞台に晒《さら》してよいものか」

大岡の言葉を惣三郎は複雑な思いで聞いた。

「それがしは、金杉が剣術試合を主催するわれらの側で働いてほしいと思うておる。奥山佐太夫どのや石見どのと一緒に隠れた人材を世に送り出す手伝いをしてくれぬか」

「畏まりました」

惣三郎は、水野家のお抱え剣術指南というのはそのための肩書きかとひとまず納得した。

「近々のうちに水野忠之様とお会わせする。金杉、そのつもりでおれ」

「大岡様、それがし、これまで通りの暮らしを続けながらのお手伝いで構いませぬな」

「止めたところでそなたの周りの者たちが許すまい」

大岡が苦笑いした。

「旅は何事もなく家族孝行が果たせたか」

「それがちと……」

惣三郎は由比ケ浜で浪々の剣士棟方新左衛門と濃州高須藩の家中の者たちの争いから紅葉谷での戦いまでを話した。

しばらく大岡と織田が黙っていたが、ふいに大岡が笑い出し、

「みよ、織田。金杉の行く手に争い事がないなど考えられぬわ」

「お奉行、さりながら御三家尾張様の支藩というのがいささか気にかかりますな」

織田がそのことを危惧して言った。

「金杉もそのことがあるゆえ、鮑の粕漬を江ノ島くんだりからわざわざ大岡に運んできたのであろう。南の奉行に鮑の賄賂《まいない》だ」

大岡が珍しく冗談を言った。

そう言いながら、大岡は胸の内で別の思案をしていた。

数寄屋橋の通用口を出たとき、六つ半（午後七時）近くになっていた。

淀んだような蒸し暑さはさらに勢いを増して息苦しささえ感じた。

腹も空いていた。が、惣三郎の足は南八丁堀《はっちょうぼり》に一家を構える御用聞き、花火の房之助《ふさのすけ》親分の家に向けられた。

冠阿弥と房之助のところには、昼間、しのが鮑の粕漬を持って旅の帰着を報告に出向いていた。

きれいに磨き上げられた格子戸を引くと、家の中から馴染みの声が聞こえてきた。

房之助親分の旦那、南町奉行所定廻同心西村桐十郎《とうじゅうろう》の声だ。

「ごめん」

玄関から声をかけると手先の三児《さんじ》がすっ飛んできた。

「金杉様、西村の旦那も親分も首を長くして待ってますぜ」

神棚のある居間には、西村に房之助と静香夫婦、隣の広間に信太郎《しんたろう》ら手下たちがいて、すでに惣三郎の膳まで出ていた。

「お先に頂いておりました」

西村が手の杯を上げて見せた。

開け放たれた庭には打ち水が打たれ、静香が丹精した朝顔の鉢も蔓《つる》を伸ばしていた。

ここだけはかすかな涼気が漂っていた。

「しの様から江ノ島土産を頂きましたよ」

静香が言い、西村が、

「それがしは鶴岡八幡宮のお守りをもらった」

と懐から嬉《うれ》しそうにお守りを出して見せた。

惣三郎が知らぬところで、しのはいろいろと土産を買い求めてきたようだ。

「大岡様のところに金杉様が行かれたというので、こちらで網を張っておりました」

西村が言った。

「蜘蛛《くも》の糸に飛び込んできましたか」

「まずは一献《いっこん》……」

西村に酌《しゃく》をされて、惣三郎は杯を口につけた。

「友と心おきなく飲める酒がなによりですな」

一日の疲れが一杯の酒に溶けていく。

「しの様たちと飲む酒よりも美味しいですか」

今日の西村はえらく饒舌《じょうぜつ》だ。

「八丁堀の旦那が軽口を叩いているところをみると江戸は平穏と思えますな」

「なくもない。狐《きつね》の面を被《かぶ》った数人組のしけた強盗が逢引《あいびき》中の男女を脅して、なにがしか奪っていく事件が横行してますが、まずは穏やかですぜ」

房之助が答えたものだ。

「それで西村どののご機嫌が麗《うるわ》しいとみえる」

静香が手を振って、

「西村の旦那のご陽気なのは、但馬《たじま》の野衣《のえ》様が秋口に江戸にお戻りの知らせがあったからですよ」

「どうりでな」

但馬出石《いずし》藩三万石の江戸屋敷の勤番侍山口鞍次郎《やまぐちくらじろう》と西村は、剣術仲間で親しい付き合いがあった。ところが去年のこと、国表に戻った鞍次郎は俄《にわ》かの心臓《しんのぞう》の発作で急死した。

三年前に祝言《しゅうげん》を上げた女房の野衣から知らせを受けた西村は山口家の菩提寺、目白《めじろ》坂の蓮華《れんげ》寺に野衣と墓参りに行った。

その光景を偶然にもめ組のお杏に見られていた。

いつもと違う西村の様子を見たお杏は、西村桐十郎が密かに野衣を好きだったのではないかと推測した。

夫の法要に但馬に戻るという野衣と西村を、お杏、静香、しのの三人が音頭をとって、花火の親分の家で引き合わせたのだ。

ふいに寡婦《かふ》になった野衣には、すでに鞍次郎の弟に娶《めと》らせて山口の家を継ぐという話が持ち上がっているという。

だが、野衣は西村桐十郎の恋心を受け止めて、

「必ず江戸に戻って参ります」

と約束して但馬に発った。

その野衣の江戸帰府が遅れに遅れて、西村をやきもきさせていたが、ついに戻ってくるというのだ。

「来年あたりはおめでたい話がありそうだな」

惣三郎の言葉に、

「まだ鞍次郎の三周忌も終わっておりませんぞ」

と答える西村の顔は崩れっ放しだ。

「ともかくそれがしの話はこれくらいにいたそう。金杉さんは鎌倉でも危難に見舞われたというではないか」

西村が強引に話題を変えた。

「しのから聞かれましたか」

「聞きましたよ。相手は濃州高須藩だそうで」

花火の親分が言い出した。

「それがしが大岡様に面会したは、高須藩が尾張様の支藩、藩主義行様は尾張の継友様、宗春様ご兄弟とは従兄弟の間柄にあたる。それを心配したで、話に参ったのだ」

静香の手料理で酒を酌《く》み交わし、世間話をしているうちに四つ（午後十時）の時鐘が鳴った。

「これはいかん。つい長居した」

惣三郎が辞去しようとすると、

「それがしも……」

と西村も立ち上がった。

そのとき、玄関先で助けを求める声が上がった。

「お、親分さん、お助けを！」

女の悲鳴に信太郎や三児ら手先が玄関先に走った。

房之助も西村もただならぬ声に玄関に向かった。

最後に惣三郎が従った。

広い三和土《たたき》にずぶ濡れの女が髪も着物も乱してへたり込んでいた。まだ昼のほてりが残っているというのにぶるぶる慄《ふる》えていた。

「静香、浴衣《ゆかた》を持ってこい！」

房之助が居間に声をかけ、

「花火の房之助はおれだが、どうしなさった」

と上がりかまちに座って聞いた。

「お狐様に襲われました」

「なんだと」

「だ、旦那様とお玉《たま》様をお助けくださいまし」

女中風の中年女がしどろもどろに訴えた。

「いいか、ここには八丁堀の旦那もいらっしゃるんだ。おめえの話が聞ければ、直ぐにも走るからな」

「はっ、はい」

「おまえさんはお店《たな》の奉公かえ」

「ま、正木《まさき》町の組紐《くみひも》屋の道明《どうみよう》の女中にございます」

道明は初代道明光右衛門《みつえもん》がその昔、越後高田《えちごたかだ》藩士で江戸に出て組紐を商うようになった老舗《しにせ》だ。

組紐は刀、鎧《よろい》、馬具などの武具に使うので武家相手、手堅い商いだ。

「名はなんだい」

「おしげにございます」

「おしげ、お店にだれぞが押し入ったか——」

「いえ、大川の船遊びから戻る途中、鉄砲洲《てつぽうず》の河岸《かし》に船をつけたところ、いきなりお狐様が船頭さんを刺し殺して、旦那様とお玉様に襲いかかりましてございます」

おしげは一気に喋《しやべ》った。

「信太郎、まず鉄砲洲の船をあたれ。一人は正木町に走って道明の番頭をしょっぴいてこい!」

手先の兄貴株に命じた。

「へえっ!」

信太郎が若い手先の猪之吉《いのきち》を正木町へ走らせる手配りをして、南八丁堀から飛び出していった。

三

八丁堀に沿って東に下れば、大川の河口にぶつかる。

その河口を塞ぐように佃島《つくだ》が浮かんでいたが、鉄砲洲はその島の西側の対岸に広がっていた。

組紐屋道明の当代新右衛門《しんえもん》の妾宅は、八丁堀に近い口にあった。

黒板塀に小粋な造りだ。

「親分、こっちだぜ」

三児が海に突き出して板が張られた船着場から御用提灯の明かりを振っていた。

簾《すだれ》の掛かった屋根船が舫《もや》われていた。

「どんな様子だ」

「ひでえや」

三児が首を振った。

船の中に壮年の男と手代風の若い男が滅多《めった》刺しにされて血塗《まみ》れで倒れていた。

道明新右衛門と手代の文吉《ぶんきち》だ。

信太郎が殺された二人の男を調べていた。

「財布も煙草《たばこ》入れも持ちものは一切ありませんぜ」

「物取りにしても乱暴な手口だな」

大勢でいきなり襲われたというおしげの言葉どおりの惨劇だ。

舳先側の隅に三児の掲《かか》げる明かりが洩れて、提げ重や徳利《とっくり》がひっくり返っているさまが見えた。

「匕首《あいくち》の刺傷だな」

惣三郎はその陰に不思議なものを見つけて拾い上げた。

紙型で造られ、彩色された二匹の狐の玩具だ。飛び跳ねた足の下から二本の竹棒が伸びていた。竹棒を上下に動かすと二匹の狐が戯《たわむ》れているように見える仕掛けからくり人形だ。

「西村さん、親分」

差し出された玩具を見た房之助が、

「こりゃ、飛鳥山王子稲荷《あすかやまおうじいなり》で売っている跳ね狐ですぜ」

とすぐに応じた。

「お狐は飛鳥山から来やがったか」

西村が呟《つぶや》いた。

房之助が信太郎に聞いた。

「お玉はいねえか」

「お玉も船頭の姿もねえや」

「おしげの話だと、船頭は海に落ちたというから流されたかもしれねえ」

と答えた房之助は、

「旦那、お玉が気掛かりだ。家を調べてようございますな」

と西村に伺いを立てると三児に言った。

「明かりを貸せ」

御用提灯を手にした房之助を先頭に、三人は船着場から上がって格子戸の門を潜った。

手入れの行き届いた庭には小さな石灯籠《どうろう》が置かれてあった。

房之助が格子戸を引くとすうっと開いた。

どんよりとした暑さの中、血の匂《にお》いが漂ってきた。

房之助が草履《ぞうり》を脱ぎ捨てると廊下に入っていった。

西村に続いて惣三郎が従った。

房之助が動きを止めた。

「こりゃ、ひでえや」

西村と惣三郎も明かりに照らされた座敷を覗きこんだ。

若い女が裾《すそ》を乱して白い太股を大きく開き、秘部の豊かな茂みまで丸出しに死んでいた。

血に混じって青臭い匂いがした。

胸元が血塗れになっていた。それは強姦《ごうかん》した後、非情にも胸を突き刺して殺したことを物語っていた。

「輪姦《まわし》だぜ」

「穏やかな夏だと思っていたら、なんてこった」

西村と房之助の声が沈んで聞こえた。

それだけに怒りを飲んでいることが惣三郎にも分かった。

惣三郎はふと隣部屋との境に建つ障子を見た。

「親分、あれを」

房之助と西村が惣三郎の声に視線の先を見た。

そこには下手な字で、

「お狐参上」

と墨書されて、跳ね狐の竹棒の先が障子に突っ込まれて残されていた。

「ふざけやがって」

房之助が吐き捨てた。

「旦那、これを見てくだせえ」

今度は房之助がお玉の首筋を十手《じって》の先で差した。そこにあたかも獣《けもの》にでも嚙《か》まれたような歯型が残されていた。

「人間の歯型ですぜ」

「おちょくるにも度が過ぎているぜ」

西村が吐き捨てた。

房之助は奥の部屋へ移ろうとした。

そこへ信太郎が親分の指示を聞きに顔を覗かせた。

「夜の鉄砲洲のことだ、人の往来も少なかろうが担《かつ》ぎ蕎麦《そば》屋でもなんでもいい、聞き込みにあたれ。この様子だと船が襲われたのは五つ半（午後九時）ごろのことだろう」

「へえっ」

「船には一人残しておけ」

親分の命を受けた信太郎が再びお玉の家から出て行った。

階下はお玉が殺されていた居間と続き部屋の六畳間、玄関の二畳間、台所の板の間に接した三畳の女中部屋と畳の部屋は四つだ。

三人は順繰《ぐ》りに調べて回った。

風が止まった屋内はじっとしていると、汗がたらたらと流れてくるほどの暑さだ。

手当たり次第に金目のものを探したらしく、長火鉢の小引き出しから違い棚の戸袋まで荒らされていた。

「おしげは正木町の女中だな。とするとこの家の女中はどこへ行きやがったか」

西村が言い、房之助が上を見上げた。

三人は二階への階段を上った。そこからも血と青臭い精液の匂いが漂ってきた。

二階は十二畳に八畳の二間。

蚊帳《かや》が吊られた八畳の布団《ふとん》の中で、若い女中が乱暴された上に刺し殺されていた。

十二畳には煙草盆や大徳利に茶碗が五つ六つ転がっていた。

「許せねえ」

房之助の声が憤怒《ふんぬ》を飲んで響いた。

「まず女主《あるじ》が旦那と船遊びに出た隙《すき》に五、六人の狐どもがこの家を襲い、若い女中にいたずらしながら、船の戻りを待ち受けていた。船着場に着いたところを一気に襲い、男たちを始末した。旦那の持ち物を奪った上にお玉だけを家に連れこんで、再びいたずらに及んだ……」

「花火、まずはそんなところか。こりゃ、これまでの事件と違うな」

「わっしもそう思いますね」

房之助の返事はまだ決めきれないと言っていた。

「ともかく行きずりの者の仕業《しわざ》じゃありませんや。かといって練りに練った強盗でもねえ、ど素人の凶行ですぜ」

「このじっとりした暑さが狂わせたような殺しだな」

「親分、道明の番頭と手代を連れてきましたぜ」

階下から猪之吉の声がした。

房之助が階段上から顔を突き出して、玄関先に立つ手先に尋ねた。

「旦那を確かめてもらったか」

「へえ、旦那の新右衛門と手代の文吉に間違いないそうです」

「よし、そっちに行く」

房之助らが階下に下りると、玄関先に初老の番頭千代蔵《ちよぞう》が真っ青な顔をしてぶるぶる体を震わせながら立っていた。

「花火の親分さん……」

房之助と千代蔵は顔見知りだ。

「とんだことになったな、番頭さん」

「お玉様はどうなされたので」

房之助は首を横に振った。

「こっちも目も当てられない惨状だ。外で事情を聞こうか」

四人は格子戸の外に出た。

海からの風もそよともない。

昼間の暑さが湿気を含んで江戸の町に停滞していた。

「お玉は新右衛門さんの妾《めかけ》だな」

「はい。奥向きの女中に入ったお玉様を旦那が手をつけられて、こちらに家を構えられたのでございます」

「いつのことだえ」

「そろそろ一年になろうかと思います」

「妾の家に通うのに旦那は手代や女中を連れていくのかえ」

「いえ、それが……」

新右衛門は、お玉を鉄砲洲に囲ったことが女房のおふくに発覚していないと思い込んでいた。

そこでお玉のところに通うのも掛け取りを装い、手代や女中を伴うという姑息《こそく》な手を使っていたという。

「おふくは旦那がお玉を囲っていることを知っていたのだな」

「こんなことはどこからか伝わるもので、承知しておられました」

「妾は男の甲斐性と諦めていたか。新右衛門はいくつだ」

「旦那が四十一、内儀《おかみ》さんが四十五歳でございます」

「姉様女房か」

「おふく様は先代の内儀にございました。先代が病で亡くなられ、弟の新右衛門様がお店の跡を継がれておふく様と一緒になられたのでございますよ」

新右衛門とおふくには倅が一人と娘が二人いた。

倅は二十二歳、娘たちは十九歳と十七歳という。

「お玉はまだ二十前か」

「ちょうど二十歳にございましたよ」

年上の女房に隠れて囲ったつもりのお玉は息子たちと同じ年頃であった。

「番頭さん、旦那は懐中にいかほど金を持っておられたな」

「お財布には七、八両と思いますが、その他に五十両お持ちでございました」

「妾の家を訪ねるにしては大金だな」

「旦那様は、こちらに参られる前に京橋の鎧師奈良橋《ならはし》様のところにお回りで、五十両の集金を済ませておられます。旗本七千石御側衆の本郷丹後守《ほんごうたんごのかみ》様がちょいと凝《こ》った鎧など武具一式を奈良橋様に注文なされて、うちが組紐を出しております。その掛け金を取りに伺われたので、その五十両をお持ちかと思います」

「お玉の家も荒らされている。月々の手当てはいくらだい」

「月に五両、盆暮れに十両ずつ、年間に八十両でございました」

「とするとこの家にも十両やそこらの金が残っていても不思議はないな」

「おそらくは」

と千代蔵が頷《うなず》いたとき、信太郎や三児たちが戻ってきた。

「親分、狐一味かどうか分からねえが、白っぽい衣装に尻《しり》をからげた男たちが稲荷橋際に止めていた猪牙《ちょき》舟に乗り込んだのを夜廻りのじじいが対岸から見ていたぜ。五、六人はいたというんだがね」

「刻限はどうだ」

「四つの時鐘を聞く前のことだといっているがねえ」

「おそらくそやつらだろうな。で、猪牙はどっちに行ったえ」

「八丁堀の奥には来なかったそうだ」

「ということは大川に出たか、越前堀に抜けたかだな」

「そんなところだ……」

調べはまだまだ続きそうだ。

「西村さん、花火の親分、それがしがいたところで役に立ちそうにもない。これで失礼しよう」

「遅くまで付き合わせてしまいましたね」

房之助の言葉に送られて、惣三郎は稲荷橋とは反対の明石町《あかし》に向かった。そちらの方が芝に戻るには近道だからだ。


翌朝、鍾馗の昇平に起こされ、慌《あわ》てて身支度した惣三郎は車坂の道場に行った。

夜更かしした体は正直だ。

昇平の面撃ちが手にびしびしと効いた。

「今朝の師匠はおかしいぜ」

昇平もそのことを察したらしく嵩《かさ》にかかって攻めてきた。

惣三郎も気を引き締め直して辛《かろ》うじて相手をした。

「いやはや、今朝は無様《ぶざま》な稽古にございました」

石見銕太郎との朝餉の席で惣三郎は、昨夜の話をした。

「なんと道明の主がな」

「石見先生はご存じでしたか」

「道明の先代以来の付き合いで、下緒を替えるときに道明を煩《わずら》わしておりましてな。あの悋気《りんき》持ちのおふくの目を盗んでようも新右衛門が若い妾を囲ってましたな」

「いえ、おふくには見通されていたようにございます」

「それで騒ぎは起きなかったので」

「女中はそのようなことは言ってなかったが……」

「新右衛門がまだ若い頃、今から十六、七年の前のことですか。吉原《よしわら》に馴染みの女が出来ましてな、それを知ったおふくが吉原帰りの新右衛門を大門口で待ち受けて、えらい騒ぎになったことがあります。吉原の会所の手間を取らしてなんとか騒ぎは収まったようですが、新右衛門、男は下げるわ、始末にお金は使わされるわ、散々な目に遭って、もう女はこりごりと申しておりましたがな」

苦笑いした石見が、

「この度も新右衛門は自ら災難を引き寄せたようなものだな」

と呟いた。

「おふくは悋気持ちですか」

「年上女房のせいでしょうかな、えらい悋気持ちだそうです。お互い、女房には恵まれましたな」

「恵まれたもなにも、それがしにはさような艶聞がございません」

「むろんそれがしにも……」

と石見が鹿爪《しかつめ》らしく言うと話題を変えた。

「金杉さん、大岡様から話は聞かれましたな」

「それがしも一役買えとの仰せで、老中水野様のお抱え剣術指南という肩書きを頂きました」

「近々、老中水野様がお屋敷に柳生宗家俊方様、奥山佐太夫先生をはじめ、江戸の剣術界の先生方をお招きなされて、剣術試合の発起人会を催すことになっております。おそらく大岡越前守様も同席なされましょう。前もってお知らせしますので金杉様にもご一緒してくだされ」

「承知しました」

惣三郎は承《うけたまわ》った。

この日、花火の房之助は手先の猪之吉を連れて、飛鳥山の王子稲荷に足を伸ばした。南八丁堀から飛鳥山まではちょっとした道程《みちのり》だ。

房之助が手先の信太郎や三児らに鉄砲洲の聞き込みを任せて、飛鳥山まで出張ろうとしたのにはわけがあった。現場から引き上げた房之助は一人生き残ったおしげに改めて話を聞いた。が、どこか釈然としなかったからである。

おしげはいきなり襲われた恐怖に、襲撃者が、

「お狐様」

と思い込んでいた。

房之助や西村がしつこいくらい問うても、

「いえ、あれはお狐様です」

と強情に言い張った。

「お狐がなんで新右衛門一行を襲ったんだ」

「おふく様は熱心な稲荷様の信徒でございます。庭に祀《まつ》られた稲荷社には私どもにも手を出させ

ないほど手入れをなされ、お参りされております」

「ならばお稲荷様が新右衛門をお守りするのが筋じゃねえか」

「お玉様は戌《いぬ》年生まれの女、お狐様が怒ったんですよ」

「そんな馬鹿な……」

「いえ、そうに違いありません」

稲荷信仰の本社は京都伏見《ふしみ》の深草藪《ふかくさやぶ》ノ内《うち》に鎮座する。

倉稲魂神《うかのみたまのかみ》、猿田彦命《さるたひこのみこと》、大宮女命《おおみやのめのみこと》の三神に摂社の田中大神《たなかおおがみ》、四大神《しのおおがみ》の二神を加えて稲荷五所、あるいは稲荷五社大明神という。

その起こりは和銅《わどう》四年（七一一）二月の初午《うま》の日に伊呂具秦公《いろぐはたのきみ》が伊呂利山の三が峰に社を建てて三神を祀ったのが最初であった。

京に始まった稲荷は衣食住の大神として、あるいは殖産の神様として広く信仰されるようになり、江戸の名物は、

「伊勢《いせ》屋稲荷に犬の糞……」

と言われるほど、どこの町内にも稲荷社はあったものだ。

おしげの扱いにてこずった房之助は聞いてみた。

「内儀のおふくは飛鳥山の王子稲荷にお参りにいくこともあるかえ」

「例年二月の初午の日は必ず飛鳥山に行かれます」

現場に残っていた跳ね狐のこともあった。

おしげの言葉を信じたわけではないが、飛鳥山までのして関東総社の王子稲荷のご利益に預かろうと考えたのだ。

「猪之吉、おめえはおしげの言い分をどう思う」

猪之吉は花火の手先の中では一番の新参者で、稼業の印判彫り職人を嫌って十手持ちの手先になった男だ。無駄口は利かないがねばり強く探索して、これまでも何度か房之助に褒《ほ》められていた。

「女に乱暴して金を盗んでいくお狐様はいやしません。人間の仕業です」

と言い切った。

「私にはおしげさんがなんで、ああまでお狐様にこだわりなさるかが気にかかります」

房之助も一見これまで一連の狐の面強盗の犯行に見せながらの所業に、なにか釈然としないものを感じていた。

房之助と猪之吉が王子に到着したのは昼時のことだ。

王子稲荷は古くは岸稲荷と呼ばれていた。

草創は治承四年（一一八〇）、源頼朝が義家《よしいえ》の兜《かぶと》や薙刀《なぎなた》を奉納したのが始まりとされる。

起伏のある王子台地に広がる稲荷社は王子七滝と呼ばれる水豊かな地で、旗亭《きてい》や茶屋が参道に軒端を連ねていた。

房之助と猪之吉の主従は、まず事件が早期に解決するように稲荷の大神に賽銭を上げて祈願した。

「親分、どこから手をつけますか」

猪之吉が重い口を開いて聞いた。

「刻限も刻限、まずは扇《おうぎ》屋の釜焼玉子でも食べて腹をこしらえようか。腹が空いては戦もできめえ」

「へえ」

と答えた猪之吉が実にうれしそうに笑ったものだ。

石段に戻りかけた房之助の足が止まった。

社殿の横手に脇祭神の稲荷社があって、石像の狐が向き合っていた。

「せっかくここまで来たんだ、脇社もお参りしていこうか」

二人は稲荷大明神の赤い幟《のぼり》が並ぶ間を潜って小さなお社に参拝し、房之助はここでも賽銭を上げた。

二人は再び赤い幟を潜って石段へと戻りかけ、同時に足を止めた。

幟に寄進者の名が染め抜かれてあった。

正木町道明新右衛門
幟は新しかった。

「猪之吉、お狐様のご利益があったぜ、扇屋はちょいとあとだ。社務所からだれか呼んでこい」

猪之吉は禰宜《ねぎ》の清水実親《しみずさねちか》を連れてきた。

「禰宜さん、手を煩わしてすまない。ちょいと聞きたいことがありましてな」

「なんですな」

清水は老狐のように痩《や》せて尖った顔の下に白い顎髭《あごひげ》を蓄《たくわ》えていた。

「この幟を寄進した道明新右衛門のことだ。新右衛門が直《じか》に見えられたかえ。それとも代人が来られたか」

幟を見た清水が、

「内儀のおふく様が熱心に信心なさっておられてな、幟もおふく様が持ってこられましたよ」

「二月の初午のときかえ」

「いえ、二月《ふたつき》前のことかな、飛鳥山の桜が散った時分だ」

「幟の寄進は毎年のことかな」

「いや、初めてですね」

と答えた清水はしばらく黙っていたが、

「道明様ではなんぞ祈願することでも起こりなさったかな。おふく様はだいぶ思い悩んでおられたようじゃったが」

と独り言のように呟いた。

「おふくは独りで来たかえ」

「幟を手代さんに担がせて来られた」

「手代の名は覚えておられるか」

「覚えておらぬ」

「文吉とは言わなかったか」

「そういえばそんな名だったかな」

清水は曖昧《あいまい》な返答をすると顎髭を手で撫《な》でた。

四

南八丁堀に房之助と猪之吉が戻りついたとき、刻限はすでに五つ（午後八時）を回っていた。

房之助はまず風呂場で汗だらけの体を流し、静香が用意した浴衣に袖《そで》を通すと居間に戻った。

そこには手先の信太郎らが待ち受けていた。

「信太郎、なんぞ進展はあったかえ」

女中のうめが運んできた熱い茶で喉《のど》を潤《うるお》した房之助が聞いた。

「いやさ、夏の五つ半（午後九時）だというのに、鉄砲洲で事件を目撃した人間はいねえんだ。あの暑さにうんざりして、家に籠っていたのかねえ」

信太郎がぼやいた。

「船頭の死骸《しがい》は品川《しながわ》の漁師が見つけたぜ。おれが検分に立ち会ったが、匕首で胸を一突きされて海に落とされ、おぼれ死んだのだな、水をだいぶ飲んでいた。怪我さえなけりゃ、河童《かっぱ》船頭だ、おぼれ死ぬこともなかったろうがさ」

房之助は頷いた。

「道明の様子はどうだ」

「そりゃまあ、呆然としているさ。親類縁者が集まって、早々に身内だけの通夜を決めた。今時分ひっそりと催しているところだろう」

信太郎は通夜には三児らを出張らせていると言った。

「おふくはどうしてるね」

「番頭の千代蔵の話だと、事件を知らされてから寝込んでしまったそうだ」

「ほう、寝込んでいなさるか」

「親分、なんぞ王子で拾い物をしてこられたようだね」

「信太郎、こりゃ、お狐様は通り魔とは言い切れねえぜ」

房之助は、王子稲荷で見聞してきたことを話した。

「親分、おふくが亭主殺しを企てたと言いなさるか」

「まだ、言い切るにはなんの証拠もねえ。そこで猪之吉と二人で、おふくの実家のある飛鳥山界隈を聞いて回って遅くなったのさ」

「収穫はあったかえ」

「証拠にはならねえものばかりだ、が、まあ、聞いてくれ。飛鳥山の名主の娘のおふくがそもそも先代の道明光右衛門に嫁入りしたのは、豊島《としま》村の名主が道明とおふくの実家の双方を知っていたからだそうだ。おふくは十一歳も年上の先代と所帯を持つのはあまり乗り気じゃなかったようだ。ともかく所帯を持って、二年も経たないうちに先代は流行病《はやりやまい》で亡くなった。その弔《とむら》いの席で出てきたのが、おふくと先代の弟との結婚話だ。今度は一転四つ年下だ。亭主が亡くなったばっかりで、喜ぶわけにはいかないがおふくが当代の新右衛門と改めて所帯を持つことを喜んだのは確からしいや。夫婦は仲睦《むつ》まじく二十年余の時を過ごした。新右衛門は四十一の男盛り、おふくは四十五とすでに女の盛りを過ぎてしまった。そこへさ、若いお玉が女中に入ってきた……」

「親分、新右衛門がお玉に手をつけたのは一年も前のことだぜ」

「そこだ。亭主を殺しかねない女が一年の間じっと我慢の子というのもおかしい。ところがだ、信太郎、おふくは最近までお玉がよんどころのない事情で家に戻されたと思い込んでいたとしたらどうだ……」

「符丁は合うな」

「妾の家に通うのに本家の女中や手代まで連れて、商いにいくかのような姑息な手を使っていた新右衛門だ。意外とおふくは近ごろまでお玉のことに気がつかなかったのじゃないか」

「親分、おふくが王子稲荷に幟を納めにいったときには亭主殺しをすでに考えてのことだと言いなさるか」

「お狐様の力を借りたってのはおかしいか」

「日頃信心している王子稲荷に亭主殺しを祈願するかどうか知らねえが、殺された手代を伴ったというのが気にいらねえな」

「そこだ」

房之助は頷いた。

「ひょっとして文吉がおふくにお玉のことを喋ったと考えてみねえ。王子稲荷に文吉を伴ったのもなんぞ懐柔の一つかもしれねえ」

「おふくが事情を知っていた文吉を殺したのは、最初から予定のうちと言いなさるか」

「そういうことだ。そのことをさ、おしげは薄々気がついたんじゃないか。だからこそ、お狐様の仕業と言い張ったんだ」

「筋道は通ってますね。となるとおふくは希代《きたい》の悪女ということになる」

「どんな女だったかねえ」

房之助は内儀のおふくの顔が思い浮かばなかった。

「年よりも老《ふ》けてましてね、頭痛持ちだそうで、いつもしかめっ面をして、上目遣いに人を見るような女だ」

「かといってそれが証拠になるわけもねえ」

「おしげを番屋に引っぱって、調べ直しますかえ」

「いや、そいつはもう少しあとにしよう。もしおふくが首謀者なら下手人のお狐様と連絡《つなぎ》を取るぜ、そいつを見逃さないことだ」

「男どもは六、七十両の金を奪い取ってますぜ。すでに江戸を離れてるってことはないかね」

「いや、道明の身上を考えれば、五人を殺して女まで犯した輩《やから》だ。おふくの周辺に取りついて離れねえよ。それにだ、野郎どもは一人生き残らせている……」

「おしげも始末すると言いなさるか」

「おふくが見逃すはずはねえ。お狐を呼んで、新たな始末を命じるかもしれねえ。お狐一味も金になることなら、あと一人殺すくらいなんでもなかろう」

「おしげを道明からどこぞに移さなくていいかえ」

「おふく自身が動くわけじゃねえ、お狐どもは外にいる。となると道明においておいたほうが安心だぜ」

房之助は正木町の道明を昼夜見張る場所を探せと信太郎に命じた。

「へえっ」

と手先の兄貴分が畏まったところに通夜に出ていた三児たちが戻ってきた。

「親分、通夜はどこもひっそりしたもんだが、今度ばかりは粛《しゆく》として声もねえや。だれもがさっさと帰っていったぜ」

「三児、おめえらはご苦労だが、もう一度、道明に戻ってもらうぜ。手配りは信太郎が飲み込んでら、飯を食いながら聞け」

「へえっ」

と声を揃えた手先たちが台所に下がった。

翌朝、金杉惣三郎は大川端の荒神屋に出る途中、花火の親分の家に寄った。

先夜の事件が気にかかったからだ。

居間に房之助と静香が女中のうめを相手に茶を飲んでいた。

静香が惣三郎にも茶を淹《い》れてくれた。

南八丁堀が一番のんびりとした刻限だった。

「お狐一味は尻尾《しっぽ》を出したかな」

「それが女狐かもしれませんぜ」

昨日、王子稲荷まで遠出した経緯を話した。

「するとお狐は行き当たりばったりに犯行を重ねる一味ではないと申されるか」

「どうもこれまでのお狐のいたずらと違い、度が過ぎてまさあ。お狐のいたずらに似せた別の仕事じゃないかと考えているとこでね」

「そういえば、石見先生が道明の内儀は、えらい悋気持ちだと話されていたな」

惣三郎は石見から聞いた十六、七年前の吉原での出来事を話した。

「ほう、新右衛門は、そんな前科を持ってましたか」

「無粋な騒ぎに新右衛門どのは男を下げた上にお金もだいぶ遣わされたらしい」

「金杉さん、これで符丁が合いますぜ。なぜ新右衛門が女中や手代を連れて、妾の家に通わなきゃならないかね」

「おふくは亭主の浮気を知って吉原に乗り込むような女だ。今度もお玉のことを知った時点で激情にかられて、鉄砲洲の妾宅を襲うことはしないだろうか」

「それも一理ございますね」

房之助が頷く。すると静香が言い出した。

「十六、七年前はおふくはまだ若かった。二十八、九の女盛り、それで亭主の女遊びを知ったとき、見境もなく吉原に出向くような野暮を演じた。でもさ、今や四十の峠を越えている、昔とは容貌も衰えているだろう。変わらないのは年下の亭主を想う気持ちだけです。もはや自分の若さでは亭主を引き戻せない、そんなとき、女の妄想というのかえ、どんどん膨らんでいったとも考えられるね」

静香の意見に房之助と惣三郎は顔を見合わせた。

「おまえもそんな気持ちを持っているのか」

「そりゃ、女は嫉妬の炎《ほむら》をだれしも持ってますよ。ただね、見境なく人殺しをするような男に殺しを頼むようなことに走る女は滅多にいませんけどね」

「おっかねえ、気をつけよう」

房之助が本気とも嘘《うそ》ともつかない言葉を吐いて、首を竦めた。

この夕暮れ、うだるような暑さの中、旧吉原の住吉《すみよし》町の湯屋から出火した。町火消が迅速に行動して、火が回る先の家々を破壊したことと無風が幸いして、類焼破壊三十余軒でなんとか済んだ。

荒神屋では古着問屋の和歌野屋甚右衛門《わかのやじんえもん》の後片付けを頼まれて、久し振りに人足たちが出動した。

そんな騒ぎがあったため、惣三郎も帰宅が遅くなった。

楓川《もみじ》と八丁堀が出会《でくわ》す弾正橋《だんじょう》を渡り、白魚橋《しらうお》を通って白魚屋敷の南側に出た。

風がない夜はじっとりとよどんでいた。

じとじととした汗が首筋を伝わり流れた。

そのせいで惣三郎はいつもと違う堀端の道を伝って東海道に抜けようとしていた。

堀が鉤《かぎ》の手に曲がって三十間堀に向かう。

堀向こうは伊予吉田《いよよしだ》藩などの江戸屋敷が連なり、急に寂しくなった。

堀端の柳が枝を垂らした下に屋根船が止まっているのが見えた。

おぼろな明かりは人を避けての逢引きか。

ふいに惣三郎が歩いてきた方角の堀に櫓《ろ》の音が響いた。

二丁櫓の船足は速く、堀端の暗がり道を歩く惣三郎の横を追い抜いていった。

惣三郎が何気なく見ると、白っぽい浴衣を着て尻端折《しりっぱしょ》り、狐の面をつけた男たちが五、六人乗っていた。

二丁櫓の猪牙舟が屋根船を襲おうとしているのは歴然としていた。

惣三郎は走り出した。

猪牙舟が舳先を屋根船にぶつけて、匕首を閃《ひらめ》かせた二人が屋根船に乗り移った。

「狐、無法は許さぬ！」

惣三郎は走りながら高田酔心子兵庫を抜き差しにして、翳《かざ》した。

猪牙舟から狐の面が惣三郎を振り見た。

屋根船に飛び乗った一人が障子を蹴り破って今にも飛び込もうとしていた。

女の悲鳴が響いた。

お狐の一人が短く叫んだ。すると船に乗り移っていた二人が飛び戻り、猪牙舟は全速力で三十間堀を南に向かって漕《こ》ぎ下り、闇に溶け込んだ。

その先に行けば、築地《つきじ》川に抜けられ、江戸湾へと出られる。

惣三郎は足を緩《ゆる》めると刀を鞘に納めた。

騒ぎをどこからか見守っていた船頭が石垣から船の艫《とも》に飛び下りた。

「船頭、客に怪我はないか」

「へいへい、なにもございません」

障子の向こうから、

「船頭さん、早く船を出しておくれ！」

とうろたえた男の声がして、屋根船も惣三郎の視界から消えた。

密会を他人に知られるのを恐れた男が礼も言わずに船を出させた。

惣三郎は南八丁堀の花火の房之助親分の家に向かった。

住吉町の火事場から親分と手先、それに定廻同心の西村桐十郎たちが戻ってきたところだった。

「金杉さんも火事で遅くなられたか」

西村が聞いた、

「ちと知らせることがあってな……」

男たちの顔が緊張した。

惣三郎が見聞したことを話すと、一座がしーんとなった。

「なんてこった、お狐の野郎、今日も出やがったか」

西村がぼやき、

「屋根船の主も逃げましたか」

船宿の名は知っていたが、格別告げることはあるまいと報告しなかった。

「花火、おまえの推量だと今度の一件はおふくの亭主殺しの線が強いということだったな。お狐は狙《ねら》いを達したんだ、なぜまた現われたな」

房之助が首肯《しゆこう》すると、しばらく考えを纏《まと》めるように黙りこんだ。

「西村様、一つはこっちの推量に間違いがあったということだ。だが、わっしの考えは捨てきれない」

「うーむ」

「もう一つは、おふくの企てを通り魔の犯行に思わせるために、お狐強盗を一、二件重ねるかもしれねえ」

「とすると金杉さんに阻止《そし》されたお狐は、また新たに密会船を襲うということか」

「それも考えられます。いずれにしても悠長におふくを見張っているだけではらちがあきませんな」

「これ以上、死人を出さないためにもなんとか手を打たねばなるまい」

房之助がしばらく沈思していたが、

「金杉様に一役買ってもらいますか」

と言い出した。


翌朝、正木町の道明はまだ表戸を閉ざしていた。

主と手代の弔いは昨日のうちに菩提寺の西応寺《さいおう》で済まされていた。

小僧が一人、所在なく箒《ほうき》を手に掃除を始めた。

「小僧さん」

無精髭に汚い格好の金杉惣三郎が小僧に声をかけた。

「こいつを内儀のおふくどのに渡してくれ」

惣三郎は跳ね狐を包みこんだ封書を小僧に渡した。

「どなた様でございますか」

「読めばわかるさ」

惣三郎はすたすたと正木町から楓川の方へと歩きさった。

小首を傾《かし》げた小僧はそれでも封書を手に潜り戸から店に入り、居合わせた番頭の千代蔵に手紙を差し出すと事情を述べた。

「なにっ、届けられた方は名を言われなかったのですか」

「お聞きしたんですが読めば分かると申されました。汚らしい浪人者でしたよ」

千代蔵は奥に手紙を届けた。

「内儀《おかみ》さん、手紙が届いておりますが」

まだ気分が優《すぐ》れないと床に就いていたおふくは、

「手紙が……」

と起き上がった。

差出人の名もなかった。

「薄汚い浪人者だったそうにございます」

おふくはしばらく掌に手紙を載せて考えていたが、

「番頭さん、ありがとう」

と珍しく礼を言って部屋を去らせた。

その頃、惣三郎は道明の一本北側にある算盤《そろばん》屋備州屋に入っていった。そこに花火の房之助が待っていた。

「親分の申し付けどおりに手紙を渡してきましたよ」

「さて、跳ね狐で誘い出されますかな」

見張り所に借り受けた備州屋の二階から道明の店が見える。汗塗れになりながら信太郎ら手先たちが道明の出入りを見張っていた。

同じ刻限、おふくが手紙に書かれた昨夜の失敗《しくじり》の一件を読み下し、添えられてあった跳ね狐の竹棒を指でもってくるくると回しながら、何事か考え込んでいた。

惣三郎が備州屋の裏口を再び潜ったのは六つ半（午後七時）過ぎのことだ。

二階に案内されていくと房之助が顔を向けた。

「今のところこれといった動きはございませんね」

締め切った部屋はどんよりとした温気が澱《よど》んでいた。

「すぐに動き出すかどうか」

房之助がそう言って四半刻後、

「親分、おふくが出てきたぜ。いや、おふくばかりじゃねえ、おしげが供だ」

と信太郎が言った。

惣三郎らが戸の隙間から覗くと、おしげの顔はどこか緊張しているように思えた。

「よし、行くぜ」

房之助ら一行は備州屋の二階から階下に下りると、

「番頭さん、世話になったな」

と声を残して裏口から路地を伝い、大鋸町の通りに出た。

「親分、舟が迎えにきているぜ」

外で見張っていた三児が報告した。

おふくとおしげは楓川の舟着場から猪牙舟に乗った。

「かねての手筈《てはず》どおりだ」

房之助が手先たちに命じた。

花火の親分はお狐が舟で行動をすることを考え、猪牙舟を二隻用意していた。

惣三郎は房之助と同じ猪牙に乗り込んだ。

おふくの乗った舟は楓川から八丁堀に出ると稲荷橋を潜り、大川河口へと出た。

二人の女を乗せた舟は河口を横断すると、越中島《えっちゅうじま》と深川相川町《ふかがわあいかわ》の間に口を開けた堀へと入っていった。

「お狐は深川にねぐらがあったか」

房之助が呟いた。

その口調は確信に満ちていた。

女たちを乗せた舟が止まったのは堀を入った黒江町《くろえ》の岸だ。

「船頭さん、ちょいと待ってくださいな」

おふくの声が聞こえてきた。

おしげは舟から下りることを拒《こば》んでいる様子だ。

「おしげ、御用ですよ。主の私に荷物を運ばせようというのかえ」

おふくが強引におしげを連れ、舟着場の前の古びた屋敷の門に入っていった。

「よし、行くぜ」

房之助の号令で二隻の舟に分乗していた花火の手先と惣三郎らが岸に這《は》い上がった。

おふくが入った屋敷は、日本橋小松町《にほんばしこまつ》の仏具屋の隠居所を三月前におふくが借り受けていたものだ。それにお狐の一行を住まわせていた。

「おや、内儀さん、いいんですかえ。まだ葬式が済んだばかりというのに出歩いて。それとも残りの百両を持ってきなすったか」

お狐の頭分は飛鳥山王子稲荷の門前町界隈で半端《はんぱ》なやくざ暮らしで生きてきた飛鳥の新三《しんぞう》だ。

新三は幼い頃からおふくの家に出入りしていたこともあって顔見知りだ。

おふくとは去年の初午の日に出会わし、

「おふくさんよ、金になることがあったら、なんでもいいぜ、回してくんな。ここんところ目が出ねえでしょぼくれてんだ」

と頼んでいた。

そのときはいくらかの小遣いを渡して、別れた。

が、亭主がお玉を密かに鉄砲洲に囲っていることを手代の文吉から聞き知ったとき、

「糞っ、騙《だま》しやがったな」

と悋気の虫がきりきりと鳴いた。

（よし、亭主もお玉も始末してやる）

という考えが浮かんだとき、飛鳥の新三のことを思い出し、お狐様の幟を寄進するついでに連絡をつけたのだ。

「おふくさん、任せな」

新三は即座に亭主殺しを二百両の金で請け負った。

おふくは亭主殺しの嫌疑が自分に降り懸からないように、お狐の面を被った新三の仲間を三、四度暗躍させて、密会中の男女を脅していた。

「新三さん、なにをお言いだね。あんたが昨夜は失敗《しくじ》ったと手紙で知らせてきたんじゃないか」

「なんだって！　おれっちは手紙なんぞ送ってねえぜ」

新三とおふくが顔を見合わせ、新三の視線が顔を引きつらせて立つおしげに移った。

「なんで女中なんぞを連れてきなさった」

「この前、新三さんが見逃した女中だよ」

おしげが悲鳴を上げた。

「だれか、始末しねえ！」

酒を飲んでいた男の一人が逃げ出そうとしたおしげの足に飛び付いた。

おしげが廊下で尻餅《しりもち》を突いた。

「逃げられねえよ。ここは地獄の一丁目だぜ」

「そう、おめえにとってな」

二人が飛び出した廊下にひっそりと房之助が十手を手に立っていた。

その反対側には脇差河内守国助に手をおいた惣三郎が控えていた。

「野郎……」

と叫びかけた男の首筋を房之助が十手でしたたかに叩いた。

「ひえっ！」

悲鳴を上げたのはおふくのほうだ。

「御用だ！　花火の親分の手入れだよ、神妙にしやがれ！」

裏手から入ってきた三児らが啖呵《たんか》をきって、部屋に飛び込んだ。

新三が匕首を翻《ひるがえ》して惣三郎の前に飛び出してきた。

「昨夜は見逃した、今宵は逃がさぬ」

「手前はだれでえ！」

匕首を腰溜めにした新三が突っ込んできた。

惣三郎が引きつけておいて、国助を抜くと峰に返して眉間《みけん》を鋭く叩いた。

直心影流の達人の一撃だ。

「そなたには南の奉行、大岡越前様のお白洲が待っていよう」

新三が腰砕けにくたくたと倒れた。

「おふくと一緒に獄門台は間違いねえところでさ」

房之助が応じた。

「私がなにをしたというんだよ！」

信太郎らに腕を摑まれたおふくが血相を変えて叫んだ。

「おふく、王子稲荷に亭主と妾殺しを祈願しようなんて、人間の風上にもおけないぜ。お狐様も怒ってなさる」

跳ね狐を懐から出した房之助がおふくの足下に投げた。

「わああっ！」

とおふくが身を捩《よじ》って泣いた。

それがお狐騒ぎの終幕だった。

第三章　水野家剣術指南

一

江戸に朝晩と涼気が戻ってきて、人々はほっと一息ついた。

じっとりした暑さにうんざりしていた町に活気が蘇《よみがえ》ったようだ。

その朝、金杉惣三郎は芝の表通りにある蟹床《かにどこ》に行った。

「すまぬが髭をあたって髷《まげ》を結《ゆ》い直してくれぬか」

普段はしのが髷を結い直してくれる。床屋に行くことなど滅多にない。

「冠阿弥の長屋の浪人さんだね」

蟹床の親父高吉《こうきち》が惣三郎を座らせると手際のよい仕事ぶりで髭を剃り、髷を本多髷《ほんだ》に結い直してくれた。

「へえ、これで、頭だけはどこに出しても恥ずかしくねえ勤番侍だ」

長屋に戻るとしのが、

「これはなかなかの男ぶりにございますぞ、おまえ様」

と迎えた。

みわも結衣も眩《まぶ》しそうに父親を見た。

すでに座敷には結城紬《ゆうきつむぎ》の小袖、仙台平《せんだいひら》の袴に羽織が用意されていた。

「またご出仕でございますな」

主の久し振りの羽織袴姿にしのが感慨の籠った言葉を呟いた。

「いつまでもすまぬな、むさい格好の浪人暮らしで」

「いえ、おまえ様、そのような意味ではございません」

しのが慌てて言い繕《つくろ》った。

「はい、父上」

結衣が高田酔心子兵庫と河内守国助を差し出し、

「うん」

と受け取った惣三郎が腰にたばさんだ。

いつもと違って心持ちも引き締まったようだ。

「行って参る」

「お気をつけて」

女たちに送られて長屋を出ると力丸が不思議そうな顔で主を見た。

「おや、旦那、なんぞ仕官の口でもあったかえ」

魚常が惣三郎の格好に目をとめて言った。

「そうだな、いつまでも火事場始末の帳付けじゃ、しの様もみわちゃんたちも可哀相だ。ここらでさ、若党の口でもないかねえ」

八百久が口を揃える。

「皆に心配かけるな。この度、老中水野様へお抱えになった」

「嘘でもいいや。それくらいの景気をつけねえとこの暑さは乗りきれないやね」

魚常は頭から惣三郎の言葉など信じてなかった。

惣三郎が向かったのは数寄屋橋際の南町奉行所だ。

顔見知りの門番が惣三郎の顔を見て、

「おや」

という顔をした。

玄関前にはすでに大岡忠相の乗り物が用意され、内与力の織田朝七も式台に立っていた。

「おお、参ったか」

朝七が草履を履《は》くと惣三郎のかたわらに歩み寄り、じろじろと見回して、

「これなればどこに出しても恥ずかしくはないな」

と独りごちた。

「普段はよほどむさいと見えますな」

「そういうわけでもないが……」

大岡に連れられて訪ねる先は、老中水野和泉守忠之の屋敷だ。

本日、水野のお声がかりで柳生宗家の柳生俊方、心貫流奥山佐太夫ら江戸の剣術界のお歴々が集まり、享保の剣術試合の発起人会が催される。

その前に大岡は水野忠之に惣三郎を目通りさせて、かたちばかりの剣術指南役で辻褄《つじつま》合わせをしようとしていた。

「お奉行様、ご出仕！」

供の若侍の声がして、大岡忠相が玄関先に立った。

「おお、来ておったか」

「お供仕《つかまつ》ります」

頷いた大岡は乗り物に乗り込んだ。

駕籠《かご》の左右を織田朝七と惣三郎が占めて、行列は数寄屋橋を出た。

大名小路を通り、西丸下の水野邸までさほどの距離ではない。

老中になれば御城近くの西丸下に屋敷替えになった。

「金杉、道明の主殺しの探索では町方に手を貸してくれたそうじゃな」

「いえいえ、私は花火の親分の尻に従ったまでにございます」

と答えた惣三郎は、

「おふくはどうしておりますな」

「小伝馬《こでんま》町の牢《ろう》屋敷に送られて、ちと気がおかしゅうなったそうな。一時《いっとき》の症状か、装われたものか、あるいは心からおかしくなったか、牢医師ともどもこちらも見極めておるところじゃ」

「気が触れたと申されますか」

「亭主殺しは大罪、頭がおかしゅうなったほうがおふくには幸せかもしれぬな。飛鳥の新三らは余罪もある、獄門は間違いないところ……」

と言うと忠相はその話題に蓋《ふた》をした。


大岡忠相に連れられて面会した老中水野忠之はこの年、五十三歳だ。

江戸期の寿命を考えれば、人生の盛りを越えていた。だが、三十八歳の将軍吉宗にただ一人老中に抜擢された人物、柔和な顔立ちの中にも時折り光る眼光は鋭かった。

「水野様、この者が元豊後相良藩公儀人の金杉惣三郎にございます」

公儀人とは俗に言う江戸留守居役、藩外交官のことだ。

「おお、そなたが上様ご自慢の金杉惣三郎か」

忠之は磊落《らいらく》に言った。

「恐れ入りましてございます」

「この度の剣術試合の趣旨、承知じゃな」

「はっ、大岡様と石見銕太郎先生からお聞き致しましてございます」

「そなたの身柄、この水野が貰《もら》い受けることになりそうじゃ」

忠之がにやりと笑い、大岡が慌てて、

「水野様、当家に金杉がご奉公致しますはあくまで剣術試合の終わるまでの間にございます」

と釘を刺した。

「大岡、斎木高玖どのからも上様からもお小言がくるか」

「そういうことにございます」

「大岡、当家では短い間とはいえ、剣術指南を召し抱えるのじゃ。腕を試すのを断わるまいな」

「なんと、水野様は上様ご推薦の金杉惣三郎の腕試しをなさると申されますか」

「いかにも」

忠之は大岡の困惑の顔をうれしそうに見て、ぽんぽんと手を叩いた。

すると廊下に水野家の家老ら重役方が顔を見せ、庭先にはすでに白鉢巻き、襷掛け、股立《ももだ》ちをとった若い家臣が五人木剣を手に姿を現わした。

「忠之様には最初からお試しの心積もりにございましたか」

「この水野、厨房《ちゆうぼう》の者がまな板一枚にも値切るほどの男だ。上様とそなたに推奨されてもな、腕も見ずして買い物ができるものか」

若年寄時代の話だ。

料理人が大まな板を三十両で新調してほしいと願ったところ、若年寄自ら、

「高過ぎる」

と拒み、屋敷に出入りの大工に新たに見積もらせ、七両で出来ることをつき止めた。そこで料理人を呼び出して叱《しか》ったという逸話の持ち主だ。

大岡が惣三郎の顔を見て無言のうちに、

（仕方あるまい）

という表情を見せた。

惣三郎は畏まると、羽織を脱いだ。

「大岡、当家は三河武士の体面を保つため、常に武術の稽古は家臣どもに奨励してきた。この者たち、わが藩の精鋭である。金杉とて簡単にはいくまい。もし、金杉が余の家来どもに一本でも取られるようなことあらば、金杉の身柄、お抱えというわけには参らぬぞ」

「上様に金杉を突き返されますかな」

「さよう、上様に国用（財政）再建を請われた男じゃ。値打ちなきものは買うわけには参らぬでな」

「承《うけたまわ》りました」

大岡が答えた。

惣三郎は静かに座敷から廊下へ出ると白砂が敷かれた庭先へと下り立った。

藩士たちはいずれも二十代から三十になったばかりの血気盛んな若武者たちだった。

座敷から主の水野忠之が廊下に設《もう》けられた座に移動してきて、そのかたわらを大岡が占めた。

小姓の一人が木剣を持って惣三郎のかたわらに来た。

「水野様は腕試しと申されました。木剣なれば万が一にも怪我をすることもあるやも知れませぬ。値打ちを見るには袋竹刀で十分、それにて腕試しでお願い仕ります」

惣三郎が言うと、

「なにっ、袋竹刀で試したいと言うか」

忠之の言葉には、

（なんじゃ、軟弱な……）

という含みがありありとあった。

「はい」

「よかろう」

木剣から袋竹刀に変えられた。

五人の剣士たちが一様にほっと安堵の表情を見せた。

「では、お願い仕る」

三尺六寸余の袋竹刀を手に惣三郎が立ち上がった。

そのとき、水野忠之の目には豊後相良藩の江戸留守居役という履歴を持つ剣客の姿が巌《いわお》のように変わったのが分かった。

（なんとこの男……）

一番手に相手するのは御側衆佐々木《ささき》治一郎《じいちろう》、二十七歳だ。

佐々木は伊東《いとう》一刀斎《いっとうさい》景久《かげひさ》が流祖の一刀流の流れを汲む神武《じんむ》一刀流の免許持ちだ。

新進気鋭の剣士だけに藩主お声掛かりの試合に張り切っていた。

三間の間合いで挨拶し合った両者は、相正眼に袋竹刀を取った。

治一郎は左右の足を交互に弾ませながら間合いを取った。さらに袋竹刀の切っ先が細かく上下して、惣三郎を牽制し、攪乱《かくらん》しようとした。

惣三郎は不動だ。

微動もしない。

かといって威圧的でもない。

その五体からはのどかな雰囲気さえ漂ってきた。

治一郎は右、左と体を小さく飛び交わしながら飛び込む機会を虎視眈々《こしたんたん》と狙った。

この戦法は治一郎がもっとも得意とするもので、相手の面にも胴にも小手にも変幻自在に飛び込んで撃つことができた。

惣三郎は泰然自若《じじゃく》としてそよともしない。

それが治一郎には、隙だらけに見えた。

(まさか藩の剣術指南役になられる方が……)

「おうっ！」

裂帛《れっぱく》の気合いとともに治一郎は背を丸め、毬《まり》のように飛び込んだ。

間仕切りに入った瞬間、治一郎の袋竹刀が惣三郎の眉間を襲った。

(おっ、やりおったわ！)

水野忠之は身を乗り出した。

その瞬間、信じられない光景を見た。

惣三郎の袋竹刀が治一郎の電撃の面撃ちを擦り合わせて、軽く袋竹刀を弾いた。すると虚空高く治一郎の手から得物が舞い飛んで、白砂に落ちた。

直後、惣三郎の袋竹刀が治一郎の肩口を押さえていた。

ずるずると治一郎が白砂に腰砕けにへたり込んだ。

惣三郎の袋竹刀が治一郎の肩に触れたわけではない。

寸止めで袋竹刀は止まっているだけだ。

それなのに治一郎の腰が砕けていた。

「参りました！」

顔を朱に染めた治一郎が潔《いさぎよ》く負けを認めて、平伏すると頭を下げた。

惣三郎は袋竹刀を引いて、会釈を返した。

「次はだれか」

用人の杉村久右衛門《すぎむらきゆうえもん》が慌てて催促した。

「柳生新陰流弓削辰之助《ゆげたつのすけ》」

名乗りを上げたのは馬廻役の巨漢だ。

背丈は惣三郎とほぼ同じ、体重は二十二貫あったが、筋肉質の引き締まった体格をしていた。

二十八歳の弓削は江戸の柳生道場でも一、二の怪力を誇っていた。

鍔迫《つばぜ》り合いになって、弓削に肩をぶつけられた相手は、それだけで羽目板までふっとんで時に気絶する者もいた。

「参る」

佐々木治一郎が手もなくやられた姿を見て、弓削は、

（おれが叩きのめしてみせる）

という意気込みで立ち上がった。

惣三郎は再び正眼にとった。

弓削は長い袋竹刀を上段に構えた。

惣三郎の不動の姿勢を意に介《かい》することなく、上段に構えた瞬間、弓削は突進した。

上段の袋竹刀が飛び込み面を襲った。

弓削の電撃の攻撃を惣三郎は春風のように受け流した。

弓削の武器はこのあとの体当たりにあった。

弓削は袋竹刀が絡《から》んだ瞬間、左肩を惣三郎の胸に思い切りぶちかました。

が、弓削の体当たりは空を切ってたたらを踏んで前方に泳いでいた。

惣三郎が弓削の体当たりを読み切り、絡み合った袋竹刀を支点にくるりと体を入れ替えたからだ。

弓削は必死の思いで踏み止《とど》まると素早く反転した。

その瞬間、惣三郎があっという間に間合いを詰めて、弓削の眉間に袋竹刀を振り下ろした。それが寸余で止まったとき、弓削の巨漢は砂の上に押し潰《つぶ》されていた。

「参りました！」

赤面した弓削が砂に顔を付けた。

静かに頷き返した惣三郎が、

「失礼ながら、残りのお三方はご一緒にお相手させてくだされ」

と言った。

水野忠之は、

（上様が密かに隠し持たれた剣客だけはある。まるで大人と赤子の勝負かな）

と慨嘆していた。

「そなたら、それでも三河武士の末裔《まつえい》か！」

用人の杉村が怒鳴った。

藩主の前で叱責された田宮平兵衛《たみやへいべえ》、岸和田三八《きしわださんぱち》、露木左助《つゆきさすけ》の三人は、互いに目で決死の戦いを
誓い合うと岸和田三八を頂点にして半円に囲んだ。

惣三郎は初めて袋竹刀を下段に、切っ先を左前において構えた。

「水野様」

大岡が声をかけた。

「あれが金杉惣三郎の秘剣寒月霞斬り一の太刀の構えにございます」

「ほう、寒月霞斬りな」

忠之が思わず身を乗り出した。

左足をわずかに引いた姿勢で立つ惣三郎の両眼が静かに閉じられた。

「な、なんと……」

忠之が小さく叫んだ。

岸和田三八らは、惣三郎の瞼が閉じられるのを見ながら金縛《かなしば》りにあったように動けなかった。

それまで惣三郎の五体から静なる重圧が放出されていた。

(なに糞っ！)

三八は必死で勇気を奮《ふる》い起こした。

右手にいた露木左助が動いたのはそのときだ。

「おうっ！」

胴撃ちを狙って袋竹刀を振るった。

そのとき、惣三郎の袋竹刀が伸び上がるように円弧を描いて白い光になり、左助の下腹部を叩くと虚空に跳ね上がって反転した。さらに、雪崩《なだ》れる雨となって三八の肩口を叩き、惣三郎の体が右手に流れながら、再び地から袋竹刀が擦り上げられた。

寒月霞斬りの一の太刀、二の太刀、そして残月が終結した瞬間だ。

忠之には一瞬の間が永久の刻限のように思えた。

脳裏を白い光がゆっくりと流れた。

三人の家臣が狐につままれた顔で白い砂を乱して倒れていた。

惣三郎の瞼が開けられた。

砂の上に正座した惣三郎が忠之に、続いて戦った五人の剣士に会釈した。

「み、見事である、金杉惣三郎！」

忠之がいつもの平静を忘れて叫んでいた。

「大岡どの、身震いが走りましたぞ」

「水野家剣術指南の力量、事足りますかな」

「そう意地悪を申すものではない」

忠之が江戸家老佐古神次郎左衛門《さこがみじろうざえもん》に、

「次郎左衛門、金杉を名ばかりのお抱えにしてよいものか」

と言った。

「いかにもさようにございますぞ、殿。剣術試合が終わるまで、時に屋敷に通って頂き、家臣に稽古をつけてもらうのはあの者たちの励みにもなりましょう」

対戦した五人の剣士たちが笑みを浮かべて歓迎した。

「大岡どの、当家では金杉惣三郎を確かに剣術指南役として召し抱えたぞ」

「水野様にくれぐれも申し上げます。金杉惣三郎のお抱えは一時《いっとき》のことにございますぞ」

大岡忠相が慌てて念を押した。

二

四半刻後、水野家の書院で本日の集まりが始まった。

「そなた様方と今後とも相協力して働くことになろうゆえ、当家の剣術指南金杉惣三郎の同席をお許しくだされ」

と断わった。

「金杉……」

俊方が訝《いぶか》しい顔をして惣三郎を見た。

「豊後相良藩の留守居役を務めておられた金杉惣三郎どのか」

惣三郎は柳生宗家に会釈した。

剣一筋で大名に昇進した柳生家はただの剣術家の一門ではない。

剣術指南、武者修行を隠れ蓑《みの》に諸国を放浪し、各藩の動きを歴代の将軍家に報告してきた密偵の一族でもある。

将軍家周辺の情報に詳しいのは他の大名家に類を見ない。

「上様のお側近くに凄腕《すごうで》の剣客にして、大岡どのの密偵が控えておられるという噂《うわさ》を俊方、耳にしたことがある。そなたのようじゃな」

「柳生様、この度、水野家では大岡どののご推挙にて金杉惣三郎を召し抱えてございます。われら剣術に不案内の者に成り代わりまして皆様の下働きをいたします。よしなにお付き合いくだされ」

とだけ説明を加え、俊方の問いを避けた。

「相分かった」

俊方もそれ以上質問を重ねなかった。

「上様は剣術試合を年の内に行なえと強く念を押されたそうにございます。半年ほども期日はございませぬ。となると難題は上様の申される広く隠れた人材にも機会を与えよとの御心にいかに応えるかでござろう」

「佐古神どの、ちと念を押しておきたい」

俊方が再び口をはさんだ。

「こたびのこと、剣術に限ると考えてよいな」

槍、薙刀、棒術など他の武術はどうするかと俊方は念を押していた。

「主と大岡様が話されて、時間もなきことゆえ、このたびは剣術に限るということで上様のご承認を得ております」

「御前試合の出場者の数はどこまで絞られる」

「一日なれば二十人から三十人かと……」

「だが、御前試合を目指す者たちの数は知れずか」

「ということにございます」

「時との戦いじゃな」

「誠にさよう」

「出場者は三つに分けられよう……」

と言い出したのは古藤田一刀流の林左近だ。

左近は、心技ともに充実した剣術家として知られていた。

「一は大名旗本家の家臣、二は各流派の門弟衆、この二つは重なる場合もござろう。さらに三は、道場に属することなく諸国を武者修行して回る浪々の剣士でござろうかな」

「林どの、上様は各大名家の推薦を受けた剣士となれば、大名家の面子《めんつ》、威信などどうしても過熱してしまう、それでは悲劇を招きかねない。大名や旗本家が剣士を表立って推挙するのは避けたいとの仰せにございます」

「なれば、各諸流派単位に一派を代表する剣士一名、あるいは二名の推薦を受けるやり方ではどうかな」

林左近は、新陰流なれば江戸柳生、尾張柳生などすべての分派を網羅して当代の宗家が推薦したらどうかと提案していた。

「ちと厄介《やっかい》なところもあるが……」

尾張柳生との確執を考えてか、俊方が首をひねり、

「柳生一門の代表は柳生に任せると言われるのじゃな」

と念を押した。

「柳生様、さようにございます」

「まずそれが無難な方法かな」

石見銕太郎が賛意を示し、

「他によき案はございますか」

と佐古神が一座に聞いた。

一同が俊方も含めて頷いた。

「となれば、林どの、そなたが案出されたお考え、石見どのと協力して各諸流派を絞りこんではくれませぬか」

佐古神が願った。

「およそいくつになろうかのう」

長老の奥山が呟く。

「ただ今、活動する流派の源はまずは二十余派、それなればほぼ網羅できるかと」

「諸流から二名出すとそれだけで四十人になるな、一日の上覧試合には多過ぎるか」

「かといって、流派一名に絞り切るのはなかなか至難じゃぞ」

俊方が異を唱えた。

「今ひとつの人選が残っておるでな。そのことはしばらくおいて、林どのと石見どのに次の集りまで流派を選んでおいてもらいましょうかな」

佐古神が進行させた。

「浪々の剣士をいかに集め、いかに人選するか」

「難題にございますな」

一座が首を傾げた。

「まずこちらの組の出場者は何人かな」

奥山佐太夫が聞き、佐古神が、

「まずは十人、それ以内にございましょうな」

と答えた。

「流派の推挙者と合わせれば三十余人か。それでもかなりの数じゃな」

「奥山先生、この数も仮に十人以内としておきますか。まずはこの者たちにどうやって知らせるか」

「佐古神様、こういうことは一瀉《いっしゃ》千里に広まるものにございますよ。まずは江戸、京、大坂、それに名古屋の四つの都の高札場に、水野家肝煎《きもい》りの剣術試合を公告いたさば、すぐに伝わりましょう」

一円流の渋谷遊庵が自信をもって言い切った。

渋谷はちょうど五十歳、武術はもとより茶道華道俳諧《はいかい》と遊芸にも長《た》けた人物として知られていた。

「ならば遊庵どのにぜひ文案を練って頂きたいものでござる」

「それがしでよろしければ……」

遊庵がすぐに受け、言い出した。

「問題はどれほどの数の剣者たちが江戸に集結し、どうやって何人に絞りこむかにございますな」

「渋谷どの、参加者を免許皆伝《かいでん》の取得者と限らばいかがでございますな」

直心影流の長沼右源次が言った。

長沼は三十七歳と剣術家として充実した年齢を迎えていた。

「流派によって皆伝もまちまちにございます。また、諸国を放浪している者には怪しげな皆伝者もござればな」

林左近が反論した。

「皆伝に加え、しかるべき剣術家、あるいは身分の者の推薦状を付与して申し込むという一条をいれればどうなりますかな」

石見が言い、林が頷いて、

「それなりに絞り込まれましょうな。ただし、何人になるか見当もつきかねる。大勢が押しかけた場合、どうするか」

と困惑の表情を見せた。

「予選を戦わせるか、こちらで人選するか。その場合、受け入れは水野様のお屋敷になりますか」

石見が聞き、佐古神が、

「勧進元ゆえ、仕方があるまいが、大勢の浪人者が押しかけては老中のご公務にも差し支《つか》える」

と慌てて答え、惣三郎を見た。

「ご家老、前もって先ほどの条件を満たした希望者たちに履歴、皆伝取得の詳細などを記した書面にて申し込みをさせてはいかがにございますかな。参加者の数も予測つきますし、書面にておよその者の腕前は判別つきましょう。多ければ書類審査にするのも止むなしにございましょう」

「それはよい考えかも知れぬな、こちらも繁雑にならんですむ」

佐古神が賛意を示した。

「書類審査にて二十数名に絞ったとします。さて、そのあと彼らを一堂に集めて予選を戦わせて、十人以内の人数まで絞り込みますかな」

渋谷が聞いた。

「もし二十数名なれば、われらが相手して審査すればよい」

石見銕太郎が言い切った。

「書面審査と最終審査の役、金杉、そなたが担当してくれるか」

佐古神の言葉に、

「皆様方のご協力をいただければそれがしが行ないます」

と惣三郎が答えた。

「話が後先になったが、試合場は水野家と考えればよいのじゃな」

俊方が聞く。

「はい、水野の名で主催する剣術試合にございますれば、当家と考えております」

「残るは期日か」

「気候などを考えますれば十月と言いたきところなれど、準備ももろもろござれば、十一月の中旬ではいかがにございますな」

佐古神次郎左衛門が提案した。

「上様もお待ちのこと、師走《しわす》になるのもいかがと思うゆえそこいらあたりが目安か」

俊方が賛意を示した。

諸々の役割が決められ、次の集まりは十日後ということで、まずは水野家の最初の会合は散会した。


「石見先生、ちと相談がござれば……」

と佐古神が水野家を辞去しかけた石見を引き止めた。

家老の御用部屋に呼び移されたのは、用人の杉村久右衛門、それに石見銕太郎に惣三郎の三人だ。

「主と大岡様の話し合いの上で剣術試合が無事終わるまで、金杉惣三郎を当家の剣術指南といたした。石見道場のご門弟をお借りするでな、遅くはなったが、一言お断わりをと思うて残ってもらった」

「さような心配は無用にございます。金杉どのはうちの門弟でもなければなんでもない。いわば客分として弟子どもに無償で指導されてこられたのです。佐古神様、もはやこれ以上の言葉は必要ございますまいが、金杉どのの人格、技量はそれがしが保証致す……」

「見た、見た……」

佐古神が集まりの前に行なわれた腕試しの話をした。

「殿は金杉がうちの腕自慢の藩士を赤子のように扱われたのを見て、大層驚かれてな。本気で藩の剣術指南を仰せつけになったのだ」

「そうでしたか」

と笑みを浮かべた石見が、

「いつから教えに来られますな」

と惣三郎にとも佐古神にともつかずに聞いた。

「杉村、佐々木と弓削を呼べ」

先ほど、惣三郎と対戦した佐々木治一郎と弓削辰之助の二人が呼ばれた。

若い藩士は緊張の面持ちで家老の前にやってきた。

「佐々木、弓削、増上慢を思い知ったか」

「ははあっ」

二人が平伏した。

「殿の思《おぼ》し召しもある。金杉惣三郎どのがそなたらの剣術指導にあたられる。限られた期間かも知れぬが、少しでも多くの薫陶《くんとう》を受けよ」

「ありがとうございます」

二人が惣三郎に頭を下げた。

「よろしゅうお願い仕る」

惣三郎が応じ、佐古神が命じた。

「佐々木、明日にも金杉様が見えられてもよいように支度をしておけ」

「はい、畏まりました」

惣三郎が慌てた。

「ご家老、それがし、仕事もござれば雇い主とも相談いたさねばなりませぬ」

「なにっ、そなたは主持ちか」

「長い付き合いでございましてな……」

惣三郎は火事場始末の帳簿付けの話をした。

「これはまた奇妙な仕事を持っておるな」

佐古神らが呆れた顔をした。

「佐古神様、金杉どのの周りには大岡様を筆頭に、札差から町火消の頭取と人材豊かにございますればな、火事場始末の帳簿付けくらいで驚いてはなりませぬぞ」

石見が笑った。

「聞けば聞くほど不思議な人物かな」

佐古神が首をひねった。

「ご当家は朝稽古が習わしですか」

「はい、明け六つには勤番の者たちが集まって参る」

「人数は」

「時にもよりますが十数人から三十人ほどにござる」

「二日に一度なれば支障なく通いましょう」

荒神屋に出る前ならば、石見道場と交互に通ってもいいと惣三郎は考えた。

「それはよい」

佐古神が満足そうに頷いた。

「明後日の朝にまずは伺います」

「金杉様、お願い申します」

佐々木と弓削が師弟の約定を交わした印《しるし》に平伏した。

水野邸の帰途、石見が惣三郎を車坂に誘った。

遠慮のない二人だ。

酒を酌み交わしながら、吉宗が発案の剣術試合のことなどをあれやこれやと話し合った。

「金杉どの、それがし、鹿島の米津寛兵衛老先生に手紙を書こうと思うております」

と言い出したのは石見だ。

「いずれ寛兵衛先生には力をお借りせねばなりますまい」

「それもござる」

「他になにか」

「清之助どののことですよ」

「倅《せがれ》がなにか」

「よい機会だ、鹿島からこの度の剣術試合に名乗りを上げられることです」

「あれはまだまだ未熟者にございます。それに一門には沢山の門弟衆がおられます。鹿島諸流を代表するなど早うございます」

「むろん、鹿島諸流の代表にならねば、水野様のお屋敷での試合には出ることは適いませぬ。だがな、金杉どの、父が考える以上に子は成長しておるものですよ」

「そうでしょうか」

　惣三郎は首を傾げた。

「まあ、見ていてご覧なさい。鹿島から若武者が出て参ります」

　石見は酒の酔いもあって上機嫌に言ったものだ。

　惣三郎は、車坂の石見道場の門を五つ半（午後九時）時分に出た。

　惣三郎はふと思いついて、家に戻る足の向きを変えた。

　愛宕権現《あたごごんげん》に詣でて清之助の武運を祈ろうと考えたのだ。

　と同時に尾行者に気がついた。

（だれか）

　と思いつつ懐を触った。二百両の大金がずしりと入っていた。

　水野家の家老佐古神次郎左衛門が辞去しようとする惣三郎に袱紗《ふくさ》包みを差し出したものだ。

「支度金二百両です」

困惑する惣三郎に、

「水野様のお気持ち、素直に受け取りなされ」

と石見が勧めたものだ。

その金子が懐にあった。

（まさかこの金子目当てではあるまいが……）

愛宕権現を鬱蒼《うっそう》とした裏手の坂道から上った。

拝殿に清之助の無事と家族の安全を祈った後、惣三郎は尾行してきた者が潜む闇に呼び掛けた。

三

「どなたかな」

返事はない。

愛宕権現の境内《けいだい》に水音だけが響いていた。

小高い山には名水児盤水が湧き出し、水量豊かな池を造っていた。

ふいに尾行者は気配を消した。

惣三郎はしばらく様子を窺っていた。

境内に穏やかな時が流れている。

惣三郎は曲垣平九郎《まがきへいくろう》が見事に乗馬のままに上り下りしたという男坂の八十六段の石段に向かった。

石段を下りれば、大名家の上屋敷が甍《いらか》を並べる小路に出る。

惣三郎が留守居役を務めた豊後相良藩の拝領屋敷もあった。

石段を下りて右に向かえば三縁山増上《ぞうじょう》寺、そして、惣三郎が住む芝七軒町の長屋はすぐそこだ。

惣三郎は衝立《ついたて》のように急な石段の前まで来て、思い出した。

かつて紀州の山忍び乗源寺《じょうげんじ》一統にしのと結衣の二人を拉致《らち》され、岩殿禅鬼《いわどのぜんき》が率いる三十二人とこの石段を舞台に死闘を演じたことがあった。

惣三郎が戦った相手として難敵中の難敵であった。

もはやあのときの若さも体力も惣三郎にはない。

石段の途中での襲撃は避けたい、惣三郎はそう考えた。

惣三郎は石段の左手から愛宕山を九十九《つづら》折りに下る女坂に足を向けた。

じっとりした暑さは峠を越したようだ。

この夜、江戸の海から愛宕山に向かって潮風が吹き上げ、愛宕山の古木の枝々をざわつかせ、それが微醺《びくん》を帯びた惣三郎の顔の火照《ほて》りを冷ましてくれた。

女坂は幅一間余の坂が右に左に曲がりくねって続く。

女坂の曲がり角に男坂の石段に立つ石灯籠の明かりがこぼれ落ちていた。

そして、白の着流し、痩身総髪の男が薄明かりを背にひっそりと立っていた。

黒鞘の剣を一本だけ腰に差し落とした男が尾行者のようだ。

脇差の代わりに朱総漆の道中用の矢立てを帯の間に差していた。

「お手前か、それがしを車坂から尾《つ》けてきたは」

五尺八寸余の痩身から血の臭いが漂ってくる。

修羅場に身をおき、身過ぎ世過ぎを一剣に託して生きてきたことを示していた。

幽鬼とも見える痩身の顔は白く抜けるような肌を持っていた。頬がこけ落ちたことを見逃せば、目鼻立ちは眉目秀麗《びもくしゆうれい》といえた。

「なんぞ用か」

「……………」

惣三郎は六、七間の間をゆっくりと詰めた。

四間と縮まったところで足を止めた。

「それがし、この近くに住む浪人金杉惣三郎と申す者、人違いを致すでないぞ」

念を押した。

返事は反《そ》りのない一剣を鞘から抜くことであった。

「刺客《しかく》か。だれから頼まれた」

「……………」

「その答えもなしか」

惣三郎もまた運命《さだめ》に殉《じゅん》じて、剣槍の間に身をおいて生き抜いてきた男だ。

刺客を放たれるのは覚悟の上だ。

だが、刺客を送った相手の見当がつかなかった。

「お相手仕る」

惣三郎は相手が抜いた剣を右手一本にだらりと下げたままなのを目に留めつつ、羽織の紐を左手でほどき、坂道のかたわらに脱ぎ捨てた。

相手が剣をゆっくりと動かした。

両手を添えた剣が男の裾前に斜めに構えられ、切っ先が左前へ流れて女坂の地面を差した。

惣三郎の秘剣、寒月霞斬り一の太刀と全く似た構えだ。

いや、同一と言ってよかった。

(なんとまあ……)

男は惣三郎の秘剣を承知しているのだ。

痩身から漂う妖気といい、無言の構えといい、生半可《なまはんか》の相手ではないと惣三郎は悟った。

惣三郎もまた坂上にあって、躊躇なく寒月霞斬り一の太刀の構えをとった。

二人は地擦りの構えを相似させて、互いの呼吸を計った。

着流しの剣士は吸う息も吐く息も感じさせなかった。

男の腰が沈んだ。

そして不動の体勢に戻した。

ぬめりとした雰囲気は、夏の日陰の地面で獲物を待ち受ける蛇を思い起こさせる。

だが、この黒蛇、ちろりとした舌先さえ出すことを拒んでいた。

一切の気配を消して、ただひっそりと惣三郎が仕掛けるのを待っていた。

惣三郎には気がかりがあった。

懐の袱紗包みが重かった。

二百両の小判がずしりと応えてきた。

それに寒月霞斬りの地擦りは坂上に位置するものより、坂下から擦り上げるほうが明らかに有利だ。

坂上の惣三郎の高田酔心子兵庫は、坂下に低い姿勢で立つ男の頭上を流れる。

坂下の男の剣は、長身の惣三郎の足下から頭まで襲いかかってこれる。

男はそのことを計算し尽くして坂下に位置を取り、地擦りに構えたのだ。

惣三郎はそれを悟ると、地擦りの酔心子兵庫二尺六寸三分をゆるやかに上昇させていった。

が、動きの途中でも相手の攻撃に応じられるように五感を鋭敏に研ぎ澄まして、刃《やいば》を移した。

ゆるやかな円弧が腹前に来て、さらに上昇を続けた。

惣三郎は相手の地擦りとは対極の逆八双に高田酔心子兵庫を立てようとしていた。

ほぼ剣が移行を完結させようとしたとき、

「火の用心、さっしゃりましょう！」

という夜回りの声が愛宕山下から流れてきた。

その瞬間、男が不動の地擦りに力を与えた。

低い姿勢で迫ると痩身を伸び上がらせながら、剣に弧を描かせた。

幽鬼の口が開いた。

惣三郎は逆八双を振り下ろした。

が、動きの途中にあった惣三郎の迎撃よりも、相手の寒月霞斬り一の太刀のほうが伸びを持っていた。

惣三郎は、

(死)

を予感した。

存分に踏み込んで擦り上げられた相手の切っ先が惣三郎の懐を十分に襲った。

が、襲撃者がただ一つ間違いを、いや、予測出来なかったことがあった。

惣三郎が二百両を包んだ袱紗包みを懐にしていたことだ。

細身の剣の切っ先が、

(ががが っ……)

と小判に食い込み、男は予測せぬ手応えに惣三郎の刃を掻《か》い潜って、坂上に走った。

擦れ違う瞬間、幽鬼から悪臭が漂ってきた。

内臓でも悪いのか、ひどい口臭だ。

惣三郎が斬り裂かれた懐に風を感じながら、振り向いた時、刺客は闇に消えていた。

命を救ってくれた袱紗包みに手をやった。

すると切り破られた隙間から小判がばらばらと坂道に落ちた。

「ふーう」

（水野忠之様に借りが出来ましたな）

と心の内で呟いた。


「おまえ様……」

出迎えたしのが異変に気付き、三和土に飛び下りた。

「大事ない」

切り裂かれた夏小袖を惣三郎は見せた。

もうその声は平静に戻っていた。

「そなたが折角仕立ててくれたものを無残にしてしまったな」

「お怪我はございませぬか」

小脇に抱えていた羽織とそれに包んだ袱紗包みをしのに渡した。

二階にいたみわと結衣が階下に下りてきた。

「父上、どうなされましたな」

「お怪我は……」

「騒ぐでない。いま話すでな」

物三郎は水瓶に柄杓《ひしゃく》を突っ込み、喉を鳴らすと飲み干した。

座敷に上がるとしのが惣三郎から大小を受け取った。

「長い一日であった。いろいろとあったでな、掻い摘まんで話す……」

惣三郎は水野邸の出来事から帰りにお抱え剣術指南として支度金が二百両下しおかれたこと、さらに車坂に誘われて、石見銕太郎と剣術談義に花を咲かせて遅くなったこと、そして、女坂で寡黙《かもく》の襲撃者に襲われたことを話した。

「……水野様に頂いた支度金がそれがしの命を救ってくれたのだ」

「なんということが……」

しのがそう言うと羽織に包んで持ち帰った袱紗包みを出した。

袱紗は一文字に裂かれ、二十五両ずつ切餅《きりもち》に分けられた上数枚が見事に切り割られていた。

「なんとも空恐ろしい相手であったわ」

「おまえ様の命を水野様が下しおかれた小判が救いましたか」

「石見先生が清之助の剣術試合の出場を持ち出された。そのことが頭に残っていたでな、清之助の武運を愛宕権現に祈りたくなったのだ。愛宕権現は、家康公の守護将軍尊像をお祀りした社、神君東照宮《とうしょうぐう》公が身を守ってくださったのかもしれぬな」

「父上、その兄上からお手紙が参っております」

みわが立ち上がり、仏壇に供えてあった封書を持ってきた。

「米沢のご城下からにございますよ」

「寛兵衛先生ともども元気かな」

「お元気ですよ。いま頃は鹿島へお戻りの道中でございましょう」

しのが答えた。

惣三郎は行灯《あんどん》のそばにいくと封書を開いた。

〈父上様母上様、みわ様結衣様へ
清之助はただ今米津寛兵衛先生のお供にて出羽米沢十五万石ご城下に滞在しております。

米沢ご城下は家臣農民商人ともどもに質実にして剛健、節約を旨《むね》に勉学や武術の稽古に熱心の地にございます。

主の土岐貴三郎様を失った道場を藩士を中心にした門弟衆が支えて存続させるとのこと、寛兵衛先生の来訪は哀しみのうちにも嬉しき知らせと門弟衆が毎日、寛兵衛先生の教えを受けんものと集まって賑やかなことにございます。

私めも門弟衆に混じって日がな一日汗を流しております。

過日には上杉家のご重役方も道場に見えられ、寛兵衛先生にいつまでもご滞在くだされと再三に亘《わた》って懇願なされ、ついには私だけでも米沢に残されるようにと所望なされる始末にございました。

寛兵衛先生は鹿島より人格高潔にして技量卓抜な者を派遣致そうというお約束をなされて、ようよう米沢を去ることが決まりましてございます。

剣の道は険しく厳しいものですが、同好の士が胸襟《きょうきん》を開いて打ち解ける道でもあると、この道にお導きくだされた父上母上に感謝致しております。

寛兵衛先生は鹿島に戻った暁《あかつき》には、早々に父上の来鹿を願っておられますゆえ、父上もそのおつもりにてご用意くだされたくお願い申し上げます。ともあれ三日後には米沢を出立して鹿島に向かう所存にございます。

猛暑に向かう砌《みぎり》、ご両親様妹様、ご壮健にお過ごしの事、旅の空より深く念じております。

清之助拝〉

「しの、清之助め、いつの間にか大人になったことよのう」

しのは惣三郎が読む手紙をわきから覗き込んで、両眼を濡らしていた。

「母上は兄様の手紙を読まれる度に泣かれます。姉上や私のことでは、涙一つこぼされぬのにな」

結衣が冗談めかして言う。

「みわと結衣は私どものそばにおります。清之助は他人の中で厳しい修行に明け暮れているのですからね」

「兄上はもはや成人男子にございます」

みわも妹に口を揃えたがしのは、

「わが子はいくつになろうと心配の種です」

と言い張った。

しのは腹を痛めていない清之助ゆえに溺愛《できあい》の傾向があった。

「しの、子はわれらが知らぬところで育っていくもののようだ。石見先生も鹿島諸流を代表して、清之助が水野様の剣術試合にきっと出て来ると予告なされた」

「石見先生がそのようなことを」

しのが顔に喜びを見せた。

「鹿島諸流には歴戦の古強者《ふるつわもの》から新進気鋭まで数多《あまた》の剣者が揃っておられる。石見先生は自分が鹿島に送った弟子ゆえにそうなればとの願いを口にされたまでだ」

「でもございましょうが……」

と言ったしのは、

「明日から茶絶ちを致します」

と宣言した。

みわと結衣が顔を見合わせて、溜め息をついた。

車坂の朝稽古を休んだ惣三郎は、大川端に向かう道すがら、南八丁堀の花火の親分の家に立ち寄った。

「おや、めずらしい刻限にお見えになりましたな」

房之助は静香とうめの世話で朝餉を食べ終え、茶を飲んでいた。

惣三郎の茶の支度をするためにうめが台所に立ち上がった。

「昨夜、遅かったでな、石見先生にお休みを頂いた」

「お顔になんぞあったと書いてある」

「親分は八卦《はっけ》もみられるか」

と苦笑いした惣三郎は、昨夜の襲撃者について話した。

静香が急いで膳を片付けた。

「そやつが金杉様の得意の剣技寒月霞斬りそっくりに構えましたとな」

「あれは偶然ではあるまい。こちらのことを承知した上で送り込まれた刺客だ」

惣三郎は風貌を覚えている限り話した。

房之助が復唱するように、

「背丈は五尺八寸ほどの痩身、頬は殺《そ》げてはいるが細面の顔は端整、白無紋の着流しの腰に黒鞘の大刀を一本差し、それに矢立てでしたな」

と繰り返した。

「後ろ暗い世間で暮らしてきた殺し屋剣客でしょうか」

「顔の肌は抜けるように白くて、口を常に噤《つぐ》んでおったがな、擦れ違った一瞬、口臭がした。胃の腑でも病んでおるのかもしれぬ」

房之助が頷いた。

「そやつの剣技は、金杉様を脅かすほどのものなんですな」

「懐に二百両を持ってなければ、それがしはこうやって親分と話してはおられなかった」

惣三郎は両断された小判の一枚を見せた。

切り口を見た房之助が、

「なんとええ技量の持ち主だ」

と嘆息し、

「これまで聞いたこともねえ。近ごろ、江戸に流れこんだ輩《やから》に相違ございませんや。ともかく奉行所で調べてみます」

と請け合った。

「頼む」

「それにしても金杉さん、二百両なんて大金をようも懐に入れておられたな。冠阿弥から使いでも頼まれなさったか」

当然の疑問を口にした。

「うーん、それがな……」

惣三郎は、老中水野家で剣術を教えることになった経緯だけを話した。

「二百両がその支度金でしたか」

「それが金杉惣三郎の命を生き長らえさせた。貧乏暮らしの惣三郎をたまたま頂いた支度金が助けるとはな、皮肉なものだ」

「いや、まだまだ金杉様の武運が続くということでございますよ」

房之助が大きく首肯した。

四

夕暮れ、惣三郎が荒神屋の帳簿を片付けていると、表から小頭松造の声が聞こえてきた。

「おや、西村の旦那と花火の親分が連れ立ってくるとは、江戸に怪しい風が吹き出す前触れですかえ」

「久し振りにととやで酒を飲みたくなったのさ。松造さんらもあとで来なせえ」

房之助が応じて言った。

「親方もいねえし、今宵はととやで飲むか」

喜八は所用で出ていた。

帰り支度の惣三郎が出ていき、

「酒のお誘いですか。うれしいことで」

と笑った。

大川端に西村桐十郎と花火の房之助が顔を出したということは、松造ではないが、

(なにか異変が起こった)

ということであろう。

ととやは大川端の安直な煮売飯屋であり、呑み屋だ。

親父の源七《げんしち》が毎朝魚河岸に買い出しにいくので、魚が美味しいとここいら界隈の評判で、職人や船頭たちが夕暮れになると大勢集まってくる。

惣三郎たちは、なんとか席がとれた。

まずは冷や酒で喉を潤した。

「金杉さん、昨夜、幽鬼のような剣士に襲われたそうで」

「西村さん、恐るべき相手でしたよ」

「花火の親分に知らされて奉行所の手配書きをひっくり返してみました」

「あったようですな」

西村桐十郎の小鼻がひくついていた。

「京都町奉行所から手配書きが回ってきておりました。風貌と言い、脇差の代わりに矢立てを腰に差し落とした格好といい、公卿鷹司《たかつかさ》家の若党一条寺《いちじようじ》某《なにがし》の倅、菊小童《きくこどう》であろうかと思われる。金杉さんを襲ったとき、無言であったそうですな」

「一切言葉は吐かなかったな」

「当然でしてな、生まれついて口が不自由なんですよ」

「一条寺菊小童は口が利けぬか」

「そこで己の意を伝えたいとき、矢立ては欠かせぬのです」

「なるほど」

「京からの手配書きによれば、昨夏、鴨《かも》川の河原にて二条城鉄砲奉行支配下の者たちと諍《いさか》いになり、口が不自由なことを罵《ののし》られた菊小童は四人を斬り殺し、二人を再起不能にさせるという立ち回りを見せたあと、京から姿を消しております……」

「いかようにして菊小童はあのような空恐ろしき剣技を身につけましたかな」

「元々公卿連中は江戸幕府が派遣した所司代や町奉行所、二条城の勤番の町方与力同心を、川西《かわにし》の者と嫌う傾向があるそうにございますな。だが、力では江戸の者たちに対抗できるわけもない。京に何百年と暮らしてきた公卿たちは頭を押さえつけられてきた不平をためている。そこで公卿の有志が密かに自衛の策として結束し、王城の地に伝えられてきた内裏《だいり》一剣《いちけん》流と称する剣技を蘇らせ、稽古をしてきた。何十年か前からのことで、この噂は所司代も町奉行所も承知しているそうですが、実態までは摑んでない。ともかく口の利けぬ一条寺菊小童はこの内裏一剣流の稽古に己を託したようで、免許皆伝を得たそうにございます」

惣三郎が初めて耳にする流派だった。

「京を逃れた菊小童が暮らしに困り、殺し屋稼業を始めたのではないかと奉行所では推測しています」

「手掛かりができた」

早速調べてくれた友に惣三郎は感謝した。

「だが、菊小童をだれが刺客として金杉さんの下に送りこんだかだ」

西村が言う。

「それと、菊小童はなぜ金杉さんの秘剣で仕掛けてきたかだ」

「西村さん、それは察しがついた。あの者、剣に過剰な自信を持っておる。それがしの得意の剣を遣い、それがしを倒すことで異常な満足を得ようとしたに違いない」

「なんと……」

と絶句した西村が話を元に戻した。

「金杉さん、鎌倉の諍いの一件はどうですか」

「濃州高須藩か」

惣三郎は首を捻《ひね》った。

「もし高須藩に関わった刺客なら、間違いなく御三家尾張が関わってますぜ」

また尾張が新たな刺客を送ってきたか。

「となると簡単な相手ではないな」

惣三郎は憂鬱な言葉を吐いた。

「ともかく町方のわっしらができることは菊小童のねぐらを突き止めるくらいのことだ。この男が江戸に隠れ家を持っているのなら、きっと暴き出してみせますぜ」

親分が請け合い、

「与力の牧野《まきの》勝《かつ》五郎《ごろう》様を通じて大岡様にも申し上げてございます。南の与力同心も密かに一条寺菊小童探索に明日から動き出しますから」

「ありがたい」

惣三郎は友の好意に感謝した。

そのとき、

「おおっ、やっているな」

と松造ら五、六人の男たちが入ってきて、席が作り直された。

四半刻ばかり松造らに付き合った惣三郎は、

「小頭、それがしは先に帰らねばならぬ。今日はこれで勘定しておいてくれ」

と一両を差し出した。

松造が目を丸くした。

「貧乏浪人の金杉惣三郎がどうした風の吹き回しだ。山吹色の小判なんぞを持ってるぜ」

「ちとわけがあってな、剣術を教えにいくことになった屋敷からいくばくかの支度金が出たのだ」

「親分、ほんとの話だろうね。金杉の旦那は金に困ってよ、悪いことでもして稼いだ金じゃないね」

と念を押した。

「松造さん、その心配は無用ですぜ」

「ならばさ、遠慮なく馳走《ごち》になるぜ」

と受け取った。

翌朝の明け六つ（午前六時）前、金杉惣三郎は、日頃から愛用する素振り用の重い木剣を持って、老中水野忠之の屋敷の門を潜り、堂々とした構えの道場に入った。

過日対戦した佐々木治一郎ら十人ほどが道場の拭き掃除をしていた。

「師匠、お早うございます」

「よろしくお願い申します」

と藩士たちが口を揃えた。

「お早う、よろしくな」

惣三郎は用意された小部屋に通された。

するとと若い藩士が茶を運んできた。まだ清之助と同じ年頃の十代の顔立ちだ。

「これは痛みいる。この次からはこのような気遣いは無用です」

「はい」

「そなたの名はなんと申されるな」

「佐々木三郎助《さぶろうすけ》にございます」

「治一郎どのとご兄弟か」

「はい、三男にございます。治一郎の他に次兄の次郎丸《じろうまる》が道場に通っております」

頷いた惣三郎は、

「兄者はよい剣士だ。治一郎どのを見習って修行をなされよ」

「はっ、はい。そう致します」

と紅顔を輝かせた三郎助が返事をした。

茶を喫すると持参した稽古着に手早く惣三郎は着替えた。

木剣を手に道場に出ると掃除に加わった。

「先生、掃除はわれらにお任せください」

と治一郎らが狼狽《ろうばい》した。

「どこに参ってもすること、それがしの好きなようにさせてくだされ」

惣三郎は堅く絞った雑巾で道場の床の端から端へ雑巾掛けを始めた。

あとから出てきた藩士たちが惣三郎が掃除している姿に慌てて、雑巾を握った。

五つ前には広さ百二十畳ほどの道場の床がぴかぴかに磨き上げられた。

そのときには稽古に出てきた藩士の数は二十数人になっていた。

「おお、見えておられたか」

江戸家老の佐古神次郎左衛門が用人の杉村久右衛門を従えて、道場に入ってきた。

上段の間に座した佐古神は、藩士たちを床に座らせた。

惣三郎も上段の間近くの板の間に座した。

「わが藩では二年ほど前に剣術指南役であった御側衆麦倉新兵衛《むぎくらしんべえ》が亡くなって以来、剣術指南をおかず、その方らの自主に任せて稽古をしてきた。この度、殿の強いご要望により、直心影流の金杉惣三郎どのをお招きした。金杉どのは元豊後相良藩の公儀人を務められたあと、子細あって南町奉行の大岡様の仕事を手伝われておられる方だ。また、車坂の石見銕太郎先生をはじめ、江戸の剣術界のお歴々との付き合いもある。そなたらにとってこれ以上の先生は江戸じゅうを探してもない。のう、治一郎」

いきなり名を呼ばれた治一郎が、

「誠にもってご家老の申されるとおりにございます」

と頭を下げた。

「今朝はえらく神妙じゃな」

「ご家老、そういじめんでくだされ。昨日からそれがし、顔を伏せてこそこそと屋敷内を歩いております」

「ほう、金杉先生に赤子の手をねじられるように思い知らされたからか」

「いえ、己の未熟を棚に上げて、ついうぬぼれておった自分が恥ずかしゅうて顔も上げられませぬ」

「治一郎、よう言うた。その心持ち忘れることなく金杉先生の指導に従え」

「はい」

ここで佐古神はなにかを迷うように口を噤《つぐ》み、

「殿のお許しを受けておらぬゆえ、本来なれば話してはならぬことだが……」

と前置きした。

「この年の内にわが殿、水野忠之様が主催なさる享保剣術試合が行なわれ、広く剣術家が江戸に集められる。むろん上様もご上覧になる」

藩士たちの間に、

「うおおっ！」

という期待の喚声が洩れた。

「その方らは日本諸国から選抜されてきた剣士の方々と身近に接することになる。またこの剣術試合のためにお歴々の力を借りねばならぬ。ここにおられる金杉先生も柳生俊方様らとご協力なされて、剣術試合に携《たずさ》わられる。よいな、それがしがこのことを殿のお許しもなく話したのは、享保の剣術試合を催す水野家の家臣として、しっかりした気構えでことにあたるようにと思うたからじゃ。そのために金杉先生の指導を全身全霊で受けよ。よいな」

「はい」

という声が道場にこだました。

佐古神が惣三郎を見た。

惣三郎は会釈すると、藩士たちを見た。

「佐古神様より紹介いただいた金杉惣三郎にございます。ご家老のお言葉は俗にいう仲人《なこうど》の口上でございましてな、だいぶ過分にございます。値引きして聞いてくだされ。ともあれご一緒に汗を流しましょうか」

惣三郎が立ち上がった。

門弟たちも立ち上がった。

「佐々木治一郎どの、いつものように稽古を始めてくだされ」

「はい」

三十余人の家臣たちが左右に分かれ、相手を求めて打ち込み稽古を始めた。

惣三郎はしばらくの間、水野家の家臣たちの技量と稽古具合を確かめた。

佐々木治一郎をはじめ、十余人がある程度の技術を習得していた。だが、この組も悪い癖を身につけた者、動きに無駄がある者、力を過信して動き回る者と欠点を持っていた。

第二の組は三十代を過ぎて、公務に忙しくてなかなか道場に立てない壮年組だ。この組の中にはなかなかの技量と思える者もいたが、なにせ体力が追いついていかなかった。

最後の組は三郎助のように前髪の少年組だ。この組はまだ骨格がしっかりしていない者や腰がすわっていない者たちだ。

三組が混然と相手を求めて稽古をしていた。

それを見定めた惣三郎は、

「やめよ！」

と命を発した。

直心影流の達人が発した腹からの声だ。

道場じゅうに響いて、藩士たちが稽古をやめて左右の壁際に分かれて座した。

「組分け致す。一之組は佐々木治一郎どのをはじめ、十三人……」

惣三郎は弓削辰之助ら一人ひとり選んでいき、一か所に集めさせた。

「二之組は壮年の方々です。ご公務が忙しいと見えて、体力が落ちておられる。その方々はこちらへ……」

と二之組も指名した。

「残られた三之組はまだ体格が十分に発達しておらぬ。ゆえに体力を取り戻すために汗を流される二之組と一緒に剣術の基本の素振りから始める。地味な稽古で嫌だと思われるかも知れぬが、なんでも基本が肝心でござる。それがしが持参した木剣はちと長くて重い」

赤樫《がし》の四尺一寸の木剣は六百匁《もんめ》（約二・二五キロ）余もあった。

「治一郎どの、そなた、この木剣で素振りをしてくれぬか」

指名された治一郎が、

「お借りします」

と言うと惣三郎の愛用の木剣を手にして、重さに驚いた。

が、

（なに糞！）

という顔で道場の中央に立った。

そのとき、藩主の水野忠之が小姓二人を供に道場に入ってきた。

「殿、これはまた」

佐古神が驚きの声で迎え、

「そのまま、続けよ」

と上段の間の座に就いた。

およそ藩主が道場に家臣たちの稽古を見物にくるなどなかったことだ。

家来たちの間にも緊張が走った。

「佐々木治一郎どの、お始めなされ」

惣三郎の声で正座していた治一郎が木剣を手に藩主に一礼して、木剣を正眼に構えた。

それを上段に移した治一郎が裂帛《れっぱく》の気合いとともに踏み込みざまに木剣を振り下ろした。

あまりの重さに途中で止めることができずに、切っ先が床を叩いて、不覚にも木剣を取り落とした。

「し、失礼仕った」

板の間に転がった木剣を拾った治一郎は、

（今度こそ……）

と臍下丹田《せいかたんでん》に力を溜めて、踏み込みざまに振り下ろし、なんとか止めた。

木剣を上段に戻すと後退した。

どうやら治一郎はこつを摑んだようだ。

惣三郎の木剣で律動的に素振りを繰り返す。

「治一郎どの、その調子でござる」

惣三郎の励ましに治一郎は顔を真っ赤にして頑張った。

素振りを繰り返すことおよそ四十余回、治一郎の腰がふらついてきて、木剣の動きも鈍った。

それ以上、慣れぬ者が続けると手首の骨を折りかねない。

「それまで！」

惣三郎が止めると治一郎は辛うじて正座し、荒い息で藩主と惣三郎に頭を下げた。

「重うござるかな」

「慣れればなんとかなりましょうが……」

治一郎がそれでも負け惜しみを言った。

「少年組壮年組もな、この素振り稽古から始める」

惣三郎は、治一郎から木剣を受け取ると、

「剣術の稽古に早道はござらぬ。すべて愚直の稽古の積み重ねです」

と木剣を右手一本に頭上に構えた。

無音の気合いが響いた。

惣三郎の木剣が道場の空気を震わせた。

律動的に四尺一寸の木剣が上下し、それに連動して惣三郎の体が前後に滑《すべ》った。

足が床板に吸い付いたようで前進後退を繰り返す腰が上下にぶれることはない。

片手で振られる木剣は常に同じ軌跡を描いて、空気をすっぱりと斬り裂き続ける。

その動きは四半刻、一刻と繰り返され、倦《う》むところを知らない。

また動きに遅滞のかけらも見えず、惣三郎の周辺には緊張が漲《みなぎ》っていた。

藩主水野忠之以下、言葉もない。

惣三郎は動きを止めて、正座した。

「まずは三百回まで振り続けて息を乱さず、五体の動きをなめらかに保つことでござる」

「そ、そなた、あれほどの動きをして、息も弾んでおらぬか」

忠之が呆れたように言う。

「それもこれも稽古の賜物《たまもの》にございます」

「いかにもな」

と応じた忠之が、

「金杉、よいものを見せてもろうた」

と言葉をかけ、

「そなたらも剣術の奥がいかに深いか悟らされたであろう。よいな、師匠の指導の下、倦《たゆ》まず弛まず稽古に励め」

という言葉を残して、道場を去った。

その朝の稽古が終わったのは四つ半（午前十一時）過ぎのことであった。

「佐々木どの、そなたら何人かで車坂の石見先生の道場を訪ねてくれぬか。素振り用の木剣を十本ほど頼んでおいた」

「畏まりました」

と受けた治一郎が、

「われら、一之組も素振りから改めて始めたいと思います」

「それはよい考えだ。木剣が足りなければ、出入りの武具屋に注文なされればいい」

「はい」

稽古を終えた惣三郎は用人の部屋で朝餉と昼食を兼ねた食事を馳走になり、水野の屋敷を出た。

今日もまた江戸は夏日を迎え、うだるような暑さが漂っていた。

惣三郎は最後に相手した若い三郎助らの顔に清之助を重ね合わせていた。

(米沢から鹿島に戻ったであろうか)

そんなことを考えながら大川端に急いだ。

第四章 秘剣霜夜炎《そうやほむら》返し

一

金杉清之助は、独り道場に立っていた。
まだ夜明けにはだいぶ間がある。
暗い道場の床に三尺ほどの高さの台が置かれ、一本の蠟燭《ろうそく》が点されていた。
腰には備州長船右京亮勝光二尺三寸六分があった。
米津寛兵衛の供で米沢城下まで旅をし、鹿島に戻ってきて十日が過ぎようとしていた。
清之助は旅の間じゅう、頭にこびりついて離れぬことがあった。
父のことだ。
いや、父が編み出した秘剣、
（寒月霞斬り）
のことをだ。

（父に匹敵する技を創案したい）

その想いが清之助の胸に渦巻いていた。

畢竟《ひっきょう》剣は真剣において技の完成に達する。

父が番匠川に体を浸して、流れに映る月を斬り続けたように清之助も、

（己一人の独創の剣）

を得たいと思った。

父が水に映る月に想を得たならおれは、

（炎を斬り分けてみせる）

と思い、初めて蠟燭を立てたのは一年数か月前のことだった。

しばし瞑想《めいそう》した清之助は、双眸《そうぼう》を見開いて、静かに立ち昇る炎を凝視した。

勝光を抜くと炎との間合いを計った。

切っ先が刃先に変わるところを横手という。その横手から三寸下りたところを物打ちと称する。

清之助は物打ちを炎に近付けて、間合いをきっちりと確かめた。

両足を開いて、右足をわずか前に置いた。

勝光を鞘に戻す。

息を整え、炎を見た。

「えいっ！」

勝光が鞘走り、車輪に回され、炎を斬った。

炎が太刀風で揺らいだ。

再び、勝光を鞘に戻す。

呼吸を計って、剣を抜く。

だが、刃は炎をゆらゆらと揺らしたに過ぎなかった。

この稽古が一年余も続いていた。

稽古に没入する清之助は、寛兵衛が道場の外の廊下から気配を窺っていたことに気がつかなかった。

一刻後、清之助はいつもの日課、道場の拭き掃除を始めていた。

朝の稽古は、四つ半（午前十一時）に一旦終わった。

朝餉と昼食兼用の食事を摂《と》った清之助は、午後から鹿島諸流の道場に出稽古に行くか、昼下がりから通ってくる弟子たちの相手をして過ごした。

食事を終えたとき、寛兵衛に呼ばれた。

そこにはすでに内弟子の師範梶山《かじやま》隆次郎《りゆうじろう》がいた。

「先生、お呼びにございますか」

「車坂の石見銕太郎から手紙が参った」

そういう寛兵衛の膝《ひざ》に書状があった。

「そなたの父を待たせたでな、いつでも鹿島に来てくだされと口添えを頼んだ手紙の返信だ。金杉さんは見えられぬという返事だ」

「御用で忙しいのでしょうか」

「父上はな、老中水野忠之様の剣術指南になられたそうな」

「水野様の剣術指南にございますか」

これまで父の惣三郎と水野忠之に交際があったとも思えない。

清之助は首を捻った。

「それにはちとわけがあるようじゃ……」

寛兵衛は石見がまだ公《おおやけ》のことではありませんがと前置きして、上様が発案された享保剣術試合を水野忠之が主催し、諸国から剣術家を招集すること、剣術界に疎《うと》い水野を大岡忠相が助け、柳生俊方や奥山佐太夫、石見鉄太郎ら江戸剣術界の有志が実行に関わったことなどを二人の弟子に話した。

「享保の剣術試合にございますか」

梶山が目を輝かした。

「諸流から推挙された剣士、さらには諸国を広く修行に歩いておる浪々の者にも機会を与える大掛かりな試合じゃそうな。むろん勝者には天下一の剣者の栄誉が与えられ、上様から褒美《ほうび》の一剣が直々に贈られることになる」

「うちにも当然お誘いが参りますな」

「鉄太郎は鹿島諸流にもいずれ剣士の推挙がくると言っておる」

「それなれば一刻も早く準備をしなければなりませぬな」

「隆次郎、まだ公告されたわけではないのだ。鋏太郎が内緒に知らせてきたこと、かまえて漏らすでないぞ」

「はっ、畏まりました」

梶山が承知した。

寛兵衛は話を元に戻した。

「清之助、そなたの父をな、剣術試合が無事済むまで、かたちばかりの水野家の剣術指南に大岡どのが推挙なされたのだ。ところが、水野様はそなたの父がいたく気に入られて、藩士たちの剣術指導を懇願なされたとか。そんなわけで父上は車坂と水野家の道場の朝稽古に交互に通っておられるということじゃ」

「そういうことでございましたか」

とようやく納得した清之助は、

「この話、一刻も早く門弟衆に聞かせたいものですね。きっと喜びましょうから」

「いまはならぬぞ、二人ともよいな」

「鹿島じゅうが沸き返るのにな」

清之助の呟きににたりと寛兵衛が笑った。

「鋏太郎は、このわしに剣術試合のことで相談したきこともあるので、江戸に出て来ないかと言っておる」

「米沢からお戻りなされたばかりで江戸行きにございますか」

梶山が寛兵衛の体のことを心配した。

「もはや江戸を見る機会もないと諦めていたが銕太郎の折角の誘い、江戸のお歴々に挨拶して冥《めい》土《ど》の土産にしようかと思う」

「老先生はまだまだ息災《そくさい》にございます」

「とは申せ、一人旅はちと不安じゃ。清之助、そなたが供をせよ」

「はっ、はい」

清之助の顔につい笑みが浮かんだ。

「母上の顔も見たくなったころであろうからな」

「いえ、そういうことではありませぬ」

「隆次郎、また留守をするが道場を頼んだぞ」

はい、と畏まった梶山が、

「いつ、出立なされますな」

と聞いた。

「思い立ったが吉日じゃ。あしたの朝には鹿島立ちをしようか」

「なれば、江戸への土産、浜に参って干物なんぞを用意させておきます」

「頼もうかな」

寛兵衛と隆次郎の会話を聞きながら、

（二年振りの江戸か）

と清之助は考えていた。

惣三郎の日課は車坂と水野の屋敷を交互に通う習わしに定まった。

車坂は石見銕太郎が目を光らせているので、門弟衆も人材豊かで惣三郎が欠けても稽古に支障はなかった。

この朝、惣三郎が水野道場に入ったのは七つ半（午前五時）のことだ。

すでに佐々木治一郎、次郎丸、三郎助の三兄弟をはじめ、弓削辰之助ら十数人の藩士たちが顔を見せていた。

御側衆の佐々木治一郎には老中の藩主に従い、御城に上がる勤めがある。

老中の職務は月番制で四つ（午前十時）までに登城せねばならなかった。それに毎月二日を式日として竜の口の評定所に出向かねばならない。

だが、いまは非番月、一層熱心に稽古に出た。来月になれば出ることもままならないのだ。

道場の拭き掃除も終わっていた。

「早いな」

「家老の佐古神様に、金杉先生が見える前に終えておけと叱られました」

治一郎が苦笑いした。

「なれば、稽古を始めますかな」

惣三郎ら藩士たちが床に勢揃いして、清められた道場の神棚に怪我のないように祈願して稽古を始めた。

四尺余の木剣の素振りがまず全員で繰り返された。

三郎助など木剣に振り回されていたが惣三郎の指導を得て、ゆっくりながらもなんとか素振りができるようになっていた。

「無理をするでないぞ、ゆっくりでよい。臍下丹田に力を溜めてな、丁寧に振り下ろし、振り上げるのだ」

惣三郎は体格や技量に応じて、素振りの回数や早さを決め、無理はさせなかった。

四半刻（三十分）の素振りのあと、三つに分けた組ごとに打ち込み稽古をさせた。

惣三郎はまだ体格のできていない佐々木次郎丸ら少年組から順に相手をしていった。

二之組は壮年組だ。道場に通う気持ちになっただけで十分といえた。

惣三郎は稽古の楽しみを思い出させるように相手に存分打ち込ませた。

一之組を惣三郎が回る頃には稽古が始まって、一刻半（三時間）余りが過ぎていた。

この組の十余人は惣三郎に相手してもらうことを他の二組よりも心待ちにしていた。

「今朝はそれがしが最初だ」

「いや、おれが待っておったのが先だ」

と競い合う藩士たちに順番を決めさせ、満遍なく稽古が続けられるように変えた。

これまで水野家の道場では朋輩《ほうばい》が競い合うことがなかっただけに稽古量も少なければ、怠ける者もいた。それが毎朝、競争で道場に立ち、互いが競い合っての稽古に全員が見る見る力を付けていった。

時折り、家老の佐古神までが道場に来て、汗を流すようになった。

そうなれば、他の藩士も黙っているわけにはいかない。

惣三郎が指導に通い始めて十数日後には、四十人、五十人と数が膨れ上がっていた。

その朝、最後に佐々木治一郎に稽古をつけた。

元々、神武一刀流の免許皆伝の腕前だ。

地力を持っていた。

が、治一郎は免許を得たところで、さらなる奥義《おうぎ》を目指す目標を失っていた。

一つの境地に達すれば、さらなる高みや壁が待ち受けていることを惣三郎との立ち会いで思い知らされた治一郎は、あの日以来、必死で稽古を積んだ。

その成果が上がり、惣三郎の立ち会い稽古にも息を切らすことなく、相手ができるようになっていた。

治一郎は疲れが出たところで悪い癖を出した。

竹刀の使い方が雑になり、伸びを欠くようになる。

それが治一郎にも分かるから、無理な力を入れてしまう。

「治一郎どの、肩と腕に力が入りだしたぞ」

惣三郎は丁寧に悪癖を指摘して、稽古を続けさせた。

「よかろう、だいぶようなられた」

四つ半（午前十一時）に稽古がようやく終わった。

米津寛兵衛老先生と金杉清之助は、供の甲吉《こうきち》に干物や昆布など鹿島の土産を担がせ、この朝、七つ（午前四時）には、鹿島を発《た》った。

鹿島外れの大船津には昨日のうちに手配していた帆船が待っていた。

寛兵衛の足を考え、北浦、外浪逆浦、与田浦など水郷の地の利を活用して香取《かとり》まで船旅にしたのだ。

昼前には香取に上陸し、この日の宿泊地の成田《なりた》を目指した。

うだるような暑さは峠を越えて、秋風が成田への街道を吹き抜けていた。

寛兵衛老先生は菅笠に脇差を差しただけの身軽な出で立ち、愛用の竹杖《ちくじょう》を手にしていた。

「先生、駕籠を頼まんでよいかね」

甲吉が寛兵衛の足を心配したのは佐原《さわら》から神崎《かんざき》に向かう道中だ。

三十二歳の甲吉は父親の代から米津の道場で下男を務めているから、口にも遠慮がない。

「なんのなんの、駕籠なんぞ乗れるものか」

寛兵衛は強がりを言った。

が、夕暮れが近付いて、寛兵衛の足の運びは遅くなった。

神崎の宿を過ぎたあたりだ。

成田宿まであと一里残っていた。

「先生よ、今日は無理をせんでよ、神崎に引き返すか」

甲吉が言い出した。

「甲吉、成田に行けば、顔見知りの門前屋《もんぜん》がある。神崎なんぞに引き返せるものか」

「口は達者だが、足は動いてねえがねえ」

清之助もそのことは分かっていた。

寛兵衛は米沢に旅した疲れがまだ取れていなかったのだ。

「馬でも通りかかったら、止めようか」

清之助は寛兵衛の意思のままに先に進むことにした。

小さな峠に差し掛かった。

街道の両側は竹藪で、街道との間に狭い田圃があった。

寛兵衛は竹杖の助けを借りて、ゆっくりと上っていった。

そのあとを清之助と甲吉が従った。

峠で女の悲鳴が上がった。

「清之助！」

と寛兵衛が叫んだときには、清之助は数間先を走っていた。

峠では駕籠が三挺《ちよう》転がり、壮年の夫婦と十五、六の娘、それに供の手代と若い女中が五人の餓狼のような浪人たちに囲まれていた。

「命ばかりはお助けを……」

浪人の頭分が主の首筋に抜き身を突き付けた。

「大店の主か、物見遊山とみえるが懐の有り金をそっくり置いていけ」

駕籠かきは浪人どもの待ち伏せに驚いて、駕籠と客を放り出し、それでも気になるのか半丁も先で様子を窺っていた。

「旅も帰り道、さほどは持っておりませぬ」

主が震える手で巾着を引き出した。

中身を見た頭分は、

「ちえっ、二十両もねえか」

手代に目を移した頭が、

「背の荷を下ろせ」

と命じた。

手代は血相変えて抵抗しようとした。

「こやつを叩き斬れ！」

頭が仲間に命じた。

「荷をあげなされ」

主が叫び、手代がそれでも荷を守ろうとした。

「なにをぐずぐずしておる！」

頭が荷をひったくり、顎を振った。すると仲間の二人が娘と女中に飛び掛かった。

「そ、それはなりませぬ！」

主が叫び、女中が悲鳴を上げた。

その声を清之助らは聞いたのだ。

「待て！　そなたら街道上で追剝《おいは》ぎの真似か」

走り寄ってきた清之助が凜然と叫んだ。

餓狼たちは一瞬走り寄った者に気付いて身構えた。が、若い清之助一人にあとから老人と小者がよろよろと峠に向かってくるのを見ると、

「怪我をしたくなくば黙って通り過ぎよ！」

と頭が顎で命じた。

「無法を見逃されるものか」

清之助は、五人の配置を確かめた。

そのとき、寛兵衛が追いついてきた。

「不逞《ふてい》の者ども、鹿島の米津寛兵衛に見つかったを不運と思え」

「このよぼよぼが鹿島一刀流の米津寛兵衛か」

巾着と荷を手にしていた頭が吐き捨て、

「じじい、自分の始末もつけられぬくせに」

と嘲笑《ちょうしょう》した。

「清之助、こやつらは街道の蛆虫《うじむし》じゃ、二度と悪さができぬように懲《こ》らしめよ」

寛兵衛が竹杖を構えた。

するとくたびれて曲がっていた腰がぴーんと伸びた。

「おうおう、じじいはおれたちと一戦交える気だぜ」

五人は寛兵衛の変化に一瞬気を取られた。

清之助が動いたのはまさにその瞬間だ。

娘の手を取っていた浪人に体当たりして、手を振り払うと抜き身にした備前長船勝光二尺三寸六分をよろけた浪人の右肩に送りこんだ。

二年余り、ひたすらに修行に打ち込んできた清之助の電撃の一撃だ。

ざっくりと斬り割られた浪人は刀を投げ出して悲鳴を上げ、尻餅を突いた。

次の瞬間、女中の手を取っていた浪人に清之助の狙いは移行していた。

清之助の先制攻撃を迎え撃とうとした小太りの浪人は、振り翳した剣の小手を下から擦り上げられ、手の腱を斬り裂かれた。

一瞬の早業だ。

その間に寛兵衛が襲われた男女の五人を闘争の輪の外に連れ出した。

「くそっ!」

両手に奪った巾着と荷を持っていた浪人の頭分が手の荷物を投げ捨て、

「叩き斬ってやる!」

と仲間の二人に目配せして、自らは清之助の正面に立った。

背丈は清之助とほぼ同じ、六尺を越えていた。

清之助が稽古に鍛え上げられたしなやかな長身であるのに反して、怠惰な暮らしが存分に贅肉《ぜいにく》をつけさせていた。

ともあれその巨軀と荒《すさ》んだ風貌は血に塗れた所行を繰り返して、世の中を渡ってきたことを物語っていた。

「清之助、そやつを生かしておいては為《ため》になるまい。あの世に送ってやれ」

寛兵衛が命じた。

「はっ」

寛兵衛は金杉清之助に生死の戦いの経験を積ませようと咄嗟《とっさ》に考えたのだ。

「抜かしおったな」

頭分が長剣を八双に担ぎ上げた。

清之助は正眼に構えを移すと左右の仲間を見た。

二人の面相には自分から攻撃に出る気概に欠けていた。

頭分を力頼みにしているのだ。

そうなれば正面の敵だけが相手だ。

清之助は泰然と餓狼の尖った双眸を見た。

若い相手に悠然と見返された頭分の頭に血が上った。

「若造、思い知らせてやる！」

八双の剣の切っ先で何度か天を突いては拍子をとっていたが、

「おりゃあ！」

と咆哮《ほうこう》すると突進してきた。

修羅場を潜ってきた経験があるのだろう。さすが肝《きも》の据わった怒濤《どとう》の攻撃であった。

清之助の剣がかろやかに正眼から上段に移行すると、自ら頭分の刃《やいば》の下に飛び込んでいった。

見ていた娘が思わず悲鳴を漏らした。

清之助が斬られたと思ったのだ。

だが、清之助の動きは疾風迅雷《しっぷうじんらい》、動きの重い相手の予測をはるかに越えてかろやかにも素早かった。

雪崩《なだ》れ落ちる刃を寸余の間にすり抜けると、備前長船勝光の切っ先が相手の首筋を鋭く刎《は》ね斬っていた。

血飛沫《しぶき》が上がり、巨軀がくたくたと操り人形のように揺れ、街道から田圃へと転がり落ちていった。

清之助は血飛沫を避けて前方に走ると反転した。

まるで飛燕《ひえん》のようなかろやかさだ。

残るは二人だ。

その者たちの目には恐怖があった。

「怪我した仲間を連れて消えよ。命だけは助けてやろう」

清之助が言い放った。

「はっ、はい」

二人は怪我した仲間を助けるとよろよろと神崎宿の方に消えていった。

清之助は懐紙で血糊《ちのり》を拭い、鞘に勝光を納めた。

初めて人を斬った。

だが、清之助に気持ちの高ぶりも畏《おそ》れもなかった。

（これは剣者が通るべき道なのだ）

その覚悟だけが脳裏を支配していた。

「清之助、あっぱれであった」

寛兵衛が満足げに褒《ほ》めた。

「剣の使い方も知らぬ者たちにございます」

そう答えた清之助は、

「お怪我はありませんでしたか」

と言葉もなく呆然としている五人連れに声をかけた。そして、

「甲吉さん、駕籠屋を呼び戻してください」

と命じた。

清之助は奪われた手代の荷と巾着を取り返すと、

「これでございますな」

と主に差し出した。

「あ、ありがとうございました」

主がようやく口を開いて清之助に礼を述べた。

「それがしは先生のお言葉で剣を振り回しただけにございます」

主が寛兵衛を振り見て、

「江戸は京橋にて薬種問屋を営みます伊吹屋金七《いぶきやかねしち》と家族、それに奉公人にございます。このような危難を鹿島の米津老先生のご一行に助けられるとは、なんとした幸運にございましょうか」

合掌された寛兵衛は、

「これこれ、伊吹屋の主どの、まだ寛兵衛は仏にはなっておらんでな、拝まれてもかなわぬ」

と苦笑いした。

二

伊吹屋はその昔、江州《ごう》から江戸に出てきた先祖が故郷伊吹山のもぐさを売り出して一代を築き、いまでは薬種問屋として名が知られた老舗《しにせ》だった。

ようやく駕籠かきたちが戻ってきた。

「米津先生、今晩は成田にお泊まりですか」

「門前屋に泊まろうと思うておる。清之助と甲吉に尻を押されながら、坂道を上ってきたところじゃ」

「それはようございました。わたしども同じ宿、改めてお礼をさせてください」

街道に転がっていた三挺の駕籠が整えられた。

「ささっ、駕籠へお乗りなされ」

伊吹屋の内儀に娘と女中たちもようやく人心地ついたか、母と娘が何事か話していたが、

「お父つあん」

と娘が父親を呼び、

「私は歩いて参ります。先生にお駕籠を差し上げてくださいな」

と言い出した。

金七が寛兵衛に、

「うちの娘は足も達者にございます。どうか老先生、娘の駕籠に乗ってくだされ」

と言い出した。

「なんの、米津寛兵衛、足腰は若い者には負けぬ」

寛兵衛が胸を張った。すると甲吉が言下に言った。

「先生、見栄は張らねえもんだ。さっきから口先ばかりで足が動いてねえではないか」

「これ、甲吉」

と応じた寛兵衛が、

「正直言うとな、馬なんぞ通りかからぬかと歩いておったところだ。娘ごの駕籠を借りてよいか」

「はいはい」

伊吹屋夫婦と寛兵衛が駕籠に乗り、

「成田までは四半刻もあればつくべえよ」

駕籠かきの先棒の言葉で進み出した。

次の日の朝、め組の錘馗の昇平と一緒に金杉惣三郎は車坂の道場に向かい、思いがけない人と再会した。

「金杉先生」

とまだ薄暗い道場で呼び掛けられて、

「おおっ、棟方新左衛門どのではないか」

津軽卜伝流の棟方とは鎌倉で出会い、別れていた。

「はい、先生のお言葉に甘えて、昨夕、こちらを訪ねますと石見先生に江戸に宿なくば、うちにしばらく滞在せよとお許しを得たのです」

「それはなにより……」

惣三郎は車坂のことを話しておいてよかったと思った。

「先生、後ほど稽古の相手をしてくだされ」

「鎌倉でも申したぞ。そなたの稽古相手が務められますかな」

「師匠、この方が棟方様か」

昇平が興味津々に聞く。

「掃除が終わったら、お相手してもらえ」

「合点だ」

鍾馗の昇平がそう答えると井戸端に水を汲みに行った。

「石見先生の下には多彩な人材がおられますな」

「大名家の家臣から旗本の子弟、それに昇平のような町人まで石見先生の人柄と技量を慕《した》ってな、集まってこられる」

「よいところをご紹介くだされました」

この朝、惣三郎と新左衛門が木剣を交えたのは、朝稽古が終わりかけた刻限だ。

石見銕太郎もすでに道場に立っていた。

二人が礼をしたのを見た石見が他の弟子たちの稽古を止めた。

五十余人ほどの弟子たちが左右の壁際に引いて控えた。

二人は相正眼に木剣をとった。

どちらの構えにも悠揚迫らぬものが感じられた。

ただ違いは、惣三郎には枯淡の境地が、新左衛門には汲めど尽きぬ精力の漲《みなぎ》りが感じられることだけだ。
両雄は静かに間合いを計っている。
惣三郎が新左衛門の仕掛けを待っていた。
新左衛門はそのことを承知していた。
が、惣三郎が巌《いわお》のように屹立《きつりつ》して飛び込んでいけなかった。
威圧されるというのではない。
深く大きな霞の壁が新左衛門の行く手を塞いでいるのだ。
(なんという剣士か)
新左衛門は至福の一瞬を感じていた。
(よし、あの巌に正面からぶつかっていこう)
そういう考えに到達したとき、新左衛門の心が軽くなった。
「ええいっ!」
惣三郎を仮借のない面打ちが襲った。
惣三郎がそれを払った。
新左衛門の面は胴に移り、小手に変化した。
悠然たる連鎖であった。
真剣勝負の場を重ねた者のみが遣い得る木剣の遣い方だ。
その攻撃を惣三郎は恬然《てんぜん》と受けた。

名人と達人だけが応酬できる濃密にして緊迫した立ち会いであった。

筆でいえば楷書《かいしょ》の剣である。

どちらも相手を尊敬して打ち、受けているからできる立ち会いであった。

およそ四半刻後、新左衛門の面打ちが受け止められ、受け流されたとき、新左衛門は自ら間合いを外して床に正座した。

惣三郎も木剣を引き、正座した。

「金杉先生、ありがとうございました」

新左衛門が床に平伏して稽古を謝した。

「いやはや、眼福《がんぷく》にござった。新左衛門どの、そなたの津軽卜伝流、空恐ろしいな」

惣三郎に代わって石見が二人の真剣試合を頭に思い描いたか、正直な感想を述べた。

「石見先生、それがし、諸国を遍歴してそれなりの自信もござりました。ただいま、背中を冷や汗が伝い落ちて止まりませぬ。厚顔のいたりと言うも愚か、修行のし直しにございます」

新左衛門が必死の表情で訴えた。

「金杉惣三郎さんは別格です、われら凡人の剣術家の及ぶところではござらぬ。石見銕太郎はな、金杉惣三郎という剣客を知ったとき、この世にはいくら足掻《あが》いても手が届かぬ高みがあることを悟りました」

「石見先生、新左衛門どの、そなたらは大勢の門弟衆を前にそれがしをさようにもからかわれるか。冗談はそれくらいになされ」

惣三郎が苦笑いして言った。

「それがし、冗談をいう余裕などありませぬ」

新左衛門が真剣な顔で抗議すると石見銕太郎に視線を移した。

「石見先生、しばらく車坂に止《とど》まり、石見先生と金杉先生の下で修行をやり直させてください。お願い申します」

「それはこちらにとってもなによりの吉報です。そなたが弟子たちの稽古を見てくれるとそれがしも助かる」

重鎮《じゅうちん》石見銕太郎は多忙な毎日を極めていた。

享保の剣術試合の実施に向けて、諸流派の絞り込みと浪々の剣士たちに布告する文の推敲《すいこう》など最終段階に入って、西丸下の水野邸に通うことが多い。

近ごろでは惣三郎も水野家での朝稽古が終わったあとに、御用部屋で手伝うことがある。となると午後からの稽古は師範代の伊丹や木下図書助《きのしたずしょのすけ》らが指導することになる。だが、木下は黒田《くろだ》藩五十二万石の勤番侍、奉公によっては稽古を休むこともある。

そこへ棟方新左衛門のように歴戦の剣術家が加わるとなれば、なんとも頼もしいことであった。

「皆の者に申し伝える。棟方新左衛門どのを客分としてお迎えする。新左衛門どのの経験と技量と人柄はこの銕太郎が保証せずともそなたらにも察しがつこう。よくよく指導を仰げ」

「はい、畏まりました」

伊丹五郎兵衛が代表して返答をし、並み居る門弟が頭を下げた。

惣三郎との稽古を見せられ、師匠の言葉である。

文句のつけようもない門弟たちだ。

「こちらこそよろしくお願い致します」

それに新左衛門の声が応じた。


この夜、芝七軒町の長屋に虫の音が響いた。

うだるような暑さの夏はいつしか遠くに去り、秋を迎えようとしていた。

食事を終えた時分、井戸端に洗いものに行っていたみわが悲鳴を上げた。

惣三郎は高田酔心子兵庫を手に三和土《たたき》に飛び下りた。

一条寺菊小童のことが頭に浮かんだからだ。

障子戸が開かれ、みわと清之助が戸口に立っていた。

清之助は鹿島の浜で取れた丸干しの包みを提げていた。

「兄上！」

結衣が叫び、言葉を詰まらせていたしのが、

「清之助、なんぞ鹿島に異変がありましたか」

と聞いた。

「父上も母上も落ち着かれてください」

裸足《はだし》で三和土に飛び下りていた惣三郎は無言のうちに足の裏を雑巾で拭くと、座敷に戻った。

土産を上がりかまちに置き、剣を腰から抜いた清之助は悠然と父が拭いた雑巾で足を拭った。

家族四人はただ黙したままに清之助の様子を眺めていた。

清之助が座敷の端に正座すると、

「父上、母上、お久しゅうございます。ご壮健の様子、清之助、ほっと安堵致しました」

と挨拶をした。

「あ、兄上、それよりなんで江戸に戻られたのよう」

結衣が叫んだ。

「米津先生の供で先ほど車坂に到着したところです。寛兵衛先生が母上に顔を少しでも見せてこいと申されました」

「なんだ、そんなことか」

結衣が言い、しのが、

「やれやれ、鹿島から逃げ戻って来られたのかと肝を冷やしました」

と胸を撫で下ろした。

三

清之助が亡母や祖母の位牌がある仏壇に帰宅の報告をすると、改めて惣三郎と向き合った。

清之助とみわはしのの実子ではない。惣三郎と前妻あやめとの間にできた子だ。

惣三郎はしのと所帯を持ったとき、二人を連れて再婚したことになる。

しのたちは夕餉を食べずに車坂から飛んできたという清之助に食事の支度を始めた。だが、耳は父のかたわらに座した清之助の言葉を聞き漏らすまいとしていた。

「清之助、道中、なんぞあったな」

惣三郎は倅の落ち着き払った中に隠された高ぶりを察知していた。

「父上、お気付きになられましたか」

「人を斬ったか」

頷いた清之助が成田宿の手前の峠で体験した出来事を告げた。

「人助けをなされたのですね」

しのが問い質《ただ》し、

「そのために人ひとりの命が失われてございます」

と清之助が厳粛に答えた。

「清之助、寛兵衛先生の真意が奈辺にあるか承知していような」

「はい」

「ならばよい。そなたはこれからそやつの菩提《ぼだい》を弔《とむら》いつつ、剣を振るっていく運命《さだめ》に生きねばならぬ」

「承知しております」

潔《いさぎよ》い倅の返答に惣三郎は頷いた。

女たちが慌てて用意した御飯を有り合わせのおかずで食べた清之助は、

「父上、上様ご上覧の剣術試合にお関わりになっているそうにございますな」

と聞いた。

「石見先生方の下働きをしておる」

「いつお触れが出るのでございますか」

「本日、上様のお許しを得て、諸流に飛脚便が送られた。それに、江戸、京、大坂、名古屋などの高札場に布告も張り出される」

「試合はいつのことにございますか」

「十一月の十五日と決まった」

「楽しみなことでございます」

清之助が他人事のように言ったとき、四つの時鐘が鳴った。

「おお、これはいかぬ」

清之助は慌てて立ち上がった。

「泊まってはいかれぬのですか」

「母上、わたしめの務めは米津寛兵衛先生のお世話にございます」

倅が母親を窘《たしな》め、みわが聞いた。

「兄上、いつまで江戸におられるのです」

「さて、石見先生が寛兵衛先生をお呼びなされたというから、その用事次第であろう。母上、また参ります」

と挨拶した清之助が早々に三和土に下りると、惣三郎が、

「気をつけて参れ」

と声をかけた。

惣三郎の頭に一条寺菊小童のことがあった。だが、慌ただしい訪問でそのことを清之助に伝えられなかったことをちらりと危惧した。

「芝七軒町から車坂なんてすぐですよ」

清之助がそう言い残して、長屋から消えた。

「なんだかつむじ風が舞ったような……」

しのが虚脱したように呟いた。


芝七軒町から車坂に抜ける一番の近道は、三縁山増上寺の北側を通り、増上寺と愛宕権現の二つの山の間に貫《つらぬ》かれた切通しを通ることだ。

清之助が先ほど聞いた鐘は、この切通しにある増上寺の時鐘だ。

寺町と大名屋敷が連なる一帯の切通しには人の往来などまったくなく、暗い闇が支配しているばかりだ。

だが、清之助は子供のころからよく知った道、せまく区切られた夜空からおぼろに照らされる

星明かりを頼りに切通しへ差し掛かろうとした。

(おや、これは)

清之助は足の運びを変えることなく、周囲に気を配った。

だれか、監視する目を意識したからだ。

一瞬感じた気配は消えていた。

(気の迷いか……)

清之助は江戸に戻って勘が狂ったかな、と平静を欠いた己の未熟を恥じた。

鐘撞堂《かねつき》を右に見て切通しは左へ曲がる。

鐘撞堂の隣は青竜寺《せいりゅう》、切通しをはさんで瑞蓮院《ずいれん》があった。

切通しの急な坂に差し掛かったとき、清之助は待ち受ける者がいることに、はっきりと気付いた。

(やはり勘は狂っていなかった)

そのことが清之助を安堵させた。

頂きに影が一つ浮かんだ。

京の公卿の間に密かに伝わってきた剣法、内裏一剣流の会得者一条寺菊小童だ。

清之助はむろんそれがだれか知らない。そのとき、考えたことは、

(父を狙う刺客の一人か)

ということだ。

どう考えても江戸に戻ったばかりの清之助を狙う者もいまい。

清之助は間合い六間ばかりに近付いて、歩みを止めた。

「静かな夜にございますねえ」

清之助の声はのんびりとして、切通しに響く虫の音を邪魔することはなかった。

菊小童からむろん返事はない。

病を患《わずら》った者が放つ臭いが清之助の下に漂ってきた。

(辻斬りか)

脳髄を冒《おか》された狂気の者が人殺しに走ることがある、と寛兵衛に聞いたことがあった。

「清之助、そういう者は、時として異常な力を発揮するでな、尋常な者の立ち会い以上に気を配ることが肝心《かんじん》だ」

寛兵衛の注意を思い出した。

清之助は星明かりの下でひっそりと立つ着流しに一本差しの相手を確かめた。

微《かす》かな光にも頬の殺げた相貌が分かった。だが、顔立ちまでは判別できない。

背丈は五尺七、八寸か。

痩身が実際の身の丈よりも大きく見せていた。

腰に道中用の小さな矢立てを差している。

(江戸の者ではないのか)

清之助は、

「失礼致す」

と声をかけると相手の左側を通り抜けようとした。

菊小童は微動だにしない。

近付くにつれ、静かな殺気が濃密に漂ってきた。

菊小童は愛宕権現で金杉惣三郎の暗殺に失敗して以来、久し振りに惣三郎の家に足を向けたのだ。すると惣三郎の住む長屋から、長身の若者が姿を見せた。

（倅ではあるまいか）

菊小童は、咄嗟《とっさ》にこの夜の狙いを若者に変えた。

屈託のなさそうな若者は、切通しの手前で菊小童の存在に気がついた。

（やはり金杉惣三郎の倅だ）

切通しを抜ければ、車坂の道場に近い。

この者が戻る先は、石見銕太郎のところだと確信した。鹿島に修行に出ていた清之助が戻っているのだ。

（斬るか、見逃すか）

菊小童は金で暗殺を引き受けて、この一年、身過ぎ世過ぎを送ってきた。京にも江戸にも、

「元締め」

と呼ばれ、金で殺しを引き受け、手配する頭がいた。

江戸に入って初めて受けた仕事が金杉惣三郎の暗殺だった。

その報酬は二十五両、元締めがその何倍もの金をはねていることは察しがついた。が、菊小童にはだれが儲けようと関心はない。

己が生きていく金があればいい、それだけのことだ。その生とて、労咳《ろうがい》（結核）を患《わずら》った身には数年と残されてはいまい。

いまの菊小童にとって殺人の快感は生きる証しだった。

「金杉惣三郎という男、侮《あなど》ったらそなたの命はないと思いなされ」

紫の衣に袈裟《けさ》をかけた僧都の元締め、覚眼《かくげん》は菊小童に注意した。

菊小童はこの忠告を受ける前から、

「金杉惣三郎」

の名を承知していた。

京でも東海道筋でも幾度となく寒月霞斬りという秘剣の持ち主、直心影流金杉惣三郎の剣名を聞いていた。

江戸に入って金杉暗殺が最初の仕事と聞かされたとき、

（身の幸運）

を天に祈ったものだ。

菊小童は金杉惣三郎の身辺を探り、情報を集め、慎重に準備した後、車坂の道場から戻る惣三郎を愛宕権現の女坂に、それも相手の得意の秘剣で襲った。

だが、万全の用意を重ねたにもかかわらず、暗殺はしくじった。

いま、惣三郎の倅を間合いの内に捉《とら》えていた。

だが、相手も菊小童を抜き打ちにできる左側を通り過ぎようとしていた。

二人の間が縮まり、切通しの頂で離合する位置まで歩み寄った。

菊小童は、内裏一剣流の秘剣の一つ、

(鞘の内)

を使おうとしていた。

対座した相手に気取《けど》られることなく、動く気配も感じさせず抜き打つ秘剣だ。

ひねり抜く一瞬の技で勝敗が決まるので鞘の内と称される。

菊小童の利き腕の右手はだらりと下げられたままだ。

左手は鞘元に軽く添えられていた。

この構えならば、攻撃するために右手を柄に移動させて、腰を捻りざまに抜き打つのが普通だ。だが、

(鞘の内)

はその常法を覆《くつがえ》す技であった。

清之助は両手を下げたままだ。

菊小童の左手が鞘元から滑り、鍔を握ると今まさに捻り上げられようとした。

その瞬間、清之助の左手も鞘ごと刀身を三分の一ほど抜き上げ、その柄頭で菊小童が捻り上げようとした柄を、

（すすっ）

と押さえた。

「これは失礼仕った」

清之助は備前長船勝光を音もなく腰に戻すと、

「星明かりを存分に楽しんでいかれよ」

と声を残し、切通しの道を下っていった。

（金杉親子に機先を制せられた……）

菊小童は峠の頂きで密かに切歯しながら、

（この親子、なにがなんでも菊小童が倒す）

と決心した。


翌朝の車坂の石見道場は壮観を極めた。

上段の間に米津寛兵衛が座し、道場主の石見銕太郎が控えていた。

さらに客分の棟方新左衛門が竹刀を取り、金杉惣三郎と清之助親子がいた。

惣三郎は寛兵衛入府を知り、車坂に挨拶に出向いたのだ。また、この朝、水野忠之が登城日ということもあって、屋敷での稽古は休みにして、忠之の供を仰せ仕らなかった弓削辰之助ら八人を出稽古に呼んであった。

それだけに百畳を越えた道場には稽古の始まる前から熱気が充満していた。

稽古が始まるとまるで戦場のような賑やかさだ。

大勢の弟子たちを鋏太郎、惣三郎、新左衛門が次々に相手していく。

車坂を初めて訪ねた弓削たちも熱気に煽《あお》られるように相手を変えては打ち込み稽古に励んだ。

稽古が一段落ついて、門弟たちは少憩をとった。

「清之助さん、おれに稽古をつけてくれめえか」

と鳶《とび》の口調そのままに昇平がかたわらに座る清之助に頼んだ。

幼い頃から知っている仲だ。遠慮はいらなかった。

「大層腕を上げたそうですね」

清之助の言葉に、

「清之助、鍾馗の昇平の面打ちはうちでも辟易《へきえき》されておる。そなたも生半可の気持ちでは受けきれぬぞ」

鋏太郎が笑って声をかけた。

「心して相手致します」

六尺三寸を越えた鍾馗の昇平と六尺二寸に近い清之助が向き合うと二人だけで石見道場が一杯になったようだ。

「それがしが審判を務めさせてもらいましょう」

棟方新左衛門が二人の間に立った。

昇平は四尺三寸の袋竹刀を、清之助は定寸のもので対決した。

「これはなかなかの見物じゃな」

米津寛兵衛の言葉に弟子たちまでが見物に回った。

「清之助さん、いくぜ」

威勢が売りのめ組の鳶、昇平が上段の袋竹刀を頭上に上げた。

清之助は正眼の構えだ。

昇平は大きな体を機敏に動かすと果敢に突進した。と同時に長い袋竹刀を清之助の頭に叩き込んだ。

「おおりゃあ！」

石見道場の門弟の間で、

「鍾馗の面打ちは野原のただ中で光る雷様のように落ちてくる。速くて、重くて逃げようにも逃げられぬ」

と嘆かせる攻撃だった。

清之助は左足を引いて、左右の足の甲を軽く浮かせた姿勢で雷鳴のような面打ちを正面で受けた。雪崩《なだ》れ落ちてくる袋竹刀の鍔元を正眼の竹刀が軽く払った。すると鍾馗様の巨体が腰砕けに砕けてよろよろと下がった。

「おおうっ！」

というどよめきが道場を走った。

昇平が素早く体勢を立て直すと、再び面打ちの構えで突進した。

得意の連続した面打ちだ。

清之助は一歩も下がることなく昇平の面打ちの連鎖を払った。

「くそっ！」

鍾馗様は顔を真っ赤にして面打ちを振るい続けた。

が、いつの間にか、じりじりと後退していた。

清之助が反撃しているわけではない。が、重圧に押されて昇平は一寸また一寸と後退してい
き、ついには羽目板に背中をぶつけて動きを止めた。

「それまで！」

棟方新左衛門が叫び、清之助がさっと身を引いた。

「ああ、な、なんてところにいるんだ！」

昇平が弾む息の下で叫んだ。

「ほっほっほ」

寛兵衛が笑った。

「鍾馗様はなかなかの力持ちじゃが、鹿島の小天狗は苦手か」

昇平がぺたりと板の間に腰を落とすと、

「大先生よ、苦手もなにも清之助さんは石の壁だあ、跳ね返されてこのざまだ」

と悔しそうに言った。

「昇平、そなたのは未《いま》だ棒振り剣法ということだ」

鋏太郎が笑って言った。

「先生、となると昇平の面打ちにたじたじとなっておるわれらは、なんでございますな」

師範代の伊丹五郎兵衛が嘆いた。

「伊丹、そんなことでは困る。それがしの稽古がまるで駄目ということではないか」

鋏太郎が嘆息した。

「よいよい、この世には天敵はいるものじゃ。それを克服するには一にも稽古、二にも稽古じゃぞ」

鹿島諸流の長老が言い、稽古が再開された。

米津寛兵衛、石見鋏太郎、金杉惣三郎に棟方新左衛門の四人が朝餉の膳を囲み、弟子たちの給仕を受けていた。

清之助は台所から熱い茶を運んでいくと、食事が終わったところだった。

「清之助どの、さすがに鹿島の老先生の秘蔵っ子にございますな。十八のときのそれがしなど鍾馗様にも及ばぬ棒振りでした」

と新左衛門が屈託なく笑った。

「棟方どの、そなたの津軽卜伝流を一度拝見したいものじゃな」

寛兵衛が新左衛門の人柄と技量を見抜いて言った。

「それがしも車坂から鹿島に参りたくなりました」

「来られえ、ただし田舎《いなか》道場じゃぞ」

寛兵衛は清之助のことを新左衛門に褒められて嬉しくてしようがないのだ。

「父上、ちとお聞きしたきことがあります」

清之助が惣三郎の顔に目をやった。

「昨夜、車坂に戻る途中、増上寺の切通しで奇妙な男に出会いましてございます」

と経緯を告げた。

「その者、京の鷹司家に仕えておった男でな、内裏一剣流の会得者一条寺菊小童に間違いあるまい。口が利けぬのだ」

今度は惣三郎が女坂で待ち伏せをうけた経緯から、京の町奉行所から回ってきていた手配書きのことなどを話した。

「金杉親子を同じ刺客が襲ったか」

銕太郎が慨嘆した。

「清之助、いまいちど詳しく出会いを話してみよ」

寛兵衛が清之助に問い直し、清之助は斬り合いを避けた動きを伝えた。

寛兵衛はうむうむと熱心に相槌をうって聞いた。

思い出したというように新左衛門が言い出した。

「それがし、京に立ち寄った際、内裏一剣流のことを耳にしたことがございます。秘剣の一つに座敷などで相対する、あるいは廊下などで擦れ違う人物を気配もなく斬り捨てる鞘の内という剣があるそうな。清之助どのが見られたように左手で抜き、手首を返して斬りつける技だそうにございます。清之助どのがもし右手で剣を抜いていたら、斬られたかもしれぬ。左手で鞘ごと抜かれた奇襲が菊小童の鞘の内を封じたのですよ」

「なんとのう」

　と寛兵衛が慨嘆した。

「老先生、清之助のとった行動の至らなかったところを教えてください」

「よいよい、昨夜の勝負はそなたの勝ちじゃ。剣を抜かずにことが済んだのだからな」

「再び相見《あいまみ》えたとき、勝つ自信はございませぬ」

「生死の間仕切りはだれにも言えぬことよ。過剰な自信も過ぎたる臆病もいかぬ。淡々と運命《さだめ》を受け入れる、そなたの父上のようにな」

「はい」

　清之助が師匠に頭を下げた。

四

　座敷に残ったのは寛兵衛、鋏太郎と惣三郎の三人だけだ。

「寛兵衛先生に鹿島からわざわざご足労願ったには二つの理由がございましてな」

　鋏太郎が言い出した。

「一つは享保の剣術試合の顧問にお加わり頂くことでございます。鹿島の最長老の米津寛兵衛先生と江戸剣術界の奥山佐太夫先生のお二人が加わることによって、試合の重みが違うと申される柳生俊方様の強い要望にございます」

「俊方どのはそれがしと佐太夫どのに何をされよと申されるのだ」

「いえ、お二人はその場におられるだけでよろしいのでございますよ」

柳生宗家の俊方の気持ちが惣三郎には理解できた。

柳生一門がどっしりしておれば、寛兵衛も佐太夫も要《い》らなかったかもしれない。が、剣術宗家の柳生一門は一万石とはいえ大名に出世して、権謀術数の政治の世界に身を置き、俊方には剣術家としての技量が備わっていなかった。

俊方はそのことをだれよりも承知していたからこそ、享保の剣術界の重鎮《じゅうちん》二人の登場を願ったのだ。

「御輿《みこし》の飾りでよいというなら先もない老人のことだ、自由に使うがよい」

「寛兵衛先生、ありがとうございます」

「いまひとつはなにか」

「清之助のことにございます」

「ほう、清之助のこととな」

寛兵衛が身を乗り出した。

惣三郎は鉄太郎がなにを言い出したかと首を傾げた。

「先生、鹿島諸流派から選抜される剣士はだれにございますな」

「それがしの一存で決められるわけもない。鹿島に戻って各道場が推薦した剣士たちを集めて、試合することになろう。その結果次第だ」

「それがしがお聞きしているのは、清之助が勝ち抜けるかどうかにございます」

「そなたが清之助のことを心底考えてくれておることにこの寛兵衛、感謝致さねばなるまい」

と鋏太郎の問いをいったん外した寛兵衛は、

「先ほどの菊小童との出会いを聞いたであろう。清之助はもはや二年前の青二才ではないわ。まず順当にいけば、鹿島諸流を制するのは清之助であろう」

「そのお言葉をお聞きして、鋏太郎、ほっとしましたぞ」

惣三郎は二人の好意に返す言葉もない。

ただ深々と頭を下げた。

「先生、明日にも水野様のお屋敷にて柳生様をはじめ、奥山先生らがお集まりになります。その席には先生もぜひご参加くだされ」

「それは楽しみ……」

「倅の話で思いついたことがございます」

惣三郎が言い出した。

「津軽卜伝流棟方新左衛門どのにもなんとしても出て頂きたいものにございます」

「そのことは考えておった、推薦者にはそれがしがなろう」

石見鋲太郎があっさりと承諾した。

「新左衛門ならよいところまで勝ち上がろう」

寛兵衛が言い切った。


寛兵衛の江戸滞在は多忙を極めることになる。

まず水野家で当主の忠之に面会し、柳生俊方らに会い、享保の剣術試合の顧問に名を連ねることを正式に承知した。

「寛兵衛どの、ご壮健でなによりであった。われらがこの世でまた会えるとは、これもまた上様の思し召しがあればこそ……」

奥山佐太夫は寛兵衛との再会を素直に喜んだ。

寛兵衛と佐太夫、若き頃、何度か同じ屋根の下で稽古に汗を流し合ったことがある旧知の間柄だ。

が、幾星霜の後、寛兵衛は鹿島に、佐太夫が江戸に剣術精進の拠点を定めた。以来、三十有余年、顔を合わせる機会を失っていたのだ。

「佐太夫どの、そなたの申される通り、上様と水野様のおかげじゃ」

二人の剣友は八十余歳のいままで幾度もの死地を切り抜けて生きてきたのだ。ただ、凡人が馬齢を重ねて、長生きしたという話ではない。

江戸期にあって希有《けう》な存在といえた。

それだけに柳生俊方が二人を主催の側に名を連ねさせたのは時宜《じぎ》を得た選択と言えた。

「こうやって二人の老人が会い、われらは慈眼に接するだけで上様のお考えは十分に達したような気が致す。俊方どの、そうは思わぬか」

忠之が柳生宗家の俊方に相槌を求めた。

「水野様、いかさまさようにございます。われら、剣に携わる者、寛兵衛先生と佐太夫先生にお会いできるだけで至福にございます」

俊方も素直に答えた。

「忠之様、俊方様、われら苔《こけ》が生えるほどに年を重ねたのみにござる。そのわれらが若い世代の台頭の手伝いができるとは、なんという感激であろうかな」

「寛兵衛どの、佐太夫どの、よろしゅうな」

忠之がそう挨拶するとその場を去るために立ち上がりかけた。

そのとき、大岡越前の代理としてその場にいた内与力の織田朝七が、

「水野様、あれに控える若者をご覧くだされ」

と廊下に座す金杉清之助を差した。

「寛兵衛先生のお供で鹿島より江戸に参りました金杉清之助にございます」

織田の言葉に清之助が頭を一座に下げて会釈した。

「おおっ、金杉惣三郎の倅とな。よう面魂《つらだましい》が父に似ておる」

忠之の言葉に一座の者たちが惣三郎と清之助を交互に見やった。

「車坂の石見錬太郎の弟子にござったがな、錬太郎がそれがしがあの世にいく前にいまひとり、育て上げてくだされと鹿島に送ってきた若者にございますよ」

「老人、剣術の腕前はどうか」

「近ごろでは鹿島の小天狗などと呼ばれておりますが、まだまだ父の足下にも及びませぬ。だが、蛙《かえる》の子はたしかに蛙……」

寛兵衛が自慢した。

清之助はまた老先生がと苦笑し、惣三郎は赤面した。

「寛兵衛先生にとって、清之助は孫のようなものでしてな。それがしなどすっかり弟子を鹿島に取られましてございます」

石見錬太郎も苦笑いした。

「それは先が楽しみじゃな」

という言葉を残して忠之が御城に登るためにその場を去っていった。

寛兵衛が江戸行きを決めた最後の理由が金杉清之助を剣術界に披露しておくということであった。それで水野家にも供を命じたのだ。

寛兵衛の江戸滞在は、剣術試合を主催する江戸の剣客たちとの集まりに出て、準備の進捗《しんちょく》具合を知ったことで一応の用向きは達したことになる。

となれば、鹿島に戻り、鹿島諸流派から代表を人選する仕事に専念したいと思った。

が、すぐには戻れぬ用事が次々に出てきた。

鹿島から鹿島諸流の長老が出てきていると聞き付けた弟子たちが車坂に訪れてきたからだ。

清之助はそんな老師匠の外出の供をし、車坂での朝稽古、そして、時には惣三郎に従い、水野の道場に出向いて、佐々木治一郎らと竹刀を交えた。

家老の佐古神次郎左衛門が清之助の竹刀捌《さば》きを見て、

「父親の剣の風格には到底及ばぬが、清之助の剣風は清新でのびやか、なんともよいな」

と目を細めて、言ったほどだ。

佐々木三兄弟の末弟三郎助も、

「清之助どの、それがしと明日も稽古を……」

と注文をつけるほど仲良くなっていた。

しのは、朝からそわそわしながら芝七軒町の長屋に過ごしていた。

「母上、少しは落ち着かれたらどうでございます」

結衣にも注意されたくらいだ。

「結衣、それは無理というものです。母上のお気持ちは兄上が家に戻ってこられるというだけでもはや上の空、先ほどから煮物は焦げつかせようとなさるし、危うく包丁で手を切ろうとなされました」

みわが呆れた顔で言ったがその言葉も耳に入らぬ様子だ。

倅の短い江戸滞在が終わろうとしていた。

寛兵衛が、

「明晩は家に泊まってこよ。これは師匠の命である」

と、清之助に一晩だけ家に泊まることを許したのだ。

昼下がりに戻ってくる清之助のためにあれやこれや手料理をと考えるしのだが、娘たちに冷やかされるほど冷静さを欠いていた。

「そうそう、米を研いでおかねば……」

一人言ったしのが戸を開いて、井戸端にいこうとしたとき、長屋に伊吹屋金七と娘の葉月《はづき》、それに手代が手に角樽を、背に風呂敷包みを背負って入ってきた。

しのと目が合った金七が不思議な顔をした。

「そなた様は昔、京橋で夕がおの女将《おかみ》をなされていたしの様ではございませぬか」

しのも伊吹屋の顔に気付いて、

「これは伊吹屋の旦那様、お久し振りにございます」

と挨拶を交わした。

しのはその昔、父親の寺村重左ヱ門が金を出して、小さな料理茶屋をやっていたことがあった。江戸に上ってきた惣三郎と出会ったのもこの夕がおであった。

もぐさで有名な老舗の薬種問屋伊吹屋とは同じ町内、顔見知りであった。

金七にとってしのが忽然《こつぜん》と店終いした後、十数年振りの出会いであった。

「まさかこのようなところにお住まいとは……」

と言いかける金七に、

「伊吹屋様はこの長屋に御用でございますか」

「冠阿弥様の長屋に金杉清之助様の一家があると聞いて参りましてな。訪ねてきたところにございますよ。ご存じないかな」

「清之助はわたしの伜にございますが、なにか」

「なにっ！　しの様のお子が清之助様……」

金七も娘の葉月も目を丸くした。

「これは奇縁にございます。わたしども、鹿島から成田へ戻る道中、浪人どもに襲われたところを米津寛兵衛先生と清之助様に助けられたのでございますよ」

「危難に遭われたのは伊吹屋様にございましたか」

ようやく事態を察したしのは、

「戸口ではなんでございます。せまい長屋にございますが、ささ、お入りください」

と金七と葉月親子を招じ入れた。

「しの様、清之助様はわたしどもの命の恩人にございます。早くにお礼をと思うておりましたが、米津寛兵衛先生の御用が終わるまで忙しいと聞いておりましたゆえ、それが終わってからご挨拶をと考えておりましたら、いまになりました。その節はほんとうにありがとうございました」

父と娘が頭を下げた。

「伊吹屋様もお嬢様も、もはやそのようなことは……」

しのの言葉にようやく頭を上げた金七が、

「まさか、そなた様にあのような大きな倅どのがおられようとは考えもしませんでした」

と言い出した。

「伊吹屋さん、清之助とこれにおります長女のみわは金杉の連れ子にございます」

とみわを指し示した。

「そうでしたか」

「みわ様は私と同じ十五にございますね」

葉月が言い出した。

神崎宿外れで伊吹屋一家を助けた米津寛兵衛と清之助は、江戸までの二泊三日の旅を一緒にしてきて、若い二人はいろいろと話し合っていた。

「伊吹屋のお嬢様も十五歳にございますか」

「八月が参れば、みわ様と同じ十五になります」

葉月が片えくぼを浮かべて、

「葉月にございます。あのとき、清之助様のお助けがなかったら、葉月はどのようなことになっていたか。そう思うと身の毛も弥立《よだ》ちます」

と初々《ういうい》しくも真剣な顔で言ったものだ。

「娘の言うとおり、伊吹屋の一家は清之助様に助けられました。これはほんのお礼の品……」

と葉月自ら抱えてきた風呂敷包みをほどいた。すると畳紙《たとう》から露草色の熨斗目《のしめ》小袖に羽織袴が出てきた。

「清之助様の身の丈に合わせて仕立てましたが気に入っていただけるでしょうか」

葉月が心配した。

なんと清之助の背丈に合わせて着物を仕立ててくれたという。

「清之助は喜びましょうが、頂いてよいものかどうか」

しのが困惑の顔をした。

「命の恩人に万分の一もお返ししていませぬ。これからもご昵懇《じっこん》の付き合いをお願い申します。これは父上の惣三郎様に……」

金七が角樽を差し出したとき、

「清之助さんは戻ってきたの」

という声とともにめ組のお杏が半次郎を抱いて戸口に立った。

その後ろには亭主でめ組の若頭の登五郎《とうごろう》と鍾馗の昇平が酒樽やらばら鮨《ずし》の木桶を抱えて立っている。

「いまに戻って参りましょう。ささ、お杏さんも男衆もお上がりなさい」

しのの言葉にお杏が三和土に入ってきて、

「おや、お客様なの」

と聞いた。

「冠阿弥様のお嬢様、伊吹屋にございます」

金七が慌てて言った。

「おや、伊吹屋の旦那……」

「いま、わたしどもは引き上げますでな」

「伊吹屋様、葉月様、今日は清之助がわが家に戻ってくる夜にございます。それで日頃親しくお付き合いくださる皆さんがお集まりになられるのです。よろしければ清之助にも金杉にも会っていってくださいませ」

としのが頼み、お杏に事情を話した。

「ええ、そんなことがあったんだ……」

と驚いたお杏が、

「そんなことならぜひ残ってくださいな。金杉の家に集まるのはだれも遠慮のいらない者ばかりですよ」

と姐《あね》さん顔で仕切ってみせた。

「席は二階だね」

鍾馗の昇平が心得顔に二階にばら鮨を運んでいく。

そこへ花火の房之助と静香、定廻同心の西村桐十郎が姿を見せ、惣三郎も戻ってきた。

惣三郎と伊吹屋の親子が慌ただしく挨拶を交わし、

「ともあれ二階へ……」

ということになった。

葉月は、

「お父つあん、私はみわ様たちの手伝いを……」

と袖を帯にたくしこむ。

こうなれば伊吹屋金七も二階に上がらざるをえない。

江戸火消の総頭取、め組の辰吉《たつきち》夫婦、冠阿弥膳兵衛夫婦、それに大岡の代理で織田朝七まで訪れて、二階の二間は客で一杯になった。

「驚きましたな、失礼ながらお長屋住まいの金杉様のお宅にめ組の頭から冠阿弥の大旦那、それに大岡様の懐刀《ふところがたな》まで顔を見せられる。一体全体どうなっておるのでございますな」

すでに酒で顔を赤らめた伊吹屋金七が首を捻った。

「物事は複雑に考えねえこった。おれたちは十何年も前からこうやって分け隔てなく付き合ってきたんだ」

辰吉が言い、

「それもこれも金杉惣三郎という人物のおかげでな」

と膳兵衛が笑う。

「伊吹屋さん、これもなにかの縁だ。清之助さんをよろしゅうな」

「冠阿弥の大旦那、お願い致さねばならぬのはわたしのほうにございますよ」

と慌てた金七が、

「それにしても南町の旦那方に花火の親分、め組の総頭取に冠阿弥様とえらい顔触れでございますな」

と同じ言葉を繰り返した。

清之助はざわめきを耳にして、

（もう始まっているな）

と長屋の木戸口を潜った。

長屋とはいえ冠阿弥の家作のことだ、手入れのされた庭がゆったりとってある。

少し暗くなりかけたその庭に秋の虫が鳴いていた。

（みわか）

と井戸端に立つ影に目を止めた。

「清之助様」

その声に清之助は勘違いに気付いた。

「葉月さんではないか」

二人は江戸まで一緒に戻ってきて以来、十数日ぶりに再会したことになる。

「お留守にお邪魔しておりました。皆さんが集まられる日にご迷惑ではありませんでしたか」

「うちはそんなことを気にする家ではないからな」

二人が入っていくとお杏が、

「ようやく正客《しょうきゃく》の登場だよ」

と笑いかけた。

清之助の声を聞きつけた昇平が、

「清之助さん、葉月さん、二階に上がったり上がったり……」

追い立てるように二人を二階に上げると、

「おお、これは男雛女雛《おびなめびな》のようだよ」

と辰吉の女房が目を細めた。

「確かにお似合いです」

冠阿弥の内儀のさきまでが言い出した。

葉月が顔を赤らめ、

「清之助様にご迷惑がかかります」

と小さな声で言った。

清之助は聞こえなかった振りをして、座敷の端に座った。


この夜、市谷谷町《いちがや》の月窓寺《げっそう》にいた一条寺菊小童は、元締め覚眼僧都の番頭、才槌《さいづち》の鳩次《きゅうじ》の訪問を受けた。

才槌とは小さな木槌のことで鳩次のおでこが張り出しているところからついた名だ。おでこが張り出している分、眼窩《がんか》がくぼんで、上目遣いに人を見る。

鳩次は一人の侍を伴っていた。

美濃高須藩の用人水沼久作《みずぬまきゅうさく》だ。

入府してきた馬廻役杉村弥平次ら一行の者が傷を負って藩邸に姿を見せたと報告を受けて、取り調べたのが水沼だ。本家の留守居役北村主膳の名を出されたと知った水沼は、独断で金杉暗殺を企てることとした。出入りの両替商備前屋から、金子で暗殺を引き受ける者の存在を聞いて知っていたからだ。

備前屋の仲介で元締め覚眼に仕事の依頼をして十数日後、未だ金杉惣三郎が健在であることに不審を抱いた水沼は、才槌の鳩次に連絡をとって強硬に談判したのだ。

「菊小童さんよ、いつまで待たせる気だえ。こうして掟《おきて》を破ってまでお客を連れてきたんだ。元締めが名古屋での評判ほどでもねえと怒ってなさるぜ」

縁側に座して、荒れ放題の庭にすだく虫の音を聞いていた菊小童が、矢立てを腰から抜き、懐から紙を出してさらさらと書き下した。

(金杉親子はそれがしが斬る)

「だれが倅なんぞの殺しを頼んだ。うちは金杉惣三郎の始末を頼んだだけだぜ。おめえが一両日中に始末しねえと、別の仕事師に頼むことになる。そうなるとおめえはもはやどこへ行っても生きていけねえぜ」

(しばらく待て　それがしが親子を斃《たお》す)

菊小童が矢立てをしまい、紙を握り潰した。

もう会話はしないという意思表示だ。

「一条寺菊小童、見損なったぜ。明日にも別の刺客を送る」

そう言った才槌の鳩次は、

「水沼様、もうこやつには頼まねえ。一日待ってくだせえ」

と水沼を促《うなが》して、菊小童に背を向けた。

庭先から山門へ戻りかけた鳩次と水沼の前に一条寺菊小童が立った。

「なんの真似だ」

鳩次は懐の匕首に手をかけた。

菊小童は左手を一本差しにした剣の鍔にかけたまま、二人のそばにすたすたと歩み寄った。

「てめえは！」

匕首を抜いた鳩次の眼前で菊小童の左手が翻《ひるがえ》り、手首が返されると右に左に一閃《いっせん》また一閃された。

「げえっ！」

「うっ！」

鳩次と水沼の首筋から血飛沫が上がり、二人が荒れ庭に崩れ落ちたとき、内裏一剣流秘剣鞘の内を使いきった一条寺菊小童の姿は月窓寺から消えていた。

第五章　菊小童妄想行

一

米津寛兵衛、金杉清之助、甲吉の三人は大勢の見送り人に送られて、日本橋小網《こあみ》町の船着場からの本行徳河岸《ほんぎょうとくがし》行きの船に乗ろうとしていた。

成田詣での便船行徳船は小網町の河岸を発って、古利根《ことね》川縁《べり》の本行徳河岸まで船行ができた。そこから船橋《ふなばし》、大和田《おおわだ》、佐倉《さくら》を経由する成田街道を伝えば、一泊二日で老人子供も成田山新勝寺へお参りができるのだ。

「清之助、また近々江戸で会いましょうな」

しのはその一言に万感の思いを込めて言った。

清之助は伊吹屋の親子が贈ってくれた露草色の小袖に羽織袴を穿《は》き、腰には黒塗研出鮫打刀《とぎだしさめうちもの》拵《ごしらえ》の備前国長船兼光《かねみつ》二尺五寸三分（約七十六センチ）があった。

鍔は埋忠明寿《うめただみょうじゅ》作の葡萄《ぶどう》の枝に胡蝶《こちょう》が線刻象眼された逸品だ。

惣三郎はその昔、冠阿弥膳兵衛の危機を助けたことがあった。その礼にと膳兵衛が京橋の刀剣商包安《かねやす》から取り寄せて、贈ってくれたものだ。

備州長船右京亮勝光二尺三寸六分は、いまや身の丈六尺二寸余の清之助の佩刀《はいとう》としては短いと感じた惣三郎が、

「そなたの剣を相州鎌倉の刀鍛冶新藤五綱光どのに頼んでおる。それまで同じ長船ながら、この兼光を使ってみよ」

と与えたのだ。

送りにきた葉月はまぶしそうに若侍姿の清之助を見て、

「ぜひ十一月には先生のお供で江戸に上ってきてください」

と恥ずかしそうに言った。

「葉月さん、お父上、お母上によろしくな。清之助にはまだこのような召しものを着る資格はないが、折角のお志《こころざし》です。着させてもらいました」

「ようお似合いでございます」

「そうか、似合うか」

清之助が照れたように袖を引っ張って見せた。

「でれでれとなさって」

結衣が兄を茶化し、

「兄上、皆さんの期待に応えるように十一月にはまた江戸に上ってきてくださいな」

と葉月の気持ちを代弁した。

「それは先生のお考え次第だ。なんとか試合の模様を見てみたいものだがな」

いまの清之助は己が剣術試合に出るなど夢想もしていない。

「清之助、待ってますよ」

「母上、先生にお願い申します」

「本行徳河岸行きの船が出るぞ！」

船頭が叫び、行徳船がゆっくりと岸を離れた。

「寛兵衛先生、十一月にはお待ちしておりますぞ！」

石見銕太郎が再会を口にし、

「世話になったな」

と寛兵衛が応えた。

「お健《すこ》やかに、寛兵衛先生」

「兄上、お元気で」

という大勢の言葉に送られて、行徳船は日本橋川を大川へと下っていった。

「しの様、寂しゅうございましょうな」

花火の房之助が見送りの一行の気持ちを代弁するようにしのの心を気遣った。

「会うも別れもさだめです。とは思うものの胸の内を風が吹き抜けるような……」

「でございましょうな」

定廻同心西村桐十郎もしのの気持ちを慮《おもんぱか》った。

「西村の旦那、しの様にそうおっしゃりながらも、心なしか顔が綻《ほころ》んでいるような気がしますよ」

お杏が口をはさんだ。

房之助が言い、

「お杏さんの目を騙すのは八丁堀の旦那でも難しゅうございますね」

「野衣様が但馬を発たれて、いまごろは尾張名古屋あたりを江戸に向かわれているんですよ」

どうりでね、と笑ったお杏が、

「しの様のいわれるとおりに別れがあれば出会いもある。これが世の中だわ」

と応じた。

「十余日もすればお帰りになられましょう。そのときはうちに集まってくださいな。この話を聞いた静香が張り切ってましてね」

房之助の言葉にしのの顔に笑みが戻り、惣三郎が、

「なればそれを楽しみにして、大川端へ仕事に行ってこよう」

と歩き出した。

西村桐十郎と花火の房之助が惣三郎に肩を並べてきた。

「なんぞあったかな」

「昨日、市谷谷町の月窓寺まで西村の旦那と足を伸ばしてきたんですよ。わっしの仲間が月窓寺

で才槌の鳩次という悪《わる》が殺されたって知らせてきたんでねえ」

「才槌の鳩次……」

「こやつ、金で殺しを請け負う元締め覚眼坊の番頭格でね。おれたちは何年も前から目をつけて追っていたんだが、なかなか覚眼と同様に尻尾を出しやがらねえ……」

房之助は、覚眼は駒込《こまごめ》村吉祥《きちじょう》寺寺中天言院のほんものの住職で、それを隠れ蓑《みの》に金で殺しを請け負う元締めを務めていると言った。

「坊主は寺社奉行の管轄だ。方々に金を摑ませてはうまく立ち回ってやがるんで」

「覚眼の番頭はどうして殺された」

「そいつはまだ分からねえ。ですがね、この鳩次、ちっとやそっとで殺されるような手合いじゃないんで。そいつが喉首をかっ斬られてあっさりと死んでやがった」

三人は楓川に架かる海賊《かいぞく》橋を渡り、八丁堀を通り抜けようとしていた。

「わっしの仲間の御用聞きが漏らしたことだが、才槌の鳩次だけが破れ寺で殺されていたんじゃないんで。いま一人、武家が一緒に死んでいた。そいつがねえ、濃州高須藩の用人水沼久作と申される方だそうで……」

「なにっ、高須藩の用人が」

房之助に代わり、西村が言い出した。

「金杉さん、こうは考えられませんか。高須藩は鎌倉の一件があって、覚眼坊に殺しを依頼した。元締めの覚眼が殺しの実行を振ったのが一条寺菊小童だ。むろん狙う相手は金杉さんだ。ところが菊小童は金杉さんの殺しを失敗《しくじ》ったばかりか、狙いを変えた清之助さんにもはぐらかされた。そこで高須藩では用人どのに元締めのところに文句をつけに行かせた。困った覚眼は鳩次と水沼を菊小童のところに事情を聞きに行かせたか、催促に行かせた。そこで諍《いさか》いが起こった……」

「鳩次と水沼を殺したのは菊小童と言われるか」

「擦り上げた斬り口が証拠だ、また辻褄も合う話ですぜ」

花火の親分が言った。

「月窓寺は一条寺菊小童の隠れ家だったのだな」

「そんな按配《あんばい》でしたがねえ、手掛かりになるようなものは残していません。水沼と鳩次の懐中物は盗まれておりましたよ」

「菊小童はどこかにねぐらを変えたか」

「元締めの依頼を裏切り、番頭に客まで殺したんだ。覚眼は必死で菊小童の行方を追いますぜ。こいつを始末しねえことには元締めの面子は丸潰れだ。そのことを菊小童だって承知だ。となると野郎は江戸を離れた公算が高いような気がしますがねえ」

「と花火は言うんだがねえ、私はどうも金杉さんを狙って江戸のどこかに潜伏しているような気がするんですよ」

西村と房之助は意見を異にしていた。

「ひょっとすると……」

惣三郎は元締めの依頼を裏切ってまで菊小童に執着することがあるとすれば、虚仮《こけ》にされた金杉親子への報復だろう。

そのとき、菊小童は江戸を離れて鹿島に帰る寛兵衛一行をまず狙うのではないかと思った。

「なんでございますな」

「鹿島へ帰る清之助に狙いをつけるのではと考えたまでだ」

「しまった、そいつを考えにいれなかった」

西村が言い、房之助が、

「いまからなら間に合う。行徳船を追いましょう」

と動きかけた。

「親分、その心配は無用です。清之助には寛兵衛先生もついておられる、それにもし清之助が不意を衝かれて命を落とすようなことがあれば、剣術家として覚悟に欠けた話、それだけのことですよ」

「清之助さんのことだ、大丈夫とは思いますがねえ」

房之助がすでに大川を渡り切ったであろう行徳船に思いを馳《は》せるように見た。

「ご両者の気持ち、ありがたく金杉惣三郎、受け止める」

道の真ん中に足を止めた惣三郎が二人の友に頭を下げた。

「旦那、老中水野様のお声がかりで享保の剣術試合が十一月の十五日に催されるんだってねえ。

旦那もよ、出てみねえな。とはいうもののちょいと年を食い過ぎたかねえ」

大川端の荒神屋に行くと小頭の松造が言った。

手には読売《よみうり》を持っていた。

すでに江戸じゅうの高札場に布告されて、湯屋や床屋など人が集まるところでは評判になっていた。

「松造兄い、この世の中でだれが一番強いかねえ」

焼けぼっくいを鋸《のこ》で切っていた職人の一人が声をかけた。

「そりゃ、おまえ、一に柳生十兵衛三厳《みつよし》、二に宮本二天武蔵《みやもとにてんむさし》、三に塚原卜伝様に決まってらあな」

「金杉の旦那なんぞは名を連ねないかえ」

「火事場始末の帳付けが名だたる剣客と一緒に論じられるか、なあ、旦那」

「いかにも小頭の言うとおりだな」

と笑った惣三郎が、

「ただしだ、三厳様も武蔵様も卜伝様もとっくに亡くなっておられるぞ」

「なにっ、死んだ人間ばかりかえ。おれには知らせがなかったがねえ」

「何十年も前のことだ」

惣三郎が帳場に入っていくと荒神屋喜八が苦笑いで迎えた。

「小頭はものを知らないにもほどがある。気になさらないでくださいな」

「なんの、気にすることがあるものか」

「清之助さんは無事に発ちましたかえ」

「いまごろは中川あたりかな」

「わっしの勘ではねえ、また十一月に寛兵衛先生の供で江戸に戻ってこられますよ」

「お世話をするのも清之助の務めですから」

「いや、金杉清之助の初陣《ういじん》の場が享保の剣術試合と見ましたよ」

「まだまだ未熟者です」

「まあ、見ていてご覧なさい」

と喜八が笑った。


寛兵衛、清之助、甲吉の三人は本行徳河岸で船を下りると名物のうどんを食して、腹拵えすると老先生のために駕籠を雇った。

「江戸もよいが、やはり鹿島が心落ち着くな」

寛兵衛は鹿島への帰心を募《つの》らせていた。

「清之助、船橋宿とは申さず大和田宿あたりまで行きたいものじゃな」

行徳河岸から船橋まで二里、船橋から大和田までは三里八丁もあった。

「行けましょうか」

清之助は駕籠とはいえ、寛兵衛の身を案じた。

「先生よ、年は考えるもんだ。まあ、いいとこ、船橋宿で一泊するだよ」

甲吉に言われて、

「そうか、船橋か」

と言いながらも大和田宿まで強行することを諦めきれない寛兵衛であった。

成田への街道の最初の名物は行徳の塩作りだ。

浜辺伝いに塩田が広がり、松林の向こうに海が光っていた。

清之助は本行徳河岸のうどん屋でうどんを食べているあたりから、五体をちくちく刺すような視線を感じていた。

往路、神崎宿外れの街道で追剝ぎまがいの強奪を繰り返す浪人者たちを懲《こ》らしめていた。その残党が清之助一行を待ち伏せていたとも考えられる。だが、どう考えても浪人たちにそのような執念があるとも思えなかった。

とすると増上寺の切通しで待ち受けていた一条寺菊小童か。

(現われたら現われたでそのときのことだ)

清之助は腹を固めた。

駕籠を覗《のぞ》くと寛兵衛がうつらうつら居眠りしながら揺られていた。

「甲吉さん、やっぱり船橋泊まりにしましょうか」

「それがいいべえよ」

甲吉が笑い、

「清之助様よ、江戸はどうだったね」

と聞いた。

「父にも母にも会えたし、妹たちとも過ごせた。満足です」

「鹿島に戻るのが嫌になったんでねえか」

「そんな気持ちに少しなりました」

正直に答えた清之助が、

「でも、私の家は鹿島です。戻ったら、旅で十分稽古できなかった分、取り戻しますよ」

「そうか、それもええ。だがな、清之助様にとって鹿島は仮の宿だ」

「いえ、古里にございます」

「そうかもしんねえが、おれの考えじゃ、近いうちに清之助様が鹿島を離れられるような気がするだ」

「私にはその気はありませんよ」

「そうかもしんねえがそうなるだ。江戸でさ、清之助様のお父つぁんやら車坂の鋏太郎先生を見ていたらよ、そんな気がしただよ」

八つ半（午後三時）過ぎに船橋宿に駕籠は入っていった。

（どうやら、何事も起こらなかったな）

清之助はそう思いながら、

「先生、宿に着きました」

と寛兵衛に声をかけた。

一条寺菊小童は米津寛兵衛の一行がいせやという旅籠に入るのを見届けると、宿場外れまで引き返し、

一ぜんめし酒有升《あります》

の暖簾《のれん》がかかった酒屋に入った。

馬方やら駕籠かきらが安直に飲み食いするような見世だ。

菊小童は他の客が飲む茶碗を手で差して、小女に注文した。

汗と埃《ほこり》臭い見世に夕暮れ前の光が差し込んで、半ば裸体の馬方たちの焼けた肌をさらしていた。

菊小童は懐から読売を出した。

江戸で買い求めた読売は何度も読んでいた。そこには、

〈享保の剣術大試合、老中水野忠之様のお声がかりで来たる霜月《しもつき》十五日に水野様江戸屋敷にて開催が決まったとの事。出場の剣士は剣術諸流派から推挙される二十余剣士と浪々の剣士十余人の三十余人、天下一の名誉を巡って早くも諸流派は人選にかかった。

さて試合の審判団は、

柳生宗家新陰流の柳生俊方様

一刀流石見銕太郎様

古藤田《ことうだ》一刀流林左近様
一円流渋谷遊庵様
直心影流長沼右源次様
の五人、さらに顧問として享保剣術界長老の、
心貫流奥山佐太夫様
鹿島一刀流米津寛兵衛様
の二人が名を連ねる。
この剣術試合の真の発案者は将軍様との憶測が流れており、当日吉宗様も水野様屋敷に出向かれ、試合をご覧になるというもっぱらの噂である……〉
江戸の噂では金杉惣三郎が水野家の剣術指南になったという。さらに鹿島から出てきた老人が顧問に名を連ねていた。
(このことをどう考えればいいのか)
茶碗酒が運ばれてきた。
菊小童は巾着を出すと一分金を出して卓に置いた。
「お侍、一分金で茶碗酒の代など払われても困るでよ」
小女が言った。するとかたわらの馬方の三吉《さんきち》が、
「姉さん、釣りはおれっちの酒代に回してくれるとよ」
と言い、

「なあ、浪人さん」

と馴《な》れなれしく肩に手をかけた。

菊小童が左手で褌《ふんどし》一丁に薄汚れた袖無しの馬方の手首を捻《ひね》るとぽーんと押した。すると三吉が土間に転んだ。

「やりやがったな！」

仲間が叫んだが、菊小童は知らぬげに茶碗酒を口に持っていった。

倒された三吉が起き上がった。顔を真っ赤にした馬方は仲間の駕籠かきの息杖《いきづえ》を引ったくると、

「てめえ、いけ好かねえ面だ、叩きのめしてくれる」

と打ちかかった。

菊小童の手の茶碗酒が突進してきた馬方の面に浴びせかけられ、茶碗が鼻っ柱に叩きつけられた。

一瞬、三吉が立ち竦んだ。

左手が差し落とされた剣の鍔へと滑り、手首が返された。

白い光が走り、馬方の汚れた褌に切っ先が跳ね上げられて、

「げえっ！」

と三吉が叫んだ。

褌がだらりと落ちて、斬りとられた一物が土間に転がった。

見世の中に恐怖の戦慄《せんりつ》が走った。

菊小童がのっそりと立ち上がった。

卓の一分金を摑むと、転がり回って叫ぶ三吉にちらりと冷酷な視線を向けた。

が、何事もなかったように店を出ていった。

二

清之助は旅籠の湯に米津寛兵衛と甲吉を先にやると再び宿場に出た。

飛脚屋十八屋を訪ねて寛兵衛の香取到着を鹿島に知らせ、香取まで船を迎えに出させるための手配だ。

成田街道を通して江戸から香取、鹿島までは定期的に飛脚便が往復していた。その飛脚便に伝言を預けて、道場に立ち寄ってもらおうと考えたからだ。

鹿島諸流派の長老米津寛兵衛の顔は広い。

江戸から鹿島へ水行と陸行を使って、成田街道を一日で突っ走る飛脚屋にも知り合いがいたからこそできることだ。

十八屋の番頭が、

「鹿島の寛兵衛先生の道場に知らせればいいんですね。明日の昼過ぎには鹿島に伝わるように言《こと》付《づ》けますよ」

と請け合ってくれた。

清之助はほっとした気分で十八屋を出た。

清之助の一人旅なら江戸と鹿島は一泊二日の旅程だった。

だが、寛兵衛の供では二泊せねば着かなかった。それだからこそ、船橋宿の飛脚に言付けても明後日の船の手配ができるわけだ。

旅籠に戻りかけた清之助の足が止まった。

宿場外れに人が集まり、騒ぎがあったようだ。

惣三郎の血を引いて好奇心が強い清之助だ、そちらに足を向けた。

一ぜんめし酒有升

と汚れた暖簾がはためく店先をやじうまの頭越しに覗くと宿場役人が出張って、めし屋の親父を取り調べていた。

土間には縁台が倒れ、血溜まりができているのも見えた。

「なにがあったのですか」

見物の一人に聞いてみた。

「なんでもよ、旅の浪人者が馬方の一物を斬り落としたという話だ」

「喧嘩でもいたしたのか」

「馬方が酒をねだったとかねだらないとかで諍いになったらしいが、その浪人者の手並みの凄《すご》いことと言ったら、なかったらしいや。座ったまま、左手で刀を抜いてよ、手首を返して褌の中の一物の亀頭だけを斬り落としたとよ」

（まさか……）

清之助は驚いた。

「その者の風采《ふうさい》はいかがか」

「おれは見たわけじゃねえからな」

職人風の男は首を横に振った。

「おれは見たぜ」

駕籠かきが言った。

「白っぽい着流しでさ、刀は一本だけ差していたな」

「その男、口を利きましたか」

駕籠かきが黙り込み、

「そういえば酒を頼むときだって一言も言わずに一分金を投げ出したな。それが騒ぎのきっかけだ。ともかくさ、頰の殺げた野郎で女みてえに肌が白かった」

「腰に矢立ては差してなかったか」

「矢立て、そんなもんは知らないな」

「左手一本で剣を抜いたそうだが間違いないか」

「そいつはたしかだぜ。茶碗酒を飲み干して三吉の面に投げつけたかと思ったらよ、左手を逆手にして鞘を摑むとまるで手妻《てづま》（手品）使いのように捻り上げた。その速いのなんのって、光が走ったときには三吉が悲鳴を上げて、転がっていたもんな」

清之助は増上寺の切通しで出会った一条寺菊小童に間違いないと思った。

菊小童が成田街道を旅している。

（いや、われらを尾行して船橋宿にいる）

と考えたほうがよいのではないか。

「お侍さんの知り合いか」

「いや」

と曖昧《あいまい》な返答を残した清之助は足を速めて旅籠に戻った。

すでに寛兵衛と甲吉は風呂を上がって座敷に戻っていた。

「十八屋には鹿島への船の連絡を頼んで参りました」

「ご苦労であったな。よい湯であったわ、そなたも入ってこよ」

「老先生、父を付け狙う一条寺菊小童がこの宿場におります……」

見聞した騒ぎを伝えた。

「なにっ、京の公卿の若党上がりの剣客が船橋宿にな」

としばし考えた寛兵衛が、

「清之助、これはそなたを狙ってのことだぞ」

と清之助と同じ考えを口にした。

「惣三郎どのを狙って失敗《しくじ》り、そなたには相手にされなかった。そやつ、己の剣技に過剰な自信の持ち主とみた。それがそなたら親子に虚仮にされて、まずは倅のそなたからとわれらの動向に目を注いでおったのであろう」

「本行徳河岸あたりから嫌な感じがしておりました」

「こちらは駕籠に気持ちよく揺られておったでな、気がつきもしなかったわ」

寛兵衛が笑い、

「明日からの道中、気をつけて参ろうか」

と言った。

幽鬼のような菊小童のこと、鹿島に入ればすぐに目につく。もし清之助の命を狙うとしたら、旅の間であろう。

「清之助、湯に入って参れ」

老武芸者米津寛兵衛の命に清之助は頷き、大刀の長船兼光だけを部屋に残すと脇差は腰につけたまま、湯に下りていった。

その背を見送った甲吉が、

「なんぼなんでもいせやの内湯で襲いはしめえよ」

「甲吉、清之助が臆病に思えるか」

「いや、そうではねえがよ、用心深いこったと思っただけだ」

「清之助が一人前の剣術家になった証拠じゃよ」

と頷いたものだ。

その夜、清之助はぴんと気を張って眠りについた。だが、菊小童が米津寛兵衛の泊まる宿に現われるような気配はなかった。

菊小童のこともある、一行は七つ（午前四時）立ちで旅籠を出た。

清之助が駕籠を雇おうとすると寛兵衛が、

「朝の間は歩きたい」

と言い出した。そこで甲吉と相談の上、

「お疲れになったら、乗っていただこう」

と三人は徒歩でいくことになった。

寛兵衛の足に合わせてのんびりとした旅になった。一行にとってよく知った成田街道である。

行き交う旅人の中には、

「寛兵衛先生よ、江戸へいってござったか」

と声をかけて擦れ違う商人もいた。

「鹿島は変わりないか」

「ないない。だがな、どこにいっても、水野様の催される剣術試合のことで持ち切りだな」

「そうか、鹿島じゅうが知っておるか」

「高札場に張り出されたでな」

話しながらの旅である。

さらに茶店を見ると、

「ちと休んでいこうではないか」

と寛兵衛は休みたがった。

「これじゃあよ、何年経っても鹿島には着かねえだよ」

と甲吉がぼやくほどだ。

寛兵衛は一条寺菊小童を誘いだそうと仕向けているのだ。

だが、菊小童は老人の誘いに乗ることはなかった。

「とうとう成田宿が見えてきただ。寛兵衛先生がいくら釣り出そうったって、京の公卿様の奉公人は姿を見せねえよ」

と甲吉が笑ったものだ。

「あやつ、姿を見せるはずじゃがな」

寛兵衛が首を捻り、

「まあ、明日が勝負かな」

と明日も同じ亀の歩行を繰り返すことを供の二人に告げた。

翌日の昼下がり、一行は利根川の流れを見下ろす佐原宿を通過して、船が迎えに出ているはずの香取神宮の川辺に向かう最後の下りに差し掛かっていた。

流れの向こうには潮来《いたこ》の水郷地帯が広がっていた。

「あやつ、とうとう出なかったな」

甲吉が二人に話しかけたのは街道の右手は竹藪、左手は利根の葦原が広がる坂道だ。

「甲吉よ、剣に憑《つ》かれた者の執念は、おまえほど淡泊ではないぞ」

坂道はゆるく蛇行しながら雑木林に入っていき、数丁ほど先で再び開けた河原に出た。そこまでいけば、迎えの船も見えよう。

雑木林に入る前に野地蔵が旅人の安全を見守っていた。

一条寺菊小童は、その野地蔵のかたわらに腰を下ろして待っていた。

「ほれ見よ、甲吉」

寛兵衛が言いかけ、

「あんれまあ、米津寛兵衛様の威光も廃《すた》れたもんだな。奇妙な男にほんとに待ち受けられていたよ」

「あやつが待ち受けていたのはわしではないわ、清之助じゃぞ」

そう言いながらも三人は歩み続けた。

野地蔵まで十数間、

「おーい、一条寺菊小童さんよ、なにが望みかな」

と寛兵衛が呼び掛けた。

白昼、白小袖の菊小童は素顔をさらしていた。

頬が殺げ落ち、顔の肌が抜けるように白かった。

年齢は二十六、七歳か。

目鼻立ちは整っているといってよかろう。だが、絶望と虚無に沈んだ痩身と双眸が菊小童に暗く、危険な印象を与えていた。

「そなたは口が不自由じゃったな。なれば、わしの問いに顎を振って返答せえ」

菊小童の表情は変わらない。

「ここにおる金杉清之助を倒す気か」

菊小童は路傍から街道に出ると歩を詰めてきた。

その行動が答えだった。

「そなたは内裏一剣流の秘剣、鞘の内と鞘の外を盗みだして京を立ち去ったそうじゃな」

「…………」

「鞘の内はすでに清之助に敗れておる。鞘の外なる秘剣を見せてもらおうかのう」

米津寛兵衛はそう言うと路傍に身を引いた。

清之助は寛兵衛が一方的な会話を続ける間に戦いの支度を整えていた。

背の荷物を下ろし、羽織を脱ぐと甲吉に預けた。

寛兵衛が路傍に立って双方を見たとき、清之助と菊小童は七間の間合いで見合っていた。

「金杉清之助、お相手仕る」

むろん菊小童から返答はない。

父が持たしてくれた備前国の刀鍛冶長船兼光が鍛造した二尺五寸三分の鯉口を切った。だが、抜く気はない。

菊小童は寛兵衛に指摘されて鞘の内を使う機会を失していた。

五畿内山城《やましろ》国来国光《らいくにみつ》二尺二寸六分を抜いた。

正眼に翳した。

尋常な構えである。

清之助は一年ほど前から稽古してきた抜き撃ちを試す決心をしていた。

むろんそれが未完の太刀であることも承知していた。

（寒月霞斬り）

に匹敵する独創の剣を会得したい一心が師の前でその構えにさせたのだ。

左右の足を開いて、左足をわずかに引き、長身の腰を沈めた。

あとは機が熟するのを待つのみだ。

これに対して菊小童は正眼の構えを崩さない。

二人の横手から西に傾いた光が差し込んで、菊小童の白い肌を照らしつけた。すると血管までも透けて見えた。

清之助の鍛えられた五体は、ぴくりともしない。

ただ時の来るのを待っている。

四半刻が流れた。

香取に向かう旅人たちが坂道に差し掛かり、街道を塞いで対決する二人の争いに足を止めて見物に回った。

鹿島から香取にかけては剣術の故郷ともいえた。

町人も百姓も自ら木刀を振り回す者も多い土地柄だ。

だが、真剣勝負は滅多にお目にかかれるものではない。

「あそこにおられるは鹿島の老先生ではないか」

「大きな若者が鹿島の小天狗の金杉清之助様だべえ」

「白無垢《むく》の侍はいってえだれだ。なんか気味が悪いな」

坂上にも坂下にもそんなことを言いながら、戦いの行方を見物する旅の衆や土地の者たちがいた。

寛兵衛は菊小童の肩がわずかに上下し始め、口から乱れた呼吸が吐き出されるのを見ていた。

(菊小童の体を業病が取り憑いておるな)

そう寛兵衛が思ったとき、菊小童の構えが変わった。

正眼の剣を支える両手のうち、右手だけで保持し、続いて左手がだらりと垂らされた。

右手一本に支えられた剣の切っ先が半円を描いてゆっくりと下降してきた。

清之助は奇剣の行方を定めようと無心にその動きを追っていた。

半円を描き終えた来国光の柄元が菊小童の顔の前で止まった。

切っ先は地面を向いて垂直に垂れていた。

左手が切っ先の棟に添えられた。

(これが鞘の外か)

なんとも奇怪な構えであった。

左右の手で剣の柄と棟を握った対決者はどう遣おうというのか。

右手一本、垂直に下ろされた剣の切っ先が下方から跳ね上がって清之助を襲ってくるのか。

清之助は奇剣の動きを一切無視して、菊小童の暗いまなざしを凝視していた。

寛兵衛は菊小童の弾む息がまた穏やかなものに変わったことを察知した。が、同時に痩身から憎悪と殺意がめらめらと燃え上がってくるのを見ていた。

菊小童は必殺の一撃の準備を整え終えていた。

あとは一歩踏み込めば、一気に生死の間境《まざかい》が切られるはずだ。

菊小童の息音が消えた。

（攻撃……）

そう感じた瞬間、菊小童の後方の林に提灯の明かりがちらほらして、乱れた足音が響いた。

「先生、清之助！」

鹿島の米津道場の師範代梶山隆次郎の声が響いた。

あとに三、四人の門弟が続いていた。

菊小童は背に異変を感じながらも清之助に向かって走った。

走りながら、垂直にしていた剣を虚空に跳ね上げて、清之助の下腹部を襲った。

清之助は左に身を飛ばして斬撃を避け、擦れ違った。

菊小童は死の臭いを振りまきつつ、清之助のかたわらを駆け抜けると坂上へと走り去った。

「先生、ご無事でございますか」

隆次郎が息を切らせて駆け付けてきた。

「よう、騒ぎが分かったな」

「あまりにも遅うございますので迎えに出たところでございました」

そう答えた隆次郎が清之助を見て、

「怪我はないか」

「梶山さん、助かりましたよ」

清之助は笑いながら答えた。


香取の川岸から米津寛兵衛ら三人を乗せた船が帆を張ったのは、残照が利根川を茜《あかね》色にそめた刻限だ。

「寛兵衛先生、あやつは一体全体何者ですか」

梶山隆次郎が一座を代表して聞いた。

船の中央でくつろいだ寛兵衛は弟子たちが用意してきた酒の杯を手にしていた。

「京の公卿様の間に密かに伝えられる内裏一剣流の遣い手、一条寺菊小童と申す者よ……」

寛兵衛が江戸以来、金杉惣三郎、清之助親子を付け狙う暗殺者のことを説明した。

「成田街道をわれらのあとになり、先になりして尾行して参ったようだ」

「なんとも大胆不敵な者にございますな」

「梶山、そなたらに申し聞かしておく。菊小童は早晩鹿島に現われるであろう。奴の挑発に乗ってはならぬ、あやつの剣を侮《あなど》ると死ぬ羽目になろう。相分かったな」

「はい、門弟一同に申し聞かせます」

と答えた梶山が話題を変えた。

「先生、鹿島は享保の剣術試合の噂で持ち切りでございますよ」

「吉川《よしかわ》先生の下に招聘《しょうへい》状がいったからな」

塚原卜伝を流祖とする鹿島新当流の当代の継承者が吉川継久《つぐひさ》である。

鹿島諸流を代表して、享保の剣術試合の招聘状が継久の下に送られていた。

「継久先生は、鹿島諸流の底力を見せよと申されて、鹿島から香取の道場に回状を回され、一月後に鹿島神宮神殿前において、鹿島諸流を代表する試合を為されることを通告なされました」

「もう用意は済んでおるか」

「はい、どこの道場も江戸へはわが道場から送り込むと申されて、いつにも増して厳しい稽古をしておりますぞ」

「なれば、われらも明日から猛稽古じゃな」

と答えた寛兵衛の視線が清之助に向けられた。

「清之助、菊小童の攻撃を迎え撃たなかったはなぜか」

「先生、相手は病人です、それに梶山隆次郎さんの声で心も動揺しておりました」

「抜き撃ちをやめた理由か」

「はい」

「この世の中はそなたの気持ちが通じる相手ばかりではないぞ」

清之助が黙って頷いた。

米津寛兵衛の一行を乗せた船は、夜風を帆にはらんで大利根川を鹿島へとゆっくりと近付いていた。

三

清之助に鹿島でのいつもの日課が戻ってきた。

朝の八つ半（午前三時）に起床すると道場に蠟燭《ろうそく》を点して、ひたすらに炎を抜き撃つ孤独な稽古を一刻余り繰り返す。

その後、井戸端から水を汲んできて道場の拭き掃除を始めた。そうこうするうちに住み込みの弟子たちが起きてきて、清之助に加わった。掃除が半刻余りで済むとようやく朝稽古が始まった。

清之助は腹の底からの気合いを発し、袋竹刀で撃ち合う稽古が大好きだった。入れ替わり立ち替わり相手は替わった。

「止め！」

の声が掛かるまで何刻でも立ち会った。

いまや米津道場の小天狗から鹿島の小天狗と呼び名の変わった清之助と、互角に立ち会える門弟はいなかった。それだけに清之助は自分の体をいじめ抜くことを己に課した。疲れが出れば、筋力も反射神経も衰え、集中力が欠ける。

そのときこそ真の稽古が始まるのだ。

体力と気力の限界を越えて初めて稽古になる、清之助はそう信じていた。

その日、寛兵衛が道場に姿を見せたのは四つ（午前十時）の刻限だった。

寛兵衛は清之助の相手を次々に指名した。

この日は九つ（正午）になっても、梶山隆次郎の、

「止め！」

が掛かることはなかった。

門弟たちは疲れると壁際に引いた。また通いの弟子たちが姿を見せると寛兵衛は清之助の相手をするように命じた。

明け六つから始まった稽古はすでに三刻半（七時間）を過ぎていた。さらに半刻、ようやく寛兵衛が休憩を命じた。

さすがの清之助も汗みどろだ。

いったん井戸端に走った清之助は汲み上げた清水で体の汗を拭き取った。

顔にあたる風が気持ちよい。

道場に戻ると上段の間に寛兵衛が立った。

「皆に伝える。鹿島新当流の吉川継久様が鹿島諸流派に声をかけられ、およそ一月後に鹿島の社殿前において、鹿島諸流派の選抜剣士を選ぶ試合を催される。むろんわが道場も参加致す。そこでじゃ、本日これよりわが道場の代表を決める試合を催す……」

道場内がどおっと沸いた。

米津道場では鹿島の小天狗、金杉清之助で決まりとだれもが考えていたからだ。

「先生」

梶山隆次郎が言い出した。

「恥ずかしながら、師範のそれがしも清之助には歯が立ち申さぬ。いまさら試合をしたところで結果は同じにございます。われらは米津の代表として清之助を送り出すことに異論を持つ者は一人としてございません」

「ばかものが！」

寛兵衛の怒声が飛んだ。

隆次郎が頭を板の間に擦り付けた。

寛兵衛の怒鳴り声がさらに響いた。

「梶山隆次郎、われらは死を覚悟の武士《もののふ》である、気概こそがわれらの本懐、戦いの源じゃ。それを最初からそのようなことで何とする！」

道場がしーんとなった。

「清之助を打ち負かす者はおらぬか。もし勝てばその者がわが道場の代表である」

だれもが答えない。

寛兵衛が白扇を片手に道場に下り立つと、

「清之助、稲本伝吉《いなもとでんきち》、出よ」

と命じた。

稲本伝吉は住み込み弟子のうち、最も若い弟子だ。

「これより全員の勝ち抜き試合を致す、勝負は一本、最後まで立っていた者が米津寛兵衛道場の代表である」

そのとき、道場に三十九人の門弟がいた。

清之助と伝吉は袋竹刀を手に相対した。

「お願い致します」

「お手柔らかに」

十七歳の伝吉は佐倉藩十一万石堀田《ほった》家の重役の長男で、半年前に住み込み稽古に来たものだ。性格も剣筋も実に素直、のびやかな剣風を持っていたがまだまだ技量と稽古量が足りなかった。

二人は相正眼に構えた。

睨《にら》み合うこと数瞬、息を溜めた伝吉が潔い飛び込み面を清之助に送った。

清之助は不動のまま、伝吉の袋竹刀を弾くと、

「胴！」

と叫びながら真一文字に斬り裂くような抜き胴を決めた。

伝吉は必死で踏ん張って立っていた。が、その手には袋竹刀はなかった。

「勝負あり、清之助の抜き胴一本」

寛兵衛の白扇が翻り、伝吉が板壁に引いた。

「宮原太郎吉《みやはらたろきち》」

続いて対戦者が呼ばれた。

清之助はいったん受けておいて反撃する手法で次々に対戦者を破っていった。

上段の近くに梶山隆次郎や水戸藩から剣術修行にきている絵鳥修太郎《えどりしゅうたろう》ら師範が控えていた。

「師匠は清之助にわれら全員をぶつけさせる気だぞ」

隆次郎が修太郎にささやく。

「清之助はすでに四刻近くも立ち稽古をしたばかりだ。いくら小天狗でもそれは酷というもの」

「いや、先生は清之助にわれら全員と立ち会わせた上で、米津道場の代表として送り出される気だ」

清之助は淡々と対戦し、圧倒的な差で相手を退《しりぞ》けていった。

すでに十二人が清之助のために敗北を喫していた。

となると門弟たちの間にも、

(よし、おれが鹿島の小天狗に苦杯を嘗《な》めさせてみせる)

という意地が出てくる。

試合はいやが上にも白熱してきた。

清之助も平静を保っていたが足も腕も鉛でも入れたように重く、だるかった。が、顔にそのことを出すまいと気力を絞った。

「待てよ」

絵鳥修太郎が隆次郎に言い出した。

「梶山さん、清之助の技を見たか」

「見らいでか、こうして眼を皿のようにしておるわ」

「違う、技の順番だ」

「順番だと」

「いま、鳥居吉五郎《とりいきちごろう》が敗れたのは胴抜きだ。続いて、袈裟、逆袈裟、そして最後は面とくるはずだ。清之助はこの四つの順番を繰り返していると思わぬか」

しばらく沈黙して考えていた隆次郎が、

「たしかに」

と言い、修太郎の顔を見た。

古来、剣術の技の基本は真っ向唐竹《からたけ》割り、胴抜き、袈裟斬り、逆袈裟の四つ、これらを組み合わせると米の字が完成するといわれてきた。

「清之助は已に四つの技を順に課しておるのだ」

「ならばそれがしは袈裟、梶山さんは逆袈裟か」

とはいえ、変幻自在に対応せねばならぬ勝ち抜き試合で技の順番を決めるということは、さらに自らを苦しい立場に追い込むことであった。

「よかろう、鹿島の小天狗の思い通りにはさせぬわ」

梶山隆次郎が闘志を燃やした。

清之助の顔面を再び汗が伝い流れて、それが目に入り、視界をぼやけさせた。

だが、寛兵衛は清之助に汗を拭く間も与えず、次々に対戦者を指名した。

試合が始まっておよそ一刻、もはや師範ら四人を残すのみだ。

「市橋種三《いちはしたねぞう》」

種三は米津の道場に身を寄せて、七年近い歳月を過ごしていた。が、種三には浪々の癖があって、ふらりと半年、一年と抜け、また戻ってきた。

年も三十九歳、修羅場も潜ったことのある古強者だ。

「参る」

「お願い致す」

種三は江戸から戻った清之助の変化に気がついた数少ない門弟の一人だ。

(旅の間に真剣勝負を体験したな。ならば、こちらも死力を尽くすまで……)

と考えて、対峙《たいじ》した。

(これは……)

清之助は体力と気力の限界を越えていた。が、それを超越して、袋竹刀を構えるさまは十八歳にして、剣士の風格が備わっていた。

相正眼の構えから、

(よし、清之助が胴で決めると心に誓ったのなら、こちらも胴を攻める)

と決心した。

「面!」

と叫びながら突っ込んだ種三の袋竹刀が瞬時に変化して清之助の胴を襲った。だが、清之助はその変化を読み切ったように弾くと反対に、

(ずしり)

と響く胴撃ちを素早く見舞ってきた。

(な、なんという気力か)

種三は思わず横倒しに倒れていた。

黒埼彦平《くろさきひこへい》が袈裟に斬り落とされて、絵鳥修太郎の番がきた。

立っている清之助の上体がゆらりゆらりと揺れていた。

「絵鳥修太郎、お願い申す」

「こちらこそ」

声も掠《かす》れていた。

「清之助、袈裟にこだわらずともよい」

修太郎が言いかけた。

清之助が笑みを返した。その顔に、

（最後まで続けさせてください）

と書いてあった。

「よかろう」

二人は上段に構えた。

「ええいっ！」

「おおっ！」

絵鳥修太郎と清之助は同時に仕掛けた。

清之助は初めて踏み込んだ。

修太郎の面打ちを無視すると袈裟に落とした。

面打ちを掻い潜った清之助の袋竹刀が撓《しな》って修太郎の肩口をしたたかに叩き、修太郎を床に這わせた。

「参った！」

残るは梶山隆次郎だけだ。

清之助は三十八人と対戦して、そのことごとくを退けていた。

さすがに荒い息が口から洩れ、肩が上下に弾んでいた。

「お、お願い致します」

清之助が声を絞った。

「おうっ」

隆次郎は袋竹刀を正眼にとった。

住み込み師範の梶山隆次郎は努力の人だ。稽古と人柄で米津寛兵衛道場の師範の地位を得て、

「寛兵衛様の道場は、番頭さんの梶山隆次郎でもっ」

とまで言われ、寛兵衛が留守をしても揉《も》め事一つ起こさずに守ってきた。

努力の剣は人柄を示して、ぐいぐいと真っ向から攻めていく剣風だ。

隆次郎は正面からの面打ち一本を選んでいた。

構えは上段にとった。

間合いは二間。

前後に足を踏み出し、後退させて袋竹刀を振りながら間合いをとっていた隆次郎は、清之助の額を玉の汗が流れて、瞼に落ちていくのを認めた。

その瞬間、動いた。

「ええいっ！」

思い切った足運びで踏み出し、上段に袋竹刀を清之助の眉間に叩き付けた。

眼前に旋風が巻き起こった。

清之助は隆次郎の踏み出しを感じると、反射的に自らも踏み込んでいた。

一気に間合いが縮まり、一本の袋竹刀は眉間に、もう一本は右肩に落ちた。

見物の目に同時と映ったほどの攻撃の応酬であった。

だが、隆次郎の電撃の面打ちがのろく感じたほど清之助の竹刀が伸びて、肩口を打った。

「うっ！」

と思わず呻き声を洩らした隆次郎が前屈みに床に倒れこんでいた。

「勝負あり、金杉清之助の逆袈裟一本！」

寛兵衛の声が響いて、白扇が清之助に向けられた。

清之助はよろよろと板の間に腰を落とすと上段の間に戻った寛兵衛に平伏した。

「米津道場からの出場者は金杉清之助でよいか。異論のある者はこの場で申せ」

「寛兵衛先生、だれが異論など申すものか」

隆次郎がこだわりもなく答えると、

「ならば金杉清之助と決まった」

と寛兵衛が応じた。

「清之助、一月後に鹿島諸流の代表者と江戸行きの座を巡って争うことになる。そなたの背後に三十九人の仲間の願いがかかっておることを忘れずに精進せえ」

清之助は頭を床に付けて承《うけたまわ》った。

井戸端で清之助が汗を流していると、

「清之助どの、お見事であった」

と屈託のない言葉が掛けられた。

浪々の剣士市橋種三だ。

井戸端には梶山隆次郎ら道場の師範たちがいた。

「ありがとうございます」

「そなたの父上が鹿島を訪ねられた折り、それがし、旅に出ておって面識を得ることができなかった。なんとも残念であった。だがな、今日のそなたの戦いを通して、父上の偉大さが垣間《かいま》見えたと思えた。そなたはたしかに父上の血を引いておられる」

「市橋様、私など父の足下にも及びませぬ。私は、父の幻《まぼろし》を死ぬまで追っかける人生にございましょう」

「そうかも知れぬな」

市橋種三は正直に頷くと、

「そなた、鹿島神宮の試合までどうやって過ごされるな」

と聞いてきた。

「いつもどおりの暮らしを続けたいと思います」

「それもよい」

と答えた種三はしばらく迷ったように口を閉ざしていたが、

「お節介は承知の上だ。清之助どの、この一月、独りで山籠もりしてその日を迎えられぬか」

と言い出した。

「山籠もりですか」

清之助は思いがけない言葉に種三を見た。

「梶山どのもおられるゆえ、それがしの考えを正直に述べる」

井戸端にいた数人の幹部が種三を見た。

「先ほどの試合で見たとおりだ。われらではもはや清之助どのの相手にはならぬ。かといって鹿島の諸流派は試合に向けて、それぞれが秘策を練っておるところ、清之助どのが出稽古にいかれても、尋常な稽古はいたすまい。清之助どのに今なにが要るのか考えたとき、独りになって剣の道に邁進《まいしん》することではないかと思うたのだ」

「私には皆様とお手合わせして頂き、寛兵衛先生のお世話をして生きることこそ、無上の稽古にございます」

種三が頷くと、

「のう、梶山どの、金杉清之助が本物の剣術家になるかどうかは、鹿島の試合と江戸の御前試合に掛かっておろう。そのとき、頼りになるのは、もはや父上でもなく、寛兵衛先生でもなく、むろんわれらでもない。己独りが孤剣を抱えて乗り越えねばならぬ道だ」

「たしかに」

隆次郎が相槌を打った。

「清之助どのは独りになる時が要るような気がしてな、余計な口出しをいたした」

「市橋どの、われらは迂闊《うかつ》であったかもしれぬ、そなたが申されること一理ある。清之助は慈愛に満ちた父母と妹ごの下で、さらにはこの米津道場の暮らしと二つの世界しか知らぬ。いつもだれかがいて、助けの手を差し伸べていた。一方、独りで生きていくことは不自由なことであろう。その不自由な中で己と向き合うことは、清之助がなによりも経験すべきことかも知れぬ」

隆次郎が清之助を見た。

清之助は、

（なんとよき兄弟子たちに恵まれたものか）

と心のうちで感涙に咽《むせ》んだ。

「寛兵衛先生がお許しになられましょうか」

「そなたがその気持ちになれば、市橋どのとそれがしが先生に頼んでみようか」

と梶山隆次郎が言ったとき、

「清之助、得難き友を持っておるな」

という寛兵衛の声がした。

「あっ、先生、そこにおいででしたか」

米津寛兵衛が庭に立っていた。

「話は聞いた」

「余計な口出しにございます」

種三が慌てて言うと、

「そなたの申すことたしかに道理だ。清之助に必要なものがなにか、寛兵衛、この年になって考え至らなかったわ」

「恐縮にございます」

なんのなんの、と手を振った寛兵衛が、

「善は急げと言う。清之助、この足で旅に出よ」

と命じた。

「先生、どこへ行けと申されるので」

清之助が困惑の体で答えた。

「市橋が申したこと、そなたにも理解つこう。山でもよい、海でもよい。己と向き合える地を自ら探して、この一月を過ごしてこよ」

寛兵衛が厳粛に言い渡し、清之助も事ここに至っては潔く、

「お許しゆえ、承りました」

と早々に旅支度に掛かった。


その日の夕暮れ、寛兵衛は独り鹿島神宮に足を向けた。

清之助は市橋の考えを入れて、早々に鹿島を発っていった。

(可愛い子には旅をさせろと申すが、そのことをうっかり忘れておったわ)

そのことを門弟に教えられた寛兵衛は鹿島神宮の祭神、武神でもある建御雷命《たけみかずちのみこと》に若き修行者を加護くだされと拝礼した。

社殿を下りて楼門を潜ろうとすると、白い影が待ち受けていた。

「一条寺菊小童か、こんどは年寄りの命を付け狙うか」

菊小童から殺意は窺えなかった。

「清之助は旅に出た……」

菊小童が訝《いぶか》しげに寛兵衛を睨んだ。

「信がおけぬか。そなたも一月後に鹿島で剣術試合が行なわれることを聞いていよう。江戸に送る剣士を選抜するためのものだ、それに清之助も出る。そのための山籠もりの修行に出かけたのじゃ」

菊小童の目が忙《せわ》しなく動いた。

「どこに参ったかだれも知らぬ。はっきりしていることは清之助が一月後にこの神域にて立ち会うことだけだ」

菊小童がふいに背を向け、その場を離れようとした。

「待て、菊小童。わしの道場に足を止めて、清之助の帰りを待たぬか」

歩み去りかけた足が止まった。

が、寛兵衛の言葉を無視するように痩身を町に向けた。

四

江戸の町に木枯らしが埃《ほこり》と馬糞を巻き上げる季節、鍛え上げられた五体に幾星霜の修行と放浪の跡を止《とど》めた剣術家たちが一人ふたりと姿を見せ始めた。

だれもが眼光炯々《けいけい》として不敵な面魂であった。

彼らは享保の剣術大試合に出るために三河岡崎藩水野忠之の中屋敷を訪れ、書き付けを出して審査を願う剣士たちだ。

老中水野忠之の上屋敷は西の丸下にあった。が、浪人剣術家がうろつくのは好ましくないと中屋敷で受付を行なうことにしたのだ。

金杉惣三郎らは、この書き付けに不備がないかどうかを調べた上で受領した。

それらの書き付けは十月十五日をもって期限とし、柳生俊方を座長にした審判団が篩《ふるい》にかけることになっていた。選考の結果は二日後には屋敷前に張り出されることになっていた。

そんな多忙な日、惣三郎が大川端の仕事を済ませて、芝七軒町の長屋に戻ると鹿島の米津寛兵衛より書状が届き、近況が知らされた。

翌朝は車坂の石見道場への朝稽古の日だった。

いつものように稽古を終えた惣三郎は石見銕太郎、棟方新左衛門と朝餉を共にしながら、鹿島からの手紙のことを告げた。すると銕太郎も、

「うちにも手紙が参っておりましてな、道場での勝ち抜き試合の模様を詳しく書いてありましたぞ……」

と清之助には四刻（八時間）に近い朝稽古をさせたあと、弟子たち三十九人との総当たり勝ち抜き試合を強行させたこと、その酷な要求に清之助は見事に応えたことを告げた。

「清之助は面、胴、袈裟、逆袈裟と自分に基本の技を課して、その順を繰り返しつつ三十九人を

破ったそうにございますぞ」

「ちと驕《おご》り高ぶってはおりませぬかな」

「いえいえ、清之助は自らにそれだけ高い関門を課して戦い抜いたのでございますよ。だからこそ市橋と申す兄弟子が山籠もりを勧め、他の門弟たちも快《こころよ》く送りだしたのです」

鋹太郎が言い切った。

「金杉先生、清之助どのはもはや立派な武芸者、驕ることなどありますまいよ」

新左衛門もかたわらから口を添えた。

「ああ、そうだ。新左衛門どのの書き付け、確かに受け付けられましたぞ。あとは柳生俊方様や鋹太郎先生らが出席しての選抜考査を待つばかりにございます」

石見の推挙状を添えた新左衛門の履歴を惣三郎が預かって届けたのだ。

「ありがとうございます」

新左衛門が丁寧に頭を下げた。

「金杉さん、うちでもだれを選抜するか人選をするときがきておる。明後日の朝稽古の折りに道場にて試合を致し、決しようと思うがご両者ともお立ち会いくだされ」

「承知しました」

むろん石見道場の代表が即大試合に出られるわけではない。

江戸の一刀諸流の八道場の代表と戦い、勝ち抜いた者が一人だけ江戸一刀流派の代表として、水野家の試合に臨むのだ。

石見道場から大川端に向かう道すがら、南八丁堀の花火の房之助親分の家に寄った。

居間では親分のかたわらで静香が真剣な顔で考え込んでいた。

「なんぞ静香姐さんの頭を絞る事件が出来《しゅったい》しましたかな」

「事件もなにも野衣様をうちにお呼びするというので、なにを馳走するか、ねえ知恵を絞り出しているところですよ」

房之助が苦笑いしながら言った。

野衣は亡くなった亭主の山口鞍次郎の故郷、但馬に戻っていた。そこでは鞍次郎の弟と所帯を持って山口家を継承せよという周りの勧めを断わり、江戸に戻っていた。

むろん西村桐十郎との約束を守ってのことだ。

静香やしのらは、野衣が江戸に帰着してくれた気持ちに応える宴を準備していたのだ。

「それがしはまだ野衣どのに会ってないが、お元気かな」

「元気は元気なんですがね、野衣様はお長屋から町に出なければなりませぬ。その引っ越しの支度で忙しくて、大変のようですよ」

思案を止めた静香が言い出した。

「そうか、山口家の嫁なればこそ、但馬藩のお長屋に住めるが、西村桐十郎どののことを考えるとどこぞに家を探さねばならぬな」

「いま、お杏様が冠阿弥の家作に空きがないかどうか、芝神明《しんめい》のお店に尋ねているところです」

お杏の実家の冠阿弥はいくつも家作を所有していたから、一軒や二軒の空きはあろうと惣三郎は思った。

「わっしはね、西村の旦那にも静香にもこの際だ、一気に祝言《しゅうげん》を挙げてさ、一緒に八丁堀に住むがいいやと勧めているんですがね」

「おお、それはよき考えだな」

「ところがさ、旦那もこいつも犬猫のくっつき合いではねえ。いったんどこぞに移り住まれた後に間をおいて、祝言の話を進めると悠長なんですよ」

「それは但馬藩と山口家に気兼ねしてのことか」

「そういうことでしょうな」

「親分、これは当人では話が進まぬ。大岡様に、つまりは内与力の織田朝七どのに一肌脱いでもらって但馬藩と掛け合い、一気に話を進めたほうがよいと思うがな」

「でしょう」

「そんなことできますかね」

親分夫婦がそう言いながら、惣三郎を窺った。

「今日の夕刻にも数寄屋橋に立ち寄って話をしてみよう」

「頼みまさあ」

「お願いします」

「西村どのも宙ぶらりんでは仕事にも差し支えるでな」

と笑った惣三郎に、

「金杉様のご用事はなんでございますな」

「おお、うっかり忘れていたわ」

惣三郎は菊小童が寛兵衛一行を追って、鹿島に現われたことを告げた。

「どうりでね、江戸を探しても姿が見えねえわけだ」

と答えた房之助が、

「市谷の月窓寺で濃州高須藩の用人水沼久作様と才槌の鳩次が殺された一件のあと、大岡様の直々のお指図で、元締めの覚眼の寺はうちの手先や下っ引きに見張らしてましてね。あいつらも必死になって菊小童の行方を追っていますが、鹿島ではねえ」

房之助が苦笑いした。

惣三郎は大岡と房之助の心遣いを謝すと、南八丁堀の親分の家をあとにした。


木枯らしが吹き始めれば、江戸の町は火事の季節を迎える。

火事場始末の荒神屋としては密かに、

（ぼちぼち仕事の口がかからないか）

と待ち受けていたが、火事場始末ばかりは注文に歩ける仕事ではない。ただひたすら待つのが仕事だった。小頭の松造などは、

「景気のいい半鐘の音がよ、響かねえもんかね」

と繰り言を言っていたが、江戸は平穏に過ぎていた。

帳場で帳付けする惣三郎のところに松造が顔を出し、

「西村の旦那が大川に船を舫《もや》って、おめえさんを待ってるぜ」

と言ったのはそろそろ仕事も終わる夕刻前のことだ。

「西村さんが……」

と外を覗こうとする惣三郎に喜八が、

「今日は終いにしましょうか」

と言ってくれた。

「親方、なにやかにやと相済まぬな」

「そのうち金杉さんに無理を願うこともありますよ」

喜八に頭を下げて早々に帰り支度をした。

たしかに大川の岸辺に屋根船が止まり、岸辺に定廻同心の西村桐十郎が立っていた。

(はて、用事があれば帳場に顔を出すはずだが……)

と考えながら船に近付くと、

「内与力の織田様が金杉さんにお会いしたいそうで」

と西村が言った。

「織田様と西村さんが顔を揃えて、船遊びとは思えませぬな」

事件に大岡忠相の家令というべき内与力が出ることはまずない。

惣三郎は船に乗り込むと西村が障子を開けた。が、自身は船室に入る気はなさそうだ。

（となると要件は一つだ……）

大岡忠相の隠れ密偵が惣三郎の仕事である。

（大岡様の心底を騒がす事件が出来したか）

目顔で挨拶すると織田が近付くように手招きした。

船が大川に出た気配だ。

「なんぞ大事が起きましたかな」

「そなたが鎌倉から江戸に持ち帰った一件がな、広がりを見せておる。それを奉行が気にかけられて、そなたに会えと命じられたのだ」

「と申されますと」

「気がかりは二つ、いやもとを正せば一つか……」

と朝七は惣三郎が理解のつかぬことを言った。

「月窓寺で濃州高須藩の用人が殺されたあと、奉行は高須藩の江戸屋敷を密かに監視下におくように命じられて出入りを監視させておる」

町奉行が大名家の監視をすることなどあり得ない。

大目付が監督監察するのが徳川幕府の決まりだ。それを敢《あ》えて大岡の探索方を配置したというのは、町奉行としての表立った任務ではないということだ。

「水沼の弔いが密かに濃州高須藩の菩提寺、四谷大木戸の自証院にて営まれた。そのときな、尾張本家の江戸家老林崎八郎兵衛《はやしざきはちろべえ》様と留守居役の北村主膳様が出席なされた。高須藩は尾張の別家、本家の家老と留守居役が出席なさるのは当然といえば至極当然……だが、時が時でな、高須藩を見張っていた密偵の一人が自証院に入りこんだ。そこで判明したことだが、高須藩の江戸家老の畝川総忠様と本家の林崎様、北村様の会談が自証院の離れで一刻近くも行なわれていたということだ。だが、警備があまりにも厳しく、密偵は会談の話を聞くことは適《かな》わなかった。林崎様の怒鳴り声が何度も庭に漏れてきたという」

「つまりはそれがしと高須藩の諍いがその席で本家に報告されたということにございますか」

「奉行はそう考えておられる」

「それがしのことで大岡様に気遣いを致させ、恐縮至極にございます」

惣三郎が答えたとき、船が着き、艫と舳先が揺れた。

だれかが乗り込み、下りた気配だ。

「二つ目の件はなんでございます」

惣三郎はまた船が漕ぎ出されたのを感じながら聞いた。

「上様お声がかりの剣術大試合が決まって以来、奉行は考え込まれる毎日でな。なんぞ気掛かりですかとお尋ねしても、未だ曖昧としておるとお答えにならなかった。奉行の杞憂《きゆう》があたったと分かったのは今日のことだ……」

朝七は言葉を切り、話題を変えた。

「水野様中屋敷にて受け付けた剣術家の数は、いくつになる」

「昨日までは二十三人にございました」

「本日の五人が加わり、二十八人か」

一瞬、朝七は瞑目した。

「殿は、棟方新左衛門を除く二十七人が水野邸からどこに戻るのか尾行をつけるように命じられた」

なんと、と驚いた惣三郎は、

「大岡様のご懸念はどこにあるのでございますか」

「このところ尾張の継友・宗春ご兄弟はおとなしくしておられる。それが心配の因《もと》と申されてな」

「大岡様は剣術大試合に尾張がなんぞ仕掛けてくると考えられたのでございますか」

「さよう、そなたも承知の通り、尾張柳生は江戸柳生と別に一名の剣士を送って参る。それとは別に尾張のご兄弟の息がかかった剣士が出場するのではないかと危惧しておられるのだ」

「おりましたか」

「神後《じんご》流の山高与左衛門助常《やまたかよざえもんすけつね》の名に覚えがあるか」

「私が受け付けましたゆえ、面体風貌はしかと記憶してございます」

山高は四十一歳と壮年ながら物静かな風姿で、推挙者は京の丹石《たんせき》流黒田禎次郎良辰《くろだていじろうよしたつ》と江戸にも名が知れた剣術家であった。

金杉惣三郎が受け付けた剣士の中ではまずは上位の腕前と推測していた人物だ。

「山高が戻った先は、馬喰町《ばくろ》の旅籠などではなかった。尾張藩抱え屋敷の戸山《とやま》屋敷であったそうな」

「なんと……」

「ただいまは山高だけが尾張になんらかの関わりがある者と知れた。この他にも隠れ尾張の剣士がおるやもしれぬ」

「……」

「高須藩と尾張本家の重役が会い、そなたのことが話されてもおる。二つの線は一つになったと考えてよいのではないか」

「継友様と宗春様は上様お声がかりの剣術試合でなにを考えておいでなのでございましょうな」

「ただ尾張の力を江戸に見せつけたいだけなのか。それともなんぞ仕掛けがあるのか」

「大岡様が下されたそれがしへのご命はなんでございますか」

織田朝七は手をぽんぽんと叩いた。すると舳先側の障子が開いて、二人の男女がするりと入ってきた。

「殿が使っておられる密偵、藤里季右門《ふじさとときうもん》とお吉《きち》だ」

季右門は三十二、三歳か。

お吉は二十一、二に見えた。

二人とも町人の格好をしていた。

二人とも惣三郎が初めて見る顔だ。

このことは大岡の底知れぬ職務の広さを窺わせ、闇の一面を見た気で惣三郎は頷いた。

「剣術大試合が終わるまで二人には尾張の動静を探らせ、調べ得たことはそなたにも知らせる。今後、二人がそなたと会うこともあろう。そのことを考えてな、引き合わせた」

と朝七が言った。

惣三郎が承知し、二人も沈黙のままに二人の前から消えた。

「数寄屋橋に着きましてございます」

船頭の声がした。

南町奉行所前に到着したという。

「それがしも織田様にお願いしたき儀がございました」

惣三郎は山口野衣の一件を告げた。

「なにっ、西村の相手が江戸に戻っておるのか。いきなり但馬藩の屋敷から八丁堀の役宅というわけにもいくまいが奉行と相談の上、明日にも但馬藩に出向き、留守居役どのと面談してこようか」

「よろしくお願い致します」

「近々祝言が執り行なわれることになりそうだな」

朝七がようやく笑みを浮かべた。

惣三郎が船を出ると西村桐十郎の姿はなかった。八丁堀の河岸で季右門とお吉と入れ替わって下りたのだろう。

「織田様、それがしはこれにて」
挨拶をすると船から数寄屋橋の袂《たもと》に上がった。

関八州の東辺、常陸《ひたち》国のほぼ中央部に孤立して聳《そび》える筑波《つくば》山は、男体山と女体山の二つの峰から成る双耳峰である。

二千六百三十余尺の女体山の東側に弁慶《べんけい》の七曲がりと称する奇岩怪石が屹立して、人を寄せ付けなかった。

この奇岩の山中に数日前から一人の若者が起居して夜明け前から日没まで走り回りながら、木剣で素振りと、時には真剣を飽きることなく抜き撃つ姿が見られるようになった。

鹿島での代表選抜の試合を前に山籠もりする鹿島の小天狗、金杉清之助の姿だ。

清之助は一日一食、わずかな刻限岩戸に伏しながら、無心に自らの限界を突き詰める孤独な戦いを繰り返していた。

第六章　豪剣新藤五綱光《しんとうごつなみつ》

一

芝七軒町の長屋に接するように飯倉《いいくら》神明宮別当金剛院、だらだら祭りで有名な芝神明の境内が広がっていた。さらにその西には広大な敷地に本堂から学寮まで持つ三縁山増上寺が薄闇に沈んでいた。

しのはその朝もお百度石のある石畳に立った。するとすでに一人の影がしのを待ち受けていた。

「しの様、私もお百度を踏みとうございます」

「葉月様……」

しのは驚きの声を洩らすと頷き、

「一緒にな、神のお加護を願いましょうか」

と言った。

葉月の顔にようやく笑みが浮かび、それが消えると草履を脱いで裸足になった。

しのと葉月は、

「清之助の武運」

を祈願するお百度参りを始めた。

葉月が一緒にお百度を踏んでいることを惣三郎にも二人の娘たちにも、しのは話さなかった。

葉月が清之助を思う純情を察したからだ。


十月十五日、どこの流派にも所属することなく、一心に諸国を回遊して修行を続ける流浪の剣士たちの出場願いが締め切られた。

そこで老中水野忠之の中屋敷に柳生俊方ら審判団五人が招集され、選抜会議が催された。

その席には江戸在住の顧問奥山佐太夫も出席し、主宰する水野家の人間として金杉惣三郎も座敷にいた。

水野家の江戸家老佐古神次郎左衛門がまず挨拶して、

「昨日の締め切りまでに願書を届けに参った総数は六十六通に上りました」

「ほう、なかなかの数じゃな」

俊方が驚きの顔を上げた。

「免許皆伝を許された証書を持参せぬ者や推挙人が怪しげな者などはその場で断わり、結局、四十一人の願書が受け付けられましてございます」

「四十一人を十人に絞るとは至難の会議にございますな」

石見が言い、

「かと言って十人に絞らねば、試合の当日が一日ではとても足りぬな」

古藤田一刀流の林左近が顔をしかめた。

「四十一人を集めて戦わせ、十人に絞る予選試合をとも考えましたが、大試合を前にこれもいささか問題ありと考えられます。できれば、この席にて絞り込まれれば幸いにございます」

佐古神が言い、

「四十一人の願書を審判及び顧問の各々《おのおの》方の手元に回していきます。それぞれご判断にて、十人に絞り込んではいただけませぬか。推挙されたそれぞれ十人を合計して、最も多くの推挙を得られた上位十人を出場者として決定しとうございます」

と選抜の方法を説明した。

満票は六票ということになる。

佐古神は柳生俊方に最初の願書を手渡した。

「これは長丁場になるな。立ち会いでの人選よりも難儀な選抜にござるな」

俊方が一枚目の願書にゆっくりと目を通して奥山佐太夫に回した。俊方は用意されていた紙に何事か感想を書き付けた。

四十一通の願書を読む作業は昼食をはさんでなおも続けられた。

浪々の剣士たちの人生を左右する選抜である。慎重にならざるをえない。

五人の審判団と顧問が四十一通の願書を読み終わったのは作業が始まって二刻（四時間）後のことだ。

惣三郎は剣術試合を主催する水野家の人間として集計に携わった。

それが佐古神に渡され、

「お待たせしましたな。柳生様ら六人全員の推薦を得られた方が三人おられます」

「満票なれば剣歴、人格、推挙者……すべてに非の打ちどころがないということ。その者たちは文句無しの出場決定であろうな」

長老の奥山の言葉に全員が頷く。

「なればこの三名の推薦決定にございますな」

惣三郎は満票を得た三人の願書を選り分けると、

「川上《かわかみ》弥《や》一郎《いちろう》、伊賀《いが》平蔵《へいぞう》、一辻《いちつじ》海円《かいえん》の三人にございます」

と柳生俊方に差し出した。

佐古神が読み上げる。

「続いて五票が二名、山高与左衛門と棟方新左衛門の二人でござる」

惣三郎は願書から二通を選びながら複雑な気持ちにさせられた。

山高は浪々の剣士と言いながら、尾張藩となんらかの関わりを持つと考えられていた。だが、大岡の密偵の藤里季右門もお吉もその後、山高の姿を見つけることができず、大岡も、

「山高が尾張藩と関わりを持っておるという曖昧な理由で出場を断わるわけにはいくまい。他の

者と同様の審議を受けたうえ、当落を皆様に判断して頂こう」

と惣三郎に指示していた。

ともあれ面倒な人物が五人の者の評価を得ていた。

棟方新左衛門が山高と並んで五票を得たのはなんとも喜ばしいことであった。

「その二人も出場でようござろう」

一円流の渋谷遊庵が言い、他の者も賛同した。

「四票の者が三人、百武《ひゃくたけ》左《さ》膳《ぜん》と神雷《じんらい》種《たね》五郎《ごろう》と人首《ひとかべ》一楽斎《いちらくさい》にございます」

「四票も過半数を越えておる。この三人も推挙して差し支えございませぬな」

古藤田一刀流の林左近が口をはさみ、奥山が、

「三票を得た者は何人かな、金杉どの」

と惣三郎に聞いた。

「三票が五人にございます」

「なれば林どのが申されるとおり、四票の者も参加資格を与えてはどうかな」

長老奥山の提案に柳生俊方らが頷いた。

「これで八人が決まりか」

「残る二人の枠を三票の五人で争うことになるな」

「さてさてこの五人をどうやって絞り込むな」

少々うんざりした顔付きの俊方が言い出した。

「金杉どの、念のために聞く。二票を得た者は何人じゃ」

石見銕太郎が聞いた。

「四人にございます。ちなみに一票を得た者も何名かございます」

「石見どの、二票一票を得た者を推挙するというのもちと奇怪じゃな」

直心影流の長沼右源次が言い、石見も納得した。

「さてさて、どうやって三人を振り落とすか」

佐古神の司会で議論が続いた。

流派で絞り込むという者、若い者の出場を優先すると主張する者など、喧々囂々《けんけんごうごう》の議論が延々と続いたが、決定的に絞り込む法が考えられなかった。

審議を始めたのが四つ（午前十時）、昼食をはさんですでに七つ（午後四時）を回っていた。

「俊方様、奥山先生、皆様、いかがでございましょうな。この際でございます。籤《くじ》引き抽選にて選ぶというのは……」

「享保の剣術大試合を籤引きか」

と首を捻る審判もいたが、

「運不運も武芸者の実力じゃ、仕方のなき方法かな」

俊方がくたびれた声を出し、

「よかろう、それでいこうか」

という奥山佐太夫の言葉で、水野家の家臣たちが五人の名を書き記したこより籤を作った。

五本の籤は俊方ら審判五人が一本ずつ引いて、最後の二人が決定した。

「長い刻限のご審議、ご苦労にございましたな。この結果、次の十人を出場決定者と致します……」

佐古神次郎左衛門が読み上げた十人は、

神道無念流　川上弥一郎　二十七歳
風山《ふうざん》流　伊賀平蔵　三十一歳
無外《むがい》流　一辻海円　三十三歳
神後流　山高与左衛門　四十一歳
津軽卜伝流　棟方新左衛門　三十四歳
空鈍《くうどん》流　百武左膳　二十四歳
タイ捨《しゃ》流　神雷種五郎　二十八歳
西脇《にしわき》流　近藤将角《こんどうまさかど》　三十四歳
三徳《さんとく》流　人首《ひとかべ》一楽斎　三十七歳
鉄人実手《てつじんじって》流　豊原春朝《とよはらはるとも》　三十六歳

「一番若いのが空鈍流の百武の二十四歳か」

佐太夫が言い、俊方が、

「やはり浪々の剣士なれば年齢は高くなりますな」

とその日の会議を締め括《くく》った。

長い審議のあと、水野家から酒肴の膳部が出て、一山越えた慰労の席が設けられ、しばしの歓談となった。

十人に絞られた結果は、今宵のうちに水野忠之と大岡忠相に知らされて承認を得た後、明日の四つ（午前十時）に水野家の藩邸前に張り出されることになっていた。

惣三郎も宴に同席し、微醺《びくん》を帯びる程度に酒を馳走になって、車坂に戻る石見銕太郎と増上寺のそばまで同道してきた。

飼犬力丸の迎えを受けた金杉惣三郎が芝七軒町の長屋に戻ったのは、五つ（午後八時）に近かった。

「ただ今、戻った」

「父上、鹿島の老先生から早飛脚にございますよ」

結衣が大声で迎えた。

腰の大小を抜くとみわに渡した。

しのは仏壇に灯明を点して先祖の位牌に祈っていた様子で、固い表情で惣三郎を迎えた。

座敷には四、五日前からしのが縫い始めた白絹の小袖と野袴が広げられていた。

しのはみわや結衣に、

「兄上の大試合の出場が決まったわけではございませんのに」

「出場できなかったらどうなさるのですか」

という非難を浴びながらも、いても立ってもいられぬ心中を一針一針の運針に紛らしていた。

「しの、井戸端で顔と手足を洗って参る」

米津寛兵衛が早飛脚を寄越したとなれば、鹿島での選抜試合の結果しかない。

少しでも酒の酔いを醒《さ》ましてから読みたいと考えたからだ。

しのが頷き、みわが手拭いを渡してくれた。

惣三郎は逸《はや》る気持ちを抑えて、釣瓶《つるべ》で新しい水を汲み上げ、桶に移すとゆっくり顔から手足を洗った。

固く絞った手拭いでいま一度顔を拭くと長屋に戻った。

「父上、ささ、こちらに」

結衣が急《せ》かした。

鹿島からの早飛脚は仏壇の前に捧げられてあった。

惣三郎は灯明の点された位牌に向かって合掌した。

「待たせたな」

惣三郎は仏壇から下げた寛兵衛の手紙を持って家族のもとに座した。

しのが瞑目して口の中でお題目を唱えた。

惣三郎は封を開いた。

〈一筆急ぎ書き参らせ候。鹿島諸流派の選抜試合、鹿島武芸の発祥の地と申すべく鹿島神宮拝殿前にて執り行なわれ候。まず結論を申せば、金杉惣三郎一子清之助の圧勝に御座候……〉

「兄上がお勝ちになった……」

結衣が呆然と呟く。

みわは黙したまま、脳裏に去来する兄の姿を思い出していた。

しのは再び仏壇の前に座ると合掌して神仏の加護に感謝した。

「しの、寛兵衛先生の認《したた》められたお手紙を最後まで読ませて頂こうではないか、よいな」

「取り乱して相済まぬことでした」

しのが座に戻ってきた。

〈清之助は試合の前夜道場に戻り来たりしが、それがしにも何処《いずこ》で修行したかは一切述べず、五体は鹿島を去りし時よりもさらに締まり、相貌も頬が殺げて山籠もりの過酷を忍ばせたり。さらには寡黙《かもく》にて師匠のそれがしにも多くを語らず。わずか数刻の仮眠にて沐浴《もくよく》を致し、朝餉に粥《かゆ》一椀を食したのみにて試合に臨み候……〉

しのは堪えきれず咽《むせ》び泣きを洩らした。

惣三郎は読み続けた。

〈……鹿島の諸流派から選抜された十二人が鹿島神宮神官殿立ち会いの下に東西六人ずつに分かつ組み合わせ抽選を催し候。清之助は東の三番手にて、まず西組の三番手鹿島神伝神陰流の河原《かわら》崎統吉《ざきとうきち》二十七歳と対決、相正眼から河原崎が先に仕掛けてくるところ、受け太刀にて相手の木剣を弾き飛ばし肩口を打撃したり。この日の試合、清之助は己から仕掛けず、すべて後《ご》の先《せん》をとって勝利したり。最後は鹿島新当流の流祖の一門の吉川常春《つねはる》との対決なれど、清之助七分の力にて退けたり……〉

惣三郎は思わず息を吐いた。

〈剣者金杉惣三郎に申すにおよばず、剣術の試合は技量伯仲なれば気力に勝る者の勝ちに決したり。が、この日の清之助は技量も気力も出し得ずして勝利したり。五体に剣者の、野生の血を秘めたるままに勝ちを得たり。他の剣士に清之助の技量、気力に比する者おらず、なかなかの若武者振り、祝着《しゅうちゃく》至極の結果に御座候。さて一夜明けて翌朝、清之助それがしと江戸にてお目にかかりたい、我が儘《まま》をお許しくださいとの手紙を残して、鹿島を立ち去り候。それがしの推察するところ再び山籠もりに戻りしものと考え候。清之助、考える所があっての行動なれば、われらそれを見守るしか途《みち》はなきものと考え候。最後に付け加えしは一条寺菊小童はついに姿を見せず、江戸に帰りしかと推測致し候。ともあれ、清之助の初陣、取り急ぎお知らせ候……鹿島老人米津寛兵衛〉

惣三郎は寛兵衛の封書を両手で捧げ持つと神仏の加護に感謝した。

「母上が洩らされる言葉がようやく理解つきました」

みわが言った。

「しのが洩らす言葉とな」

「はい、兄上が遠くに行かれたようだといつも申されますが、みわも今日ばかりは兄上がわたしどもの下から出ていかれたようでございます」

「みわ、剣者は常に孤独を心のうちに抱き、頼れるものは剣と己のみ、そのことを清之助は知りつつあるということだ。寛兵衛様も申されておられる。われらはいま、清之助の成長を静かに見守ろうではないか」

「それしか途はございませぬのか、おまえ様」

「ない。それがわれら家族の務めだ」

三人の口からは言葉は返ってこなかった。

しのは心のうちに、

（そなたは茨《いばら》の道をなぜ敢えて歩かれるのですか）

と自問していた。そして、子が歩くと同じ荒野の道を、

（母も歩きますぞ）

と密かに誓った。


夜明け前の裏筑波には山の斜面から幾筋もの湧き水が流れ出し、それが撚《よじ》り合わさるようになって大きな流れとなり、奇岩の岩場を伝って滝になって流れ落ちるところがあった。

夏でも涼気が漂う岩場の上に金杉清之助が立ち、一本の蠟燭の炎と対面していた。

炎は滝から流れくる涼気に揺らいだ。

清之助は瞑想して精神を統一すると無我の境地に自らを導いた。

両眼を開けた。

足を開き、腰を沈めた。

寒夜に霜が落ちるように清之助の右手が滑り、鞘が走った。

真一文字に冷気を水平に斬撃すると、物打ちが炎を両断して弧を描き、清之助が手元に引き寄せると同時に虚空に刃を跳ね上げた。

頭上に剣が掲げられたまま、清之助の動きが止まった。

「駄目だ！」

剣が鞘に納められ、再び構えに戻った。


この朝、水野邸での稽古の日であった。

四つ半（午前十一時）がそろそろかという刻限、水野家用人が道場に駆け込んできた。

「金杉様、ちと厄介なことが起こりました。選に外れた者の数名が選考が不明朗だと門前で騒ぎ出しております。われらがいくら柳生俊方様らが厳正に選ばれた結果だと説明しても、納得致しませぬ。西の丸も近いところで騒ぎが起こるのも迷惑至極……」

「何人ほどですか」

「当人と仲間の十余人ほどが門前を立ちさろうとはしませぬ。首謀の者は二、三人にございます」

惣三郎は佐々木治一郎に、

「選考の場にあったそれがしの口から説明を申し上げる。丁重にな、ここへ連れて参れ」

と命じた。

「畏まりました」

佐々木が玄関先に走っていった。

「用人どの、先日の願書がご家老佐古神様の手元に残っておる。持ってきてくれぬか」

惣三郎は稽古を中断させると家臣たちを左右に控えさせた。そこへ佐々木治一郎が落選した七人を道場に案内してきた。

「われらを道場に呼んで腕試しをというのか」

七人のうち一番巨漢の者が威嚇《いかく》するように叫んだ。

「お手前、名前はなんと申されるな」

「河合《かわい》瓢湖斎《ひょうこさい》」

「天台東軍流《てんだいとうぐん》であったかな」

惣三郎はその名を覚えていた。

「いかにも」

と横柄に答えた河合は三十七、八歳か。武者修行を長年重ねた労苦と垢《あか》を六尺四寸、三十余貫の巨体に付けていた。

「その方は何者か」

「それがし、当家剣術指南金杉惣三郎にござる。過日の選考の場にも立ち会った者でしてな、そなたの疑念に答えられよう」

「ならば聞く。それがしをなぜ落とした」

「そなたの振るまいを見ておれば、柳生俊方様らが外されたのがよう納得できる」

「抜かしおったな。なればこの腕で証明してくれん」

「仕方ないな」

惣三郎は河合らは落選した腹いせに水野家から草鞋《わらじ》銭を強請《ゆす》り取ろうと考えているか、だれかの差し金で一暴れしようと考えたかのどちらかと判断した。ならば、言い聞かせることなど無益なことだ。ここで甘い態度をとれば、次々に騒ぐ輩が出てくるのは必定だった。

「水野家では立ち会いは許されておらぬ。が、柳生様らの審判の沽券《こけん》に関わるゆえ、立ち会い申そう」

惣三郎が答えたとき、家老の佐古神が用人に願書を持たせて道場に入ってきた。

「ご家老、ご検分を」

その一言で佐古神はもはや願書を開き見る要などないことを悟り、頷くと上段の間に座した。

惣三郎は三尺七寸ほどの木剣を手にすると木剣の切っ先を床にたらした。

寒月霞斬り一の太刀の構えだ。

河合瓢湖斎は持参の四尺三寸、手垢に塗《まみ》れた赤樫の木剣を八双に高々と構えた。

「河合どの、ならびに同席の方々に申し上げる。主水野忠之が主催致す享保大試合は技量人格識見すべてに抜きんでた者のみが参加を許される。そなたらのような餓狼は門前払いが当然のご処置にござった」

「言いおったな！」

怒号のように叫んだ河合瓢湖斎が突進してきた。

間合いが一気に狭まった。

惣三郎の腰が沈み、迎え撃った。

瓢湖斎の雪崩れ落ちる木剣との間合いを読み切った惣三郎の木剣が地擦りから円弧を描いて伸び上がり、瓢湖斎の下半身をしたたかに叩いた。同時にそのかたわらをすり抜けて走り、木剣の打撃を躱《かわ》した。

巨漢が硬直したように立ち竦んでいた。

その直後、惣三郎の振り上げた木剣が虚空で反転して、硬直した瓢湖斎の肩を撃ち砕いていた。

「げえっ！」

ずしん！

と地響きを立てて、河合瓢湖斎の巨体が横倒しに崩れ落ちた。

「それまで！」

佐古神の声が響いた。

「次はどなたかな」

惣三郎が剣士たちを見た。

床の上では巨漢が痙攣《けいれん》していた。

一瞬の早業である。

壮絶なる手並みと慄然とした光景に声を上げる者もいない。

「ならばお引き取りあれ。この者は水野家で治療を受けさせた後、屋敷から出す」

と惣三郎が言うと、

「もはや河合瓢湖斎が木剣を持って諸国を流浪することはあるまい」

と非情な宣告をした。

二

時がたしかに過ぎていき、江戸には各流派の代表が集まり始めていた。

石見道場の代表の木下図書助は江戸の一刀諸流の選抜試合に出て決勝まで勝ち上がったが、忠也《ちゅうや》派一刀流の多門大鑑勝世《たもんたいかんかつよ》との対決に敗れて苦杯を飲んだ。

その様子を読売が逐一《ちくいち》報告して、享保の剣術大試合の下馬評で町じゅうが持ち切りになっていた。

「おい、熊公よ、天下一はだれだと思うな」

「そりゃ、梅、尾張柳生が送ってこられた柳生六郎兵衛厳儔《よしとも》様に決まってらあな。なんでも体格《なり》は大きかねえが、太刀筋の速さといったら、だれにも見えねえそうだぜ。まず第一は滅法強い六郎兵衛様で決まりだねえ」

「いや、おれが聞いた話だとよ、新陰流の継承者、神谷異心《かみやいしん》入道って方はよ、真剣勝負十幾回を潜り抜けてきた歴戦の猛者《もさ》だそうだ。そのことごとくを一撃の下に斬り捨ててきたそうだぜ」

こんな噂話が江戸の湯屋や髪結床で繰り返されていた。

その朝、車坂の石見道場では惣三郎が棟方新左衛門と木剣での打ち込み稽古を一刻にわたって繰り返した。

鋹太郎は、

「新左衛門どの、そなたが稽古に専念したいというのであれば、いつでも道場を立ち去られよ、気兼ねはいらぬ。どこぞ修行の場が欲しいというのであれば、それがし、心当たりがないこともない。鋹太郎が紹介の労をとろう」

と言った。が、新左衛門は、

「石見先生、ご厚誼《こうぎ》痛み入ります。さりながらそれがし、こちらの道場でいつも通りの日課を送らせて頂くことが一番にござる。迷惑でなければ、試合の日までこのままこちらにおいてくださいませぬか」

「好きになさるがよい」

そんな会話のあと、平常心で試合に臨むためにいつも通りの日課を送るという新左衛門に惣三郎は、努めて稽古の相手をするようにしていた。それがいまや、車坂の早朝の見物になった。

金杉惣三郎と棟方新左衛門の木剣での立ち会いは達人同士の撃ち合いである。

ときに水が流れるように流麗に、そして時には休止していた火山が爆発を起こしたように激しく火を噴き上げ、溶岩を虚空に放って、一瞬の油断もできない稽古になった。

「金杉先生、ありがとうございました」

木剣を引いた新左衛門が床に座して、相対して正座した惣三郎に礼を述べた。

明け六つ（午前六時）過ぎのことだ。

むろんこの季節の刻限、二人が真剣勝負のように撃ち合った道場の壁にはあちらこちらに明かりが点されていた。

二人の稽古が終わるとようやく夜明けの光が道場に薄く差し込み、住み込みの弟子たちが消して回った。

「新左衛門どの、そなたには一片の心配もござらぬ。いつもどおりに試合に臨まれれば、自《おの》ずと結果はついて参ろう」

惣三郎は正直な感想を述べて、激励した。

「金杉さんの言われるとおりだ。新左衛門どのの津軽卜伝流は万事のびやかでよい。剣者はこれでなくてはならぬな」

鉄太郎も声を揃えた。

「石見先生と金杉先生の下、心行くまでの稽古をさせて頂き、なんとも幸せ者にございます」

と新左衛門が答え二人の先輩に頭を下げたとき、鍾馗の昇平が、

「師匠」

と惣三郎に声をかけた。

「新左衛門どののお相手をしたばかりだぞ、昇平よ。そなたの面撃ちの相手するにはしばらく休ませてくれ。なにせこちらは老体の身だからな」

と返事をした。

「師匠、稽古じゃねえや。花火の親分のところの三児さんが玄関先で足踏みしながら待っているんだよ」

「なにっ　三児が」

花火の房之助が手先の三児を車坂に寄越すというのはよくせきのことだ。

「金杉さん、なんぞ出来したようだな。道場はかまわぬ、出かけられよ」

と石見銕太郎が声をかけてくれた。

「では、そうさせて頂きます」

「昇平、三児に支度する時間をくれと伝えてくれ」

「へえっ」

鍾馗が玄関先に飛び出していき、惣三郎は控え部屋に戻ると稽古着から普段着に着替えた。腰に高田酔心子兵庫と脇差の河内守国助を差し落とすと用意はできた。

玄関に行くと、

「三児、なにが起こった」

とまず聞いた。かたわらに手伝おうかという顔で昇平が控えている。

「おれにもよく分からねえんだ。親分がともかく金杉さんに南茅場《かやば》町の大番屋に大急ぎでご足労願えと命じられて、飛んできたんだ。親分があんな怖い顔を見せるのは滅多にないぜ」

それだけでも異変の大事が察せられた。

「よし、いこう」

昇平に稽古を続けよと命じ、惣三郎は三児と肩を並べて早足で石見道場の門を出た。

二人は車坂から西久保道を上がり、三条小路、愛宕下通りと大名家が甍《いらか》を連ねる屋敷を走りぬけて、新橋に出た。

御堀沿いに東に下ると芝口橋で東海道にぶつかる。あとは東海道を日本橋まで抜けて、万町から青物町へ右折する。最後に楓川に架かる海賊橋を渡ると、南茅場町の大番屋の前に出た。

「親分、金杉の旦那を連れてきたぜ」

三児が叫ぶと大番屋に飛び込んだ。

「おお、来なさったか」

房之助の声に迎えられた惣三郎は親分に頷いた。そのかたわらにはなんと南町奉行大岡忠相の内与力織田朝七と定廻同心西村桐十郎の姿があった。

西村が現場に出るのは分かる。だが、なぜ内与力の織田がと訝《いぶか》しく思いながら、

「なんぞ異変かな」

と聞いた。

「金杉どの、まずはこの死体を見てくれぬか」

織田が厳しい顔で言った。

大番屋の土間に戸板が置かれ、筵《むしろ》を掛けられた死体があった。

「それがしの知り合いか」

胸騒ぎを感じながらも、三児の捲《めく》る筵に目をやった。

壮年の剣術家が横たわっていた。

死体の首筋に鋭く刎《は》ねたような斬傷があった。

その一撃が致命傷だ。

血はすでに流れ出したか、陽に焼けた黒い顔が青白く見えた。

無精髭にがっちりした五体は全身が水に濡れていた。

「それがしに見覚えはないが……」

「金杉さん、懐にこいつを持参していたんで」

房之助が濡れた書き付けを出した。

金杉には見覚えがあるものだ。

大試合への出場者へ渡された水野忠之名義の認可状である。

ということは享保剣術大試合の出場者の一人か。

「この者の名は」

「西脇流近藤将角」

織田が答えた。

惣三郎は織田朝七がその場にいる理由を知った。

なんと享保の大試合の出場者に決まった者を斬り殺した者がいた。

「親分、事情を話してくれぬか」

房之助が頷くと、

「魚河岸の連中が大山《おおやま》参りに行くというんで、江戸橋の袂《たもと》に七つ（午前四時）前に集まることになっていたんでさ。興奮して眠れなかった職人の加吉《かきち》と宮松《みやまつ》が八つ半（午前三時）時分に日本橋川へふらふらと出てくると、斬り合いに出会ったとかで。それで宮松がわざわざうちまで知らせてくれたんですよ……」

とまず前置きした。

房之助が二人から聞き取ったところによると、近藤は小伝馬町の旅籠から越前堀の町道場に朝稽古に行こうと河岸に出てきたところだったという。そこへ待ち受けていた白の着流しの侍がすうっと近藤に近付いていったと思ったら、いきなり左手で剣を抜き、首筋を一撃の下に刎《は》ね上げたという。

「近藤様も刀を抜き合わせられたようだが不意打ちを食らった分、対応が遅れなさった。川の縁までよろめかれて、流れに落ちたそうなんで。加吉と宮松が悲鳴を上げたんで、殺人鬼は荒布橋を渡って走り去ったというんですがね。もちいと遅ければ、魚河岸も賑やかだ、辻斬りも出られなかったんですがね」

「親分、白の着流しは一条寺菊小童と推測していなさるか」

「二人が見た風貌は菊小童を示しています。ともかくさ、金杉様に傷口を確かめてもらおうとご足労願ったんでさあ」

惣三郎は近藤将角の亡骸《なきがら》のかたわらに膝をついた。

致命傷は下方から頸動脈を深々と刎ね斬られたものだった。

「内裏一剣流の秘剣鞘の内ですかね」

「逆手斬りだ。近藤様もまさか左一本での攻撃があると予測もしていなかったであろう。その分、対応が遅れ、死を招いた」

「金杉どの、菊小童なる者、なにを考えておるのか」

「かの者、宿病を患い、余命いくばくもないと考えられます」

「自暴自棄になっておるというのか」

「死を前にしてわれら親子が関わった大試合の参加者を襲って、一条寺菊小童の剣名を上げようとしたか。それとも天下一の剣者を決める剣術大試合の権威を傷つけようと孤独な戦いを考えたか」

「そなたは菊小童がこれからも出場者を襲い続けるというか」

織田が惣三郎に問うた。

おそらく、と惣三郎は答え、

「出場者はだれも練達の技量の持ち主にございます。だが、鞘の内などというまやかしの秘剣でも不意を衝かれると近藤氏の二の舞いが起こる」

「どうしたものかな」

「まずは出場者に一条寺菊小童のことを通達して油断なきように知らせることが肝要かと思います。襲撃者の存在を知っておれば、だれもが名だたる剣客、そうそうは倒されることもあります

まい」

「よし、早々に数寄屋橋に立ち帰り、奉行にお伝えする」

「それがしは水野邸に伺い、このことをご家老の佐古神様にご報告の上、各出場者に通達する手続きを早急に致します」

二人の会話を聞いていた西村桐十郎が、

「織田様、われらは一条寺菊小童の隠れ家をなんとしても探り出します」

「桐十郎、大試合までいくばくも時間は残されておらぬ。手先の尻を叩いて江戸じゅうを走り回らせろ」

そう言い残した織田朝七は南茅場町の大番屋を出た。

房之助が西村に聞いた。

「旦那、ちょいと阿漕《あこぎ》だが、覚眼坊に菊小童が江戸に戻ったことを知らせていいですかえ」

元締めの覚眼は濃州高須藩から請け負った金杉惣三郎の暗殺に殺し屋の一条寺菊小童を当たらせた。だが、菊小童は惣三郎ばかりか清之助までにも仕掛けて失敗、催促に訪れた才槌の鳩次と高須藩の用人を殺して行方をくらましていた。殺しの元締めとしての面子を潰された覚眼は必死で菊小童の行方を追っていた。

「毒には毒であたらせるか」

西村が言い、

「この際だ、仕方あるまい」

と惣三郎も賛成した。

江戸に参集しつつある享保剣術大試合の出場者たちに暗殺者一条寺菊小童のことは知らされた。そのせいか、第二の犠牲者は出なかった。

死んだ近藤将角に代わって、柳生俊方ら審判の申し合わせで三票を得た一人、心形刀流《しんぎょうとう》の多《た》田尚三郎《だしょうざぶろう》が繰り上げられ、直ちに通告された。

もはや大試合が十日後に迫った日、惣三郎が長屋に戻ると、

「鎌倉の新藤五綱光様からお荷物が届いておりますよ」

としのが言った。

「清之助の刀であろうな」

「長い木箱に入っておりますれば、まず刀にございましょうな」

「楽しみだな」

惣三郎が座敷に上がると仏壇の前に麻布に包まれた刀箱が置かれていた。

早速、麻布を解いて箱を開いた。綱光と書かれた刀袋に包まれた刀が出てきた。

惣三郎は刀袋から取り出した。白木の鞘に収まり、手紙が添えられた一剣が現われた。

刀を手にするとずしりとした重さが掌に伝わってきた。

惣三郎はまず手紙の封を切った。

〈金杉惣三郎様　ご依頼の一剣鍛造致しゆえお届け候。二尺七寸三分の長剣、綱光初めての経験

に御座候。苦労の甲斐ありて気持ちよく鍛え上げ得たと自画自賛し候。ご子息の佩剣として気に入って頂ければ刀鍛冶にとって望外の慶《よろこ》び哉《かな》。なお鎌倉に伝わりし風聞によれば享保の剣術大試合にご子息清之助殿も出場との事、慶賀を前に一剣を鍛造せし事、綱光さらなる慶びに御座候。金杉惣三郎様、清之助様の武運を鎌倉の地より祈願し候、綱光〉

綱光の手紙を押し頂くと仏壇に供えた惣三郎は、懐紙を口に銜《くわ》え、白木の鞘を静かに滑らせた。

若者が持つにふさわしい豪壮清雅な一剣であった。

浅い湾《のた》れ刃に金筋や稲妻《いなずま》が走っていた。

華表反《とりい》二尺七寸三分は刃区《はまち》から切っ先までぴーんと張り詰めた緊迫があった。

惣三郎は立ち上がると軽く振ってみた。

見事な調和で両の掌に重さがかかって心地好い。

「これなれば、清之助も十分に使いこなせよう」

満足した惣三郎は柄を外した。

すると銘が刻まれていた。

為金杉清之助君　相州鎌倉住人新藤五綱光

「いかがにございますか」

しのが台所から声をかけた。

「清之助の差し料には勿体《もったい》ないお作だ。さすがに綱光どのだ、見事な一剣を鍛造なされた。明日にも刀拵師のところに持ち込んで、清之助の江戸入りに間に合わせようか」

「清之助もさぞ喜びましょうが、一体全体どこにおるのでございましょうかな」

としのがまたそのことを気にした。

「数日内には寛兵衛先生のご一行も江戸に出てこられるという。清之助もそのことは考えておろうよ」

「なれば数日内に顔が見られますな」

「またまた母上の不安の虫が顔を出されたぞ」

結衣がみわに笑いかけた。

江戸には諸流派から推挙された剣術家、先に選ばれた浪々の剣士たちがほぼ顔を揃えていた。
未だ江戸入りしていないのは、
本間《ほんま》流派の代表大場《おおば》信八郎恒俊《しんぱちろうつねとし》
尾張柳生流の柳生六郎兵衛厳儔
鹿島一刀流の金杉清之助
の三人だけであった。
試合の五日前、鹿島から米津寛兵衛が師範の梶山隆次郎と甲吉を伴い、車坂の石見道場に到着した。その知らせに惣三郎は車坂へ駆け付けた。
「まだ清之助は江戸入りしておらぬそうじゃな」

寛兵衛がそう言いながら惣三郎を見た。

「誠にもって老先生にご心配をお掛け申し、相済まぬことにございます」

「金杉どの、それがしは少しも心配しておらぬよ。おそらくな、清之助は鹿島の時と同様に前夜には姿を見せよう」

惣三郎も予測していたことだ。

「しのどのがやきもきしておろうな」

寛兵衛が笑い、

「清之助はまだ若い。新左衛門どののように平常心はなかなか持てぬものよ」

と石見道場からのいま一人の剣士を見た。

「米津先生、それがしも心を平穏に保てませぬ。いかにすれば当日を穏やかに迎えられましょうかな」

「新左衛門どの、見掛け倒しの平常心もござるよ。自然のままに時を過ごされるのが一番じゃ。そなたは鋏太郎のところでの暮らしを一切変えぬと申されたそうな。それそれ、そのお心こそ大事……」

「先生のお顔に接しておりますとほっと致します」

「老人の顔も越中《えっちゅう》富山の薬ほどに効きますかな」

寛兵衛が笑った。

三

　この夜、花火の房之助の南八丁堀の家には南町奉行所定廻同心の西村桐十郎が野衣を連れて訪れていた。

「親分、大岡様が城中で但馬の殿様にお声を掛けられた上に内与力の織田様が但馬藩江戸屋敷を訪ねられて、家老と留守居役に野衣どののことを掛け合われたそうだ。そのおかげでな、野衣どのは山口家離縁の手続きがなされて、屋敷の外に出られることになった」

「それはようございましたな」

「すべて皆様のお力添えのおかげでございます」

　野衣が頭を下げた。

「わっしらはなにもしてねえや」

　房之助が顔の前で慌てて手を振った。

「織田様にはお礼を申し上げたが、金杉さんやお奉行は剣術の試合が終わるまで忙しそうだからな、ご挨拶はあとにして親分のところに来たってわけだ」

「おまえさん、野衣様は近く冠阿弥の家作の一軒にお移りになるそうですよ」

　静香が言った。

「そうかえ、なにはともあれ西村さんと野衣様のほうは一件落着だ」

「年明けにも祝言がありそうですね」

「よろしく頼む」

西村桐十郎が嬉しさをかみ殺して親分と静香に頭を下げた。

野衣の顔も心なしか朱に染まっていた。

「そのためにも剣術大試合が無事に終わるこった。今夕ね、車坂に寛兵衛先生ご一行がお入りになったそうですが、清之助さんの姿はねえということだ」

「ぎりぎりまで山に籠もっている気かな」

「そんな感じですぜ」

「一条寺菊小童はどこに隠れてやがるか。行方は摑めねえな」

「それなんです。もっとも大試合に出られる剣士の方々を菊小童が襲うことは、もはや適いますまいよ。諸流派を代表されて江戸入りなされた剣客方は、およその方々がつながりの深い大名家の江戸屋敷に迎えられて、当日を待っておられます。それに小伝馬町の旅籠におられた浪々の剣客方も同じ流派の道場などが引き取り、門弟衆が周りを固めて世話をなさっておられるそうですからね、滅多なことでは近付けませんや」

「ええ騒ぎになったな。江戸じゅうが水野様ご主催の試合の話で持ち切りだ」

「旦那、上様が西の丸下の水野屋敷に当日微行されるのは切っ掛けが切っ掛けだ、最初からそのために開かれるような剣術大試合ですからね、当然にござんしょ。わっしが聞いたところじゃ、水戸様も尾張様も見物したいと水野様にお頼みになられたという話じゃありませんか」

「それそれ、御三家をはじめ、出場剣士に縁《ゆかり》のある大名家が見物を強く希望なされて、水野様の屋敷じゃ、お歴々の席をどうするかてんてこ舞いという話だぜ」

「金杉さんは大川端に帳付けにいくどころじゃありませんや」

「喜八親方も大試合が終わるまでは諦めてなさるよ」

野衣は西村桐十郎と房之助の歯切れのよい会話を笑みを浮かべて聞いていた。

町方役人の桐十郎の言葉は大名家のお国訛《なま》りが混じった重々しい言葉付きとはまるで違う。なんとも間がよく、かろやかだった。

野衣にはそれ以上に心を許し合った男二人の掛け合いがなんとも心地好かった。

「花火、一方でよ、水野様と大岡様が危惧なされていることも起ころうとしてらあ」

「なんですね」

「出場の剣士たちになにやかにやと伝《つて》を求めて接触してな、大名家が抱え込んだってことだ。こりゃ、天下一の剣士を決める試合ばかりじゃねえや。大名家同士の争いにもなってる」

「なかでも尾張柳生の宗家を送りこんできた尾張の継友様、宗春様ご兄弟は、なんとしても尾張柳生が天下第一になれと大変な力の入れようらしいですぜ」

「あまり過熱するとあとで尾を引くことになる」

「清之助さんには応援がついてなさるんで」

「金杉さんが水野家の剣術指南だ。ご老中は密かに、清之助はわが藩の剣術指南の倅、当藩が応援するのは至極もっともな話だと周囲に洩らされているという話だぜ」

「清之助さんの初陣だ。なんとしても勝たせたいが出場三十剣士のうち、一番若いというじゃありませんか」

「なんでも空鈍の百武左膳様が二十四歳で若いというが、十八歳の若武者は清之助さんただ一人だ」

「しの様のご心中はどんなかねえ」

静香が男たちの会話に割って入った。

「毎朝、芝神明の境内でお百度を踏まれているというが、気が気じゃあるまいよ。なんたって木剣試合だ。打ち所が悪きゃあ、命を落とすこともあらあ」

「嫌だよ、清之助さんがそんなことになったらさ」

「馬鹿抜かせ、清之助さんに限ってそんなことがあるものか」

房之助はそう言ってみたものの心中穏やかではなかった。


御三家尾張藩の下屋敷の戸山別邸にその夜、乗り物が三挺入った。

抱え屋敷の敷地を含めて十三万坪という広大な屋敷の表御門を見張っていた大岡の密偵、藤里季右門とお吉は咄嗟に屋敷潜入を決意した。

かねてから忍び入る場所と下見していた西側の塀に走ると立ち木を利用して、黒装束《しょうぞく》に身を改めた二人は次々に塀を乗り越えた。さらに塀の内側を伝った二人は表御門に接近した。

乗り物は敷地の中を明かりに先導されながら抱え屋敷の一角に向かっていた。

季右門とお吉は闇に沈む庭内をひたひたと進む乗り物を尾行した。

拝領屋敷には御殿、馬場御殿、御長屋をはじめ、豊かな湧き水を溜めた御泉水があった。だが、抱え屋敷と称する尾張藩が後に購入した敷地はひなびて、まだ人の手が入っていない鬱蒼とした林が広がっていた。

その東北に位置した闇にぽつんとした明かりが浮かんだ。どうやらそこが乗り物の行き先らしい。

田舎家のような風情《ふぜい》の藁葺《わらぶき》屋根の前にはかがり火が焚かれ、尾張藩士が槍《やり》を持って家の内外の警戒にあたっていた。

乗り物の到着は予《あらかじ》め知らされていたらしく、見張りの者たちは無言で挨拶しただけで通した。

「お吉、二手に分かれよう」

季右門が囁いた。

「もしどちらかが危難に陥《おちい》ればいつもの手筈《てはず》どおりに一人は逃げ抜く、よいな」

「相分かりましてございます」

「おれは屋根から忍びこむ」

「ならば私は床下から潜入します」

「乗り物が会う相手が山高様ならば、無理は禁物だ」

お吉が黙って頷いた。

二手に分かれた男女の姿は闇に溶け込んだ。

季右門は藁葺屋根の破風板を外すと天井に潜入した。

挨拶を交わす人声を目指して梁《はり》を伝って移動した。

「山高与左衛門、かねてからのそなたの願いを聞き届けられ、江戸家老林崎八郎兵衛様とお留守居役北村主膳様をお連れ申した」

用人の高津権之丞《たかつごんのじょう》の声が洩れてきた。

「かたじけのう御座る」

山高が低い声で答えた。

「与左衛門、高津権之丞より再三にわたり、そなたが藩主継友様に面会したき願いがあると聞いた。が、尾張のご当主が軽々しく浪人風情《ふぜい》に面談は適わぬ。が、そなたが尾張のために一命を賭して試合に臨む覚悟に鑑《かんが》み、家老のそれがしが出向いた」

家老の林崎の声を季右門は聴覚を鋭敏にして聞き入った。

「そなたは尾張からの報償金を断わったそうな。それに代わる願いとはなにかな」

「申し上げます」

山高が言い出した。

「それがし、長年の浪々の暮らしの中で一人の女を知り、娘を得ましてございます。ですが、武者修行の身には家族は邪魔にございます。知り合うた尾張名古屋の城下に女と赤子を残して回国に出たのがおよそ十六、七年も前のことにございます。この度、久し振りに名古屋御城下を通りかかりましたによって、女の下を訪ねますとすでに女は身罷《みまか》っておりました。娘はと行方を探しますと、ご当家に仕えます算用方五十七石重房参五郎《しげふささんごろう》の下に嫁いでおりました。そこでひそかに暮らし向きを調べますと赤子が生まれたばかりとか」

「山高、重房と申す下士の昇進か、加禄《かろく》が望みか」

「いえ」

「なればなにか」

「重房は赤子が生まれたとき、お産の費用に困り、ご藩金に手を付けた様子。それが上司に知られて馘首《かくしゅ》されてございます」

「なんとのう」

「重房参五郎の復職をお願いしとうございます。それがそれがしの一命に代えるただ一つの願いにございます」

沈黙がしばらくあった。

「高津、重房参五郎なる算用方を知っておるか」

「山高氏に聞き及びましたゆえに江戸藩邸の算用方に問い合わせました。いたって生真面目な男のようで、藩金に手を付けたはよほどのことと思えます」

「手を付けた藩金はいくらか」

「七両と二分にございます」

「なにっ！　たったの七両ぽっちか」

林崎八郎兵衛が呆れたという言葉を吐いた。

「返答する前にそなたに念を押しておく。そなたの使命、しかと心得ておろうな」

「念には及びませぬ。水野様のお屋敷から生きて戻ることなど考えてもおりませぬ」

「よかろう、そなたの望み、聞いて遣《つか》わす。だがな、名古屋城中で不手際を犯した者が復職するには差し障りがあろう。支藩、濃州高須藩の算用方に採用するというのではどうか」

「ご家老、一札《いっさつ》をそれがしに頂けまするか」

「言葉だけでは信用できぬか」

「それがしが死んだあとのことにございます」

「高津、筆を持て」

と命じた様子の林崎が言い出した。

「そなたの腕前、尾張柳生の厳儔どのにも聞いた。そこでな、いま一つ、頼みがある」

「なににございますな」

山高与左衛門は床下に潜む者の気配を感じながら、聞いた。

「出場者の中に金杉清之助と申す十八歳の若造がおる。鹿島諸流を代表して大試合に出る剣士だ。こやつと当たったときは、手加減するでない、殺せ」

「十八歳の若武者を殺せと命じなさるか、子細を聞いてようござるか」

「いらざる節介じゃ」

「…………」

「……水野家の剣術指南に任じられた父親金杉惣三郎とわが藩との長年の確執とだけ答えておこう」

再び沈黙があった。

「もし金杉清之助どのとそれがしが対決致すようなことあらば、必ずや命をもらい受けます」

「いま一つの約定忘れるでないぞ」

「大試合に必ずや勝ち上がり、上様から直々にご褒美《ほうび》を頂けばよろしいのでございますな」

「吉宗様の間近に迫ったおぬしの使命忘れるでない」

「畏まりまして御座る」

季右門は山高与左衛門の声音が変わったことに気がついた瞬間、天井裏に立ち上がっていた。

与左衛門は床下の賊を始末しようと立ち上がりかけ、脇差に手を伸ばすやいなや抜き打ちに手首を返して、天井に投げ打った。

「曲者《くせもの》じゃ、出会え！」

高津が叫んだ。

数瞬前からお吉は山高与左衛門の気配を感じながら、山高の無言の圧力に床下で金縛りにあって動けずにいた。

が、高津の叫び声に呪縛《じゅばく》が解けたように床下を走って庭に出た。

広大な林を利して闇から闇へと走り逃げた。

一方、座敷では天井裏に投げ立てられた山高の脇差の刃を伝い、座敷に血が滴《したた》り落ちてきた。

「者ども、急ぎ出会え、出会え！」

騒ぎ立てる高津の声に警護の家臣たちが抜き身の槍を手に座敷に飛び込んできた。

一人の家臣の槍を借り受けた山高が脇差のかたわらを突き刺した。

天井裏から呻き声が上がり、山高が槍の穂先を引くと天井板を破って季右門が転がり落ちてきた。

「何奴か」

林崎が言いながら曲者の顔を覗きこんだ。

「体に問い聞きましょうぞ」

高津が言い放ったとき、季右門の口から血が溢《あふ》れ出てきた。

「すでに絶命しております」

と山高が答えた。

「懐を探ってみよ」

林崎が命じて、警護の者たちが季右門の身ぐるみを剝いだが身分を示すようなものは一切身につけていなかった。

山高与左衛門は床下に潜んでいた、女と思える仲間のことを考えながら、

（運あらば逃げよ）

と胸の中で呟いていた。

その夜、惣三郎は使いをもらって数寄屋橋の南町奉行所に駆けつけた。

大岡の御用部屋には主の大岡忠相と内与力の織田朝七とお吉の三人がいた。

三人の顔には憂色があった。

「出来《しゅったい》致した様子にございますな」

「お吉、いま一度、金杉どのに話してくれ」

織田朝七が言った。

頷いたお吉が淡々とした声でその夜、見聞した出来事を話した。

話が終わったとき、惣三郎が聞いた。

「藤里季右門どのはどうなされたな」

「おそらく自裁して果てたであろう」

大岡が言い、お吉が青い顔で頷き、

「季右門どのは私を逃がすためにわざと気配を立てられたのでございます」

と言うと手で瞼を覆《おお》った。

「痛ましいことであったな」

惣三郎が言い、織田が、

「お吉、下がっておれ」

と命じた。

男だけ三人が残された。

「山高与左衛門の始末、どうしたものかな」

大岡が惣三郎に聞いた。

「この期におよんで、どうにも手立てはございますまい。他の二十九剣士同様に当日を迎えさせるのがお為かと存じます」

「山高は尾張の意を汲んだ者だぞ、金杉」

「さよう」

「あやつはそなたの倅の清之助を殺すために大試合に出てくるのじゃぞ」

「清之助のことなれば、ご案じなさらずともようございます。死ぬも生くるも剣術家の宿命《さだめ》、そのことはとくと承知にございます」

と言い切った惣三郎が、

「大岡様、山高与左衛門ほどの剣客が命を賭して狙う、いま一つの使命とは吉宗様の暗殺と考えてようございますな」

大岡忠相はしばらく口を閉ざしていた。

「尾張の兄弟が放った刺客だ。他に何が考えられる」

惣三郎と大岡は頷き合った。

「どうしたもので」

「上様に申し上げたところでご返答は知れておる」

「水野様のお屋敷には出向かれますな」

「必ずお出かけになろう」

と答えた大岡が、

「金杉、どうするな」

と聞いた。

「神後流の山高与左衛門助常が当代一流の剣客であることに間違いございません。それがしは、山高氏が第一等の名誉を得てもなんの不思議もないと考えておりまする」

「…………」

「先にも申しましたがいまさら理由を付けて出場辞退も適いませぬ。となれば、山高氏には剣術大試合に出て頂く。万が一の場合はその場で始末する。それしか幕府と尾張の仲を穏便に保つ途はございませぬ」

「金杉惣三郎、そなた、一命に代えても上様のお命をお守りせよ」

「はっ」

惣三郎は畏まって受けた。

「清之助はまだ江戸入りいたさぬか」

「未だ……」

「試合は明後日じゃぞ」

さすがの大岡の声にも不安が滲《にじ》んでいた。

「いまや江戸入りしておらぬ剣者は清之助ただ一人というではないか」

残っていた本間流の大場信八郎恒俊と尾張柳生宗家の柳生六郎兵衛厳儔の二人も江戸に到着し、二十九剣士ことごとく、その滞在先が水野家には知らされていた。

「大岡様、ご心配をかけて相済まぬことにございます。息子なれば必ずや当日までに水野様のお屋敷に姿を見せまする」

惣三郎は決然と言い切った。

四

しのと葉月は試合前日の朝も芝神明社でお百度を踏み始めた。

裸足の足には霜月《しもつき》の寒さが染みた。だが、何度も往復しているうちに体は火照《ほて》ってくる。

江戸の闇がゆっくりと明けていった。

お百度を踏み終えようとしたしのの足が止まり、その後方で葉月も止まった。

朝靄《もや》の中、金杉清之助が立っていた。

「清之助か」

「母上はやはりこちらに……」

と清之助が答えた。

「葉月さんも母に付き合われておったか。相済まぬことでした」

清之助の声は優しく響いた。

優しさには凜《りん》とした勁《つよ》さと一徹なものが潜んでいた。

夜道を歩いて江戸入りした清之助の全身に露が下りていた。

乱れた髪、無精髭の顔、殺げ落ちた頬、引き締まった五体……が、稽古を十分に積んだことをしめして爽《さわ》やかな笑みが殺げた頬にあった。

「母上はきっと清之助のためにお百度を踏んでおられると思いまして、車坂に向かう前に立ち寄りました。しかし葉月さんも一緒とは……」

清之助は驚きを禁じ得なかった。同時に十五歳の少女の心根に胸が熱くなった。

「清之助、葉月さんは母と一緒に一日たりとも休むことなくお百度参りを続けられましたよ」

「ありがたいことです」

清之助は正直な気持ちを吐露すると葉月に頭を下げた。

「清之助様の無事と武運を祈るしか、私にできることはございません」

(なんという健気《けなげ》な言葉を……)

と思いつつ頷いた清之助が、

「母上のお顔を見た上に葉月さんにも会えました。明日は精一杯の力を出し切って戦います」

「怪我がなきように無理はなさるな」

享保の剣術大試合は木剣一本勝負での立ち会いと決まっていた。

受け方を間違えれば大怪我、いや、死をも考えられた。

しのの不安はそのことだった。

清之助が破顔した。

「母上、剣術家は常に生死の狭間で生きていく人間なのですよ。明日が格別ということではありません」

と言い切った清之助は、

「車坂に参ります」

「父上もあちらにおられます」

いま一度、母と葉月に会釈した清之助は薄靄の中に消えていった。

その姿を女二人がいつまでも立ち尽くして見送っていた。

増上寺の切通しで清之助は足を止めた。

過日、一条寺菊小童に待ち受けられた場所だ。

いままた監視の目を感じていた。

(出るならば出よ)

清之助は四方に向かって無言の言葉を送ると再び歩き出した。

切通しの左手にある恵照院の山門の陰から菊小童は清之助を無念の思いで見送っていた。

(なんとしても金杉親子をこの手で倒す)

その思いが胸の内に渦巻いていたが、今朝の清之助には一分の隙も見出しえなかった。そればかりか静かな闘志がしなやかな五体に横溢《おういつ》して、他人を寄せ付けない緊迫を漂わせ、菊小童は躊躇したのだ。

（おれとしたことがなんということだ……）

清之助は坂道の下へと姿を消した。

石見道場ではいつにも増して門弟たちが集まり、朝稽古に励んでいた。

上段の間には米津寛兵衛が座し、今朝は道場主の石見銕太郎が棟方新左衛門の相手をしていた。

金杉惣三郎は弟子たちの打ち込み稽古を見て回り、癖のある者には稽古を止めさせると自ら袋竹刀を振るって手本を見せた。

道場の入り口に人影が立った。

何気なく視線をやった惣三郎の目に清之助の姿が飛び込んできた。

左手に剣を下げた清之助の静かな立ち姿に惣三郎は、

（はっ）

とさせられた。

気負いも虚勢もない。あるがままに立っていながらわずかな弛緩《しかん》も感じられなかった。

（なにかを得たようだな）

清之助が父の視線を受け止め、会釈した。

惣三郎も頷き返した。

「おおっ、清之助、ただいま江戸入りか」

米津寛兵衛が安堵の声を上げ、

「清之助さん、ようやく現われたな」

と鍾馗の昇平が叫んだので、門弟たちが稽古を中止した。

清之助は石見をはじめ、門弟衆に頭を下げると寛兵衛の下に歩み寄り、床に座した。

「金杉清之助、ただいま江戸に到着致しましてございます」

「夜道を旅してきたようじゃが、どこから参ったな」

「筑波山からにございます」

「なにっ、二十五余里を歩き通してきたか」

「はい」

石見銕太郎が寛兵衛のかたわらに来ると、

「明日の試合を前に強行軍でござったな」

と清之助に笑いかけ、

「十分に稽古を積まれたようだの」

「お師匠様が我が儘を許してくださりましたゆえに」

「そうか、それはよかった。ともあれ、夜通しの旅ではいくら若いと申せ、疲れておろう。少し仮眠をとれ。すべてはそれからだ」

「石見先生、ありがたきお心遣い痛み入ります。なれどいま一つお願いの儀がございます」

「なにかな、遠慮のう申せ」

清之助が体を父親の惣三郎に向け、

「一手ご指南をお願い致します」

「そなたの稽古ぶりを見よと申すか」

「はい」

「よかろう、支度せえ」

夜露に濡れた羽織を脱ぎ、脇差を抜いた。

棟方新左衛門が、

「袋竹刀になさるか、木剣になさるか」

と清之助に聞いた。

「木剣を」

「なればこれを」

定寸よりも長い木剣を差し出した。

「棟方様、ありがとうございます」

礼を述べた清之助がすでに木剣を手に道場の中央に立つ惣三郎の下に歩み寄り、一礼した。

「お願い致します」

「うーむ」

父と子は相正眼に木剣を構え合った。

清之助の前に巌《いわお》が屹立《きつりつ》していた。

弁慶が七戻りしたといわれる筑波山の壁に向かい合い、昼夜、剣を振るいつつ脳裏の中で挑戦し続けてきた〝巌〟であった。

いかなる壁にも乗り越えるべき途はある。まず一歩踏み出すことだ。

惣三郎はゆったりとした清之助の構えに新たな境地を得た若武者を見ていた。

(もはやわが手から遠くへ飛び立ったか)

「参る」

惣三郎の電撃の面撃ちが清之助の眉間に吸い込まれた。

父が父と思わず、剣士が剣士に相対して送り込んだ迷いなき一撃だ。

「おうっ」

と清之助の木剣が受けた。

その動きはのどかなまでに緩やかな動きであった。

が、電撃の撃ち込みの力を殺ぐように受け止められた。

惣三郎はふわりと受け止められた木剣を引くと逆袈裟に送りこんだ。

これもまた清之助がふわりと受け、返した。

父と子はこれまで相対してきたときと全く異なる攻守で戦っていた。

かつて清之助は惣三郎に幾度挑み続けたことか。それは常に清之助ががむしゃらの攻撃を仕掛け、惣三郎が受けに回って、圧倒的な力で跳ね返す戦いの系譜であった。

だが、いま展開される戦いは、父が子を千尋《ちひろ》の谷に突き落とそうと必死の力を振り絞り、子は父の気持ちに応えて、崖っ縁で踏み止まらんとする攻防であった。

火を吐く攻撃と水のように冷静な受けが嚙み合い、濃密な時と空間が現出した。

惣三郎の攻撃は容赦がなかった。

修羅の場を潜り抜け潜り抜けして生きてきた経験と技をすべて出し切って攻撃を続けていた。

四半刻におよぶ攻撃は途切れることはなかった。

そして、いま徐々に父は子を奈落の底へと追い詰めつつあった。

受けきれなくなった木剣が清之助の体を掠めていった。

清之助は間断なき父の攻撃に晒されながらも一瞬の間を探っていた。

石見銕太郎は火が出るような親子の闘争に声をかけるべきかどうか迷っていた。

寛兵衛の顔をちらりと見た。

老師匠の顔色も変わっていた。

惣三郎の上段からの攻撃を受け止めた清之助が手元に父の木剣を引き寄せると同時に押し戻した。

惣三郎が思わず後退した。

初めて間が生まれた。

銕太郎は喉まで出かかった、

「それまで」

の声を封じた。

惣三郎が木剣を地擦りに構え直したからだ。

なんと子に対して、

（寒月霞斬り）

を遣おうとしていた。

それに対して子は木剣の切っ先を左脇構えに移した。

父と子は同じように左に木剣を流し寝かせていた。だが、父のそれは床に付くほどに下げられ、子の木剣は水平に横たえられていた。

互いが互いの眼を見ると期せずして間合いの内に踏み込んだ。

寒月霞斬り一の太刀が床から伸び上がって清之助の下半身を襲った。

清之助の木剣が車輪のように疾《はし》った。

地から這《は》い上がる木剣と水平に虚空を走る木剣が、

カーン！

と乾いて響き、両者は互いの左手を駆け抜けていた。

「それまで！」

寛兵衛の声が響いた。

二人は木剣を引くと正座し、笑みを交わした。

「ありがとうございました」

「よう稽古を積んだな。石見先生と寛兵衛先生のご指導を生涯忘れるでないぞ」

「はい、承知してございます」

短い会話に万感の思いが込められていた。

(それにしてもあの技は……)

惣三郎は清之助が迎え撃った技を、独創の剣かと考えていた。

その場にいるだれもが言葉を発せられなかった。

清之助が二人の師匠に向き直り、一礼した。

「金杉どの、清之助、よいものを見せてもろうた」

寛兵衛は言った。

銕太郎は、

「清之助、汗を落とせ。粥《かゆ》を用意させるでな、それを食したらしばらく体を休めよ」

と命じた。


「それがし、金杉惣三郎の秘剣を封じた技を初めて見ましたぞ」

稽古のあと、朝餉の膳を囲んだ席で石見銕太郎が言い出した。

その場にいる者は米津寛兵衛、惣三郎、それに棟方新左衛門の四人だ。

「金杉どの、あれはな、清之助がこの一年余、工夫に工夫を重ねてきた技よ。深夜未明に独り起き出して真剣にて、蠟燭の炎《ほむら》を斬り続けておったわ。勝手に寛兵衛が霜夜炎《そうやほむら》返しと名付けた技だ」

「霜夜炎返しとは炎を斬って会得した技にございますか」

新左衛門が口を開いた。

「いや、未だ技を会得したとは言えますまい」

惣三郎が断言した。

「金杉様、ですが、清之助どのはあの地擦りを受け止められ、二の太刀を遣う間を外されましたぞ」

新左衛門が言い、惣三郎がただ頷いた。


この夕刻、惣三郎一家は増上寺の切通しを越えて車坂の石見道場に向かった。

惣三郎は小脇に刀箱を抱えていた。

みわは両手に畳紙に包まれた白装束を抱えていた。

しのが縫い上げた白の小袖と袴、晴れの剣術大試合の装束であった。

石見銕太郎が棟方新左衛門と金杉清之助の壮行会を兼ねた夕食会を内々で催してくれて、その席に惣三郎の一家も招かれたのだ。

「しの、清之助の顔を一刻も早く見たいであろうな」

「わたしは、もう清之助に会ってございます」

しのが初めて清之助が芝神明のお百度参りの場に顔を出していたことを家族に告げた。

「なんと清之助は車坂に姿を見せる前にそなたの下に出向いたか」

「どうりでな、母上が今日一日思い出し笑いをなされておりましたゆえ、おかしなことがと思うておりました」

みわが言った。

「清之助は私が明日の試合のことを怪我などなきようにと心配しますと、剣術家は常に生死の狭間で生きていく人間なのですよ、明日が格別ということではありませんと答えたのです」

「清之助が言いおったか」

惣三郎はうれしそうに笑ったものだ。

四人が道場の玄関から石見の私邸に入る柴折戸《しおり》を潜ろうとしたとき、道場に人の気配がした。

惣三郎は予感に導かれるように道場に入った。

道場の片隅に一本の蠟燭が点されていた。その前に光と対面するように清之助が正座し、瞑想していた。

「よう眠れたか」

すでに人の気配に気付いていた清之助が瞼を開けて、父を見た。

「はい、ぐっすりと眠れました」

清之助はさっぱりした顔付きをしていた。

しのたちも道場に入ってきた。

「兄上、お元気そうですね」

「あまり父上や母上を心配させるものではありませんよ」

結衣とみわも口々に言った。

「みわと結衣も壮健のようだな」

そう答える清之助の前に惣三郎が刀箱を置くと、

「新藤五綱光どのが鍛造なされた剣が仕上がってきた。拵《こしら》えは江戸にて父がさせたものだ。気に入るとよいがな」

「ありがとうございます」

惣三郎に一礼を返した清之助は刀箱を開いた。さらに刀袋に入った剣を取り出すために鞘元を握った。

その瞬間、笑みが浮かんだ。

「なんとも重さがようございます」

「ささっ、抜いてみよ」

刀袋から出てきたのは黒刻塗の拵え、柄は鮫張に藍革巻、鍔は埋忠明寿《うめただみようじゆ》の車透であった。

「これが清之助の刀にございますか」

そう言いながら静かに鞘を抜いた。

相州鎌倉の刀鍛冶新藤五綱光が丹精こめた、刃渡り二尺七寸三分を蠟燭の炎に翳した。

炎を湾《のた》れ刃に映し、金筋が黄金色の稲妻のように光った。

「なんとも見事なお作にございます」

清之助は飽きることなく華表反の刀身に見入っていたがふいに立ち上がった。

いったん鞘に戻した綱光を腰帯に差し落とした。

そしてゆっくりとした動作で虚空に抜き打った。

道場に漂う空気が二つに分かれていくのが惣三郎には分かった。

真っ向唐竹割、袈裟斬りと使い分けた。

「父上、母上、なんとも頼もしい一剣にございます」

道場の気配を察した住み込み弟子の一人が気がついて、奥に知らせた。

米津寛兵衛と石見銕太郎が道場に姿を見せ、新刀を使う清之助に見入った。

動きを止めた清之助が、

「寛兵衛先生、石見先生、父と母が私のために鎌倉の刀鍛冶新藤五綱光様にお願いした剣にございます」

「そなたの身丈、腕力によう似合っておるわ。よきものを頂戴致したな」

と寛兵衛が言うと、

「清之助、綱光でそなたが密かに工夫してきた蠟燭の炎返しを遣ってみよ」

清之助がはっとした顔をすると、

「先生、ご存じでしたか」

「老人とはな、目敏《めざと》いものよ」

と笑った。

「どうじゃ、父上の前で秘剣が成ったかどうか試す勇気はあるか」

しばらく瞑目していた清之助が、

「まだ工夫が足りませぬ。が、二人のお師匠と父に見てもらい、なにが清之助に足りぬか、お教えくださ い」

「見届けよう」

寛兵衛の声に清之助が頷いた。

上段の間に寛兵衛と銕太郎、惣三郎はその下の床に、しのら三人の女たちが壁際に座した。

道場の中央の蠟燭立てに蠟燭が一本、そよとも揺らぐことなく炎を立ち昇らせていた。

清之助は再び床に座すと瞑想し、しばし気を鎮めた。

道場を緊迫した静寂が支配した。

清之助はゆっくりと立ち上がると炎との間合いを計り、足場を決めて対峙した。

両足を左右に開いて、右足《うそく》がわずかに前に踏み出されていた。

清之助の左手が黒刻拵の鞘元に添えられた。

右手は下げられたままだ。

しのには六尺二寸余の身丈が大きく映った。

清之助が静かに呼吸を整え、腰を沈ませた。

だらりと垂らされていた右手がゆるやかに動きだした。が、その動きは滑らかで裏筑波の湧き水が谷間を流れ下るようだ。

藍革巻の柄に手が伸びると音もなく鞘走った。

瞬間、真横に白い光が大きな円弧を描いて伸びた。
それは優美にものびやかな弧状の帯であった。
道場の空気を掻き乱すことなく、蠟燭の炎を揺らすことなく光が伸びた。
新藤五綱光の二尺七寸三分の物打ちが炎に迫り、横真一文字に斬り抜いた。
そのとき、炎が綱光の刃にまとわりついて横に走った。
綱光は炎に変じていた。
「おおおっ!」
寛兵衛が思わず驚きの声を上げていた。
清之助は炎の刀身を虚空に跳ね上げ、ふいに手元に引き寄せた。
炎が消えて綱光が戻ってきた。
「清之助、見事じゃ!」
「秘剣霜夜炎返し、とうとう成ったな!」
二人の師匠が叫んだ。
清之助は鞘に綱光を納めると板の間に座して、沈黙のままに上段の間に頭を下げた。
惣三郎は、
(なぜ途中で技を中断したか)
を考えていた。
霜夜炎返しが居合いの術なれば、

（あれで完結していよう）

だが、清之助は居合いの技を練ったのではない。闘争の連鎖の中で独創の剣を得ようとしたはずだ。炎となった剣が虚空に跳ね上がった後、

（どう変化《へんげ》するか）

これこそ霜夜炎返しの神髄のはずだ。

未だ未完成の技を披露することができなかったか、師匠や父親にも秘したか、二つに一つだと惣三郎は考えていた。

最終章　小天狗《こてんぐ》五番勝負

一

清之助は七つ（午前四時）に起床すると道場に向かい、道場の神棚に参拝すると体をほぐすように木剣の素振りを行なった。

三尺六寸の木剣は、試合に使うよう寛兵衛が鹿島から持参してくれたものだ。

一刻余りの素振り稽古のあと、新藤五綱光を手になじませるために何度も何度も抜き打った。

もはや綱光は清之助の手にぴたりと吸いついてきた。

そのことがなんともうれしい。

稽古を終えた清之助は井戸端に行き、褌一つになると何杯も水を被《かぶ》った。

いつもなら車坂の道場は住み込みの門弟や通いの弟子たちが気合いを発して朝稽古の最中だ。

だが、この朝ばかりはひっそりと息を詰めたような空気が漂っていた。

重苦しくも荘厳といえる空気は、針の先で突けばすぐにも爆発しそうな、そんな感じだった。

むろん棟方新左衛門と金杉清之助二人の剣術大試合出場を気遣ってのことだった。

清之助が体を拭っていると、米津道場師範の梶山隆次郎が顔を見せ、

「清之助、よく眠れたか」

と努めて明るく聞いてきた。

「はい、ぐっすり眠れました」

「そうかそうか」

わがことのように満足げな笑みを浮かべた隆次郎が、

「今日はな、そなたの付き添いだ。なんでも遠慮のう言ってくれ」

「梶山さんが付き添いですか。恐れ多いですよ、私ひとりでなんとかできます」

「いや、うちの先生と石見先生に命じられたことだ。棟方さんには石見道場の伊丹五郎兵衛どのが付き添われる」

当惑する清之助に、

「こればかりは断わらんでくれよ。付き添いの名目でもつかんことには、おれなんぞは老中水野忠之様の屋敷に生涯入ることもできんのだぞ」

と隆次郎が笑った。

「なれば、師範、お願い致します」

「おお、任せておけ。それより先生方がお待ちだ」

二人が居間にいくと、すでに寛兵衛、銕太郎、棟方新左衛門の三人が顔を揃え、茶を喫しなが

ら談笑していた。

座敷の入り口に座した清之助は三人に挨拶をした。

「おはようございます」

「眠れたようじゃな」

寛兵衛が清之助の顔色を見て言った。

「爽快な気分にございます」

「なによりなにより」

鋉太郎もうれしそうだ。

「新左衛門様、ご健闘をお祈り申しております」

「清之助どのもな」

新左衛門の声音もいつもと変わることはなかった。

朝餉の膳が五つ運ばれてきた。

膳にはいつもの他に鯛が添えられていた。

「腹もちがよいように雑煮にしてある」

鋉太郎の内儀の心遣いに新左衛門が合掌して感謝した。

清之助も真似た。

「寛兵衛先生とそれがしは、六つ半（午前七時）までに水野様のお屋敷に入らねばならぬによって先行いたす。そなたらの屋敷入りは五つ（午前八時）であったな、ゆっくりあとから参れ」

朝餉の膳が終わると二人の師匠は早々に玄関に立った。

すでに二十余人の門弟衆が玄関先から門前まで塵《ちり》ひとつないように掃き清めて、待機していた。そして、式台の前には水野家から差し向けられた乗り物が二挺待っていた。

「ご苦労に存ずる」

鋏太郎が水野家の用人に声をかけ、二挺の乗り物が車坂を出て行った。

新左衛門と清之助はそれぞれの部屋に戻って、支度を始めた。

清之助はしのが用意してくれた真新しい純白の装束を順番に身につけながら、精神を統一していった。小袖の中に白鉢巻きが折り畳まれてあり、しのの手紙が添えられていた。

〈清之助様、ご健闘をお祈りしております。この鉢巻きは葉月様が手縫いなされたもの、心遣いをくみ取って試合に臨みなされよ　母〉

清之助は葉月が縫ったという白鉢巻きを押し頂くと懐にしまった。

脇差を腰帯に差し、新藤五綱光を手に玄関に向かった。

そこには再び二挺の乗り物が待っていた。

門前にはめ組の纏《まとい》を立て、印半纏《しるしばんてん》に身を固めた江戸町火消の総頭取の辰吉、若頭の登五郎が鍾馗の昇平ら火消人足を引き連れて、見送りにきていた。

「水野様が清之助どのに用意された乗り物だそうな。思いがけなくもそれがしまで相伴《しょうばん》に預かることになった」

新左衛門が磊落《らいらく》に笑い、

「清之助どの、今朝は皆様のご親切を黙ってお受けいたしましょうぞ」

と言った。

「はい」

清之助も素直に受け、見送りの者に深々と一礼を返すと乗り込んだ。

め組の衆の木遣《きやり》歌が車坂に響き、二人の門出を祝した。


同じ刻限、しのと葉月はいつも以上の不安と緊張に襲われながら、お百度参りを続けていた。

二人の女は一心不乱に石畳を往復した。ただ心に、

(無事)

を念じながら石畳を小走りに行き来していた。

め組ではお杏が神棚の前に座すと、

「神様、しの様を泣かすことだけはしないでくださいな」

と念じていた。

みわと結衣は先祖の仏壇に灯明を点すと、兄の生還を先祖の霊にお願いし続けていた。

老中の屋敷が集まる西の丸下の大名小路に向かうには馬場先堀に架かる和田倉御門か、馬場先御門、それとも桜田御門の三つの門のどれかを潜らねばならない。

享保剣術大試合に出場する剣士を一目見んと三つの門への橋際には江戸勤番の大名家家臣や旗

本、それに江戸の町人までが折り重なって列を作り、待ち受けていた。

「おおっ、見な、大和・江戸柳生の代表、柳瀬兵九郎盛親《やなせへいくろうもりちか》様のお駕籠だぜ」

「木剣を手に歩いてくる若武者はだれでえ」

「あれか、空鈍流の百武左膳様さ」

わいわいがやがやと賑やかに見物した。

水野邸には厳重な警戒が敷かれ、許しを受けた大名家、幕閣、高家旗本、それに出場する三十剣士と付き添いの者一名の他は立ち入りが禁じられていた。

「将軍様直々のお声がかり、天下一の剣者を決める享保剣術大試合の組み合わせだよ！」

読売屋が小脇に抱えた対戦表を手に大声を張り上げると、見物の衆が読売屋に群がって、われ先にと買い求めた。

東十五剣士、西十五剣士に分かれた組み合わせは前日の顧問審判団の会議で決まっていた。当然それは当日まで秘密とされてきた。

読売屋はどこから入手したか、すでに前夜のうちに版木を彫り、刷りに回して、三十剣士が水野邸に到着したところを見計らって売りに出したのだ。

「おれにくれ！」

「それがしは十枚所望だ！」

「十枚だと、一体全体《いってえぜんてえ》十枚もなににすんだよ」

「国表への土産だ」

「浅葱裏《あさぎうら》らしい知恵だぜ」

「なにを申す、町人が……」

読売の周りでは小競り合い、摑み合いが起こっていた。

馬場先御門前で警護にあたっていた南町奉行所定廻同心西村桐十郎と花火の房之助親分は手先の三児が手に入れてきた組み合わせに目を落とした。

「清之助さんは東方の七番手、相手は三徳流人首《ひとかべ》一楽斎、三十七歳ですぜ。わっしは三徳流も人首なんて名前も聞いたことがありませんがねえ」

房之助が首を傾げた。

「三徳流は三徳願立流ともいい、伊達《だて》様の家臣で仙台藩士の鈴木五左衛門重定《すずきござえもんしげさだ》が始めた流派と聞いたことがある。人首と申すめずらしい名は、三徳流を継いだ者だと聞き及んでおる。おそらく人首一楽斎はその血筋、さっきも伊達様の乗り物が通ったであろう。あの中におられた」

「若い清之助様には最初から大変な相手のようですね」

「二十九剣士のだれが楽だということもあるまいよ。棟方さんはだれにあたったのか」

棟方新左衛門も東方の十三番手、片山伯耆《かたやまほうき》流の片山熊之助久乗《くまのすけひさのり》が相手であった。

「しかし、こうやって見ると壮観ですねえ……」

房之助が呻いた組み合わせは、

東方　　　　　　　　　　　　西方

一　新当流　塚原小犀次《こさいじ》義親《よしちか》　風山流　伊賀平蔵一松《いちまつ》
二　愛洲《あいす》流　平沢主水《ひらさわもんど》常光《つねみつ》　吉岡流　吉岡伝吉《でんきち》綱正《つなまさ》
三　大和・江戸柳生流　柳瀬兵九郎盛親　無住心剣《むじゅうしんけん》流　井鳥円四郎《いとりえんしろう》義勝《よしかつ》
四　神道無念流　川上弥一郎繁猛《しげたけ》　甲源《こうげん》一刀流　逸見泰四郎《いつみたいしろう》長英《ながひで》
五　神後流　山高与左衛門助常　忠也派一刀流　多門大鑑勝世
六　タイ捨流　神雷種五郎武政《たけまさ》　尾張・柳生流　柳生六郎兵衛厳儔
七　鹿島一刀流　金杉清之助　三徳流　人首一楽斎璽弦《じげん》
八　鉄人実手流　豊原春朝元武《もとたけ》　本間流　大場信八郎恒俊
九　東軍流　川崎僧正虚栄《かわさきそうじょうきょえい》　二天一流　寺尾剛右衛門《てらおごうえもん》重美《しげよし》
十　直心影流　由良正兵衛《ゆらしょうべえ》真郷《さねさと》　心形刀流　多田尚三郎吉方《よしかた》
十一　新陰流　神谷異心入道　四兼《しけん》流　矢崎八郎平《やざきはちろべい》綱雅《つなまさ》
十二　空鈍流　百武左膳直順《なおより》　示現流　酒匂兵庫《さかわひょうご》利照《としてる》
十三　津軽卜伝流　棟方新左衛門実忠《さねただ》　片山伯耆流　片山熊之助久乗
十四　古藤田一刀流　真壁阿波守《まかべあわのかみ》鎮信《しげのぶ》　無外流　一辻海円幹当《みきまさ》
十五　神道無念流　中条六三郎《ちゅうじょうろくさぶろう》喜房《よしふさ》　馬庭念《まにわねん》流　樋口十郎兵衛《ひぐちじゅうろべえ》定顕《さだあき》

とこうであった。
いずれも諸流派を代表する剣士たちで、その剣名は広く知られていた。

「なんとか清之助さんが勝ち上がるとよいがな」

西村桐十郎が堀の向こうの水野屋敷に視線を送った。

清之助は東方の控え部屋で、棟方新左衛門と一緒に過ごせることをどんなに心強く思ったことか。

「新左衛門様とご一緒とはうれしいかぎりにございます」

新左衛門も笑みを返し、

「いや、それがしもほっと致した」

と清之助の気持ちを和らげるように言った。

清之助と新左衛門が静かに対話する場から遠く離れた一角に、神後流の古豪剣客山高与左衛門助常が独り座して、付き添いの者も寄せ付けぬ厳しい沈黙を守っていた。

山高の視線が一瞬だけ白装束の金杉清之助にいった。

(水野邸を歩いて出ることは適うまい。白装束が死に装束になりおって……)

と胸の内で呟いた。

水野家の大広間では顧問・審判団、怪我の手当てをする医師の最後の打ち合わせが開かれ、主宰の水野忠之、補佐役の大岡忠相も出席した。

柳生俊方が、

「水野様、出場を予定された三十人の剣士、東西の控え室に入りましてございます。これまでの打ち合わせの通り、五つ半（午前九時）の刻限とともに一の組から始めてようございますな」

と了解をとった。

「本日はよろしゅう頼む」

忠之が短く答えた。

「試合は木剣一本勝負でよろしいな」

俊方の言葉に顧問・審判方が首肯した。

「東西三十剣士が一回戦の勝敗が決した段階で勝者十五名の組み合わせを行なう」

無言のうちに承知された。

「さて、審判じゃがそれがしが指名申し上げる。石見銕太郎どの、長沼右源次どの、それに当家剣術指南金杉惣三郎どのの三名としたいが、いかがか」

石見と長沼も壮年の剣術家、いわば現役である。

林左近、渋谷遊庵、それに俊方は流派の象徴であって、年もとっていた。

遊庵が、

「それがし、異論はござらぬ」

と答え、左近も頷いた。

「ご一同に申し上ぐる。それがし、金杉惣三郎は当家の剣術指南の身とは申せ、いささか子細もござる」

「そなたの倅どのが出場しておるということか」

左近が問い、

「さようにございます」

惣三郎が頷いた。

「清之助どのの試合のときは、長沼右源次どのか石見どのにお任せすればよい。もしそなたが偏《かたよ》った審判をなさるのであれば、米津、奥山のご両者が黙ってはおられまい。のう、各々方《おのおのがた》」

「いかさま、さような斟酌《しんしゃく》は無用になされ」

長沼も応じて、惣三郎は審判の一人に就いた。

「上様はすでに当家にお着きか」

俊方が聞き、

「上様も御三家もすでにご到着にござる」

と忠之が答えた。

「なれば、五つ半（午前九時）に一の組の試合から始めてよろしゅうございますな」

一同が頷いて、打ち合わせの大広間をあとに試合会場に赴《おもむ》いた。


一条寺菊小童は和田倉門前の広場にいた。

手には読売が一枚あった。

本来なれば、おれがこの三十剣士の中に名を連ねていてもおかしくはないはずだ。

どうしたものか、と視線を上げたとき、短羽織にぞろりとした黄八丈《きはちじょう》の町方同心と御用聞きが菊小童をうかがっているのに気付いた。

（しまった！）

菊小童は人の輪を離れ、伝奏《でんそう》屋敷の方に歩いていった。

白の着流しに矢立て、病人特有のぬけるような肌だ。

「杉本《すぎもと》の旦那、京都町奉行所からの手配が回っている一条寺菊小童ですぜ。野郎を南町が必死で追ってやがる」

北町奉行所臨時廻同心の杉本金兵衛《きんべえ》と御用聞きの万吉《まんきち》と手先二人だ。

「市谷で才槌の鳩次を殺したという浪人だな」

「鳩次の野郎が死のうと生きようとかまいませんがね、濃州高須藩の用人が一緒に殺されているんですよ。なんぞ臭いと思いませんかえ」

「臭うな。あやつをふん縛《じば》って、体に問えば銭になりそうな話だぜ」

初老の杉本金兵衛と芝居町に一家を構える万吉は、

「金の臭いのするところには必ず顔を出す」

と八丁堀界隈で評判の二人だった。

北町奉行所のかたわらを平然と通り過ぎた菊小童は、御堀に架かる呉服橋を渡り、日本橋川ぞいに日本橋の方角に下った。

「野郎、魚市場の人込みに紛れ込むつもりだぜ」

杉本金兵衛がそう言ったとき、菊小童が芝河岸から本船町の雑踏の中に走り込んだ。

「竹、熊五郎、先回りしねえ」

二人の手先に命じた万吉は菊小童のあとを追った。さらに杉本金兵衛があとに続く。

菊小童は魚河岸の職人や竹籠や天秤《てんびん》を担いで仕入れにきた棒手振《ぼてふ》りを突き飛ばし、突き飛ばして駆け抜けた。

「なにしやがる！」

「浪人者がうろつくところじゃねえや！」

背中に罵《のの》り声を聞きながら、辻《つじ》から辻へ曲がった。

魚問屋の中にはすでに商いを終えて店終いしたところもあった。

菊小童はその一軒に飛び込むと、積まれた竹籠の後ろに身を潜めた。

荒い息は胸の病が進行していることをしめしていた。

万吉が十手を翳して走り過ぎた。

しばらく間をおいて杉本金兵衛が通り過ぎようとしたが、ふいに足を止めた。

店の中を尖った視線で睨んだ。

背にはさんだ十手を抜くとゆっくりと中へ入っていった。

菊小童は細身の剣の鍔を逆手に握った。

「おめえが隠れていることは分かってんだよ」

金兵衛が言いながら積まれた竹籠の向こうに立った。

「逃げるところなんぞはねえぜ」

金兵衛は十手の先で竹籠を払い落とした。

菊小童と金兵衛が睨み合った。

(追い詰めたぜ)

と言いたげに金兵衛がにたりと笑った。

菊小童の左手が跳ね上がった。

秘剣鞘の内。

しなるような光の帯が斬り上げる。

(な、なんだ……)

という表情で臨時廻り同心は崩れ落ちていった。

菊小童は竹籠の間で痙攣《けいれん》する金兵衛に一瞥《いちべつ》を送ると店の裏へと向かった。

二

東の控え部屋に水野家の家臣がやってきて、新当流の塚原小犀次の名を呼んだ。

京の神道流に比される関東の古い剣法は、鹿島の神伝と称する刀術で、塚原卜伝の新当流もここから派生していた。

卜伝の縁《ゆかり》の一人が会津《あいづ》に伝え、密かに継承されてきた武芸だ。

三十三歳の塚原小犀次は会津新当流から推挙されてきた剣士であった。

東方の一番手は、控え部屋の出口で清之助らに低頭して出ていった。

鹿島から出た流派の剣士の背に清之助は会釈を送った。

あとは待つだけだ。

水野邸の江戸屋敷には三方を書院と大広間と控え部屋に囲まれた二百六十余坪ほどの庭があった。残る一方には低い築地塀が伸びていたが、その前に幔幕《まんまく》が張られ、水野の家臣と小者たちが待機していた。負傷した剣士を医師の下に運んでいき、白砂を清めるための人員だった。

庭に突き出した書院には御簾《みす》が下げられた一角があった。

将軍吉宗の御座だ。

そのかたわらに主の水野忠之と大岡忠相が、反対側には顧問の奥山佐太夫と米津寛兵衛が控えた。さらに御簾の左右に御三家の藩主、尾張の徳川継友、紀州の徳川宗直《むねなお》、水戸の徳川宗尭《むねたか》の三人が座し、老中若年寄、出場する剣士の縁の大名、旗本高家の者たちが居流れた。

また建具が取り払われた大広間にも控え部屋にも廊下にも、見物の人々が息をこらして、その瞬間を待っていた。

季節は霜月の半ばだが、水野邸だけは静かな熱気がみなぎっている。

審判の石見銕太郎が白扇を手に築地塀の前に立った。

「東方、新当流塚原小犀次義親どの、西方、風山流伊賀平蔵一松どの」

石見の声に呼ばれ、二人の剣者が左右から現われた。

場内に無言の息が流れた。

塚原は五尺八寸のがっちりとした体格で、左手に定寸の木剣を下げていた。

一方、西方の風山流の伊賀平蔵は五尺一寸余、小男だった。

風山流は勢《せい》州桑名《くわな》の人、山中《やまなか》治太夫《じだゆう》武寛《たけひろ》によって編み出された剣法で、江戸では無名の剣といってよい。

そのせいで町の下馬評もこの場にある者も新当流塚原の優勢を予測していた。

塚原と伊賀が中央の書院、御簾の奥へと挨拶し、相対した。

「勝負は一本にて決まりに御座る」

石見が改めて規則を説明した。

両者が三間の間合いで対峙した。

伊賀は小さな体に四尺の木剣を手にしていた。それを下腹のあたりから切っ先を突き上げるように構えた。まるでおのれの一物の先が伸びているようだ。

「なんとも珍妙じゃな」

「はてはて」

廊下の見物からは失笑すら生まれた。

塚原は堂々とした正眼の構えである。

「始め！」

凛然とした石見の声が響いて、享保剣術大試合が開始された。

両者は足場を固めると、数瞬間合いを計った。

「おおっ！」

小男の伊賀が迷いのない攻撃で突進した。

間合いがたちまち切られた。

塚原小犀次は下から突き上げられる突きを正眼の剣で払い落とそうとした。が、伊賀平蔵が木剣を振り子のように下から前に振り伸ばした。

その木剣の切っ先が予測をはるかに越えて伸び上がり、塚原の喉元を突き破って、
ぱあっ
と血飛沫を撒き散らした。

「おおおっ！」

「勝負あった！」

どよめきと、石見の宣告が重なった。

塚原小犀次は白砂の上にあお向けに倒れこんで、悶絶《もんぜつ》していた。

幔幕から水野家の家臣が出てきて、素早く塚原の体を引き下げた。

「世の中には隠れた異才がいるものよのう」

吉宗が呟く。

「いかにも世の中は広うございますな」

水野忠之がいささか奇妙な始まりに困惑の声を上げた。

東の控え室にもどよめきが伝わってきた。

塚原小犀次が戻ってこなかったからだ。

「東方、愛洲流平沢主水常光どの」

二番手が呼び出されたが、もはや清之助は無我の境地に己をおいていた。

その平沢も、三番手の大和・江戸柳生流の柳瀬兵九郎盛親も、四番手の神道無念流の川上弥一郎繁猛も敗れ、勝者として戻ってきた者はいなかった。

東方に動揺が走った。

「神後流山高与左衛門どの」

五番手の山高が悠然と立ち上がった。

大岡忠相は五番手の対決者の名に緊張した。同時に審判が金杉惣三郎であることに安堵した。

山高の相手は六尺四寸余、巨漢怪力の忠也派一刀流の多門大鑑勝世であった。

二人は二間の間合いで睨み合った。

多門大鑑は四尺六寸の木剣を八双に取った。

山高与左衛門は上段にとった。

「始め！」

惣三郎の声に両者が対峙した。

重い多門の木剣と山高の定寸の木剣が絡み、乾いた音を立てた。

多門は巨漢に似ず、俊敏な動きで山高を力任せに攻め立てた。

山高はそのことごとくを間合いを外して受け止め、払った。

多門がさらに力を込めた攻撃に転じた。

「古豪の剣士もあの力にはたじたじじゃな」

吉宗が呟く。

奥山が答えようとしたその瞬間、攻守が交替した。

山高は多門の連鎖した攻撃を掻い潜ると、間合いの外に身を逃し、反転した。

肩で息をついているのは巨漢の剣士、多門大鑑だ。

その多門が木剣を再び八双に立てた。

山高は正眼に構えた。

「えいっ！」

「おおっ！」

阿吽《あうん》の呼吸で両者は走った。が、こんどは動きが違った。

山高の突っ込みは風のように素早く、多門の走りは足の運びが先ほどに比べてのろかった。

山高は多門の木剣を掻い潜ると正眼の木剣をわずかに上方に上げて、鋭く振り下ろした。その木剣が多門の眉間を捉え、血が飛び散った。

呻き声を上げる間もなく、多門大鑑勝世は朽ち木が崩れ落ちるように死んだ。

「勝負あり！」

惣三郎の声を聞かずに山高は控え部屋へと戻っていった。

「なんと……」

吉宗が慄然とした声を洩らし、三間ほど離れた場所に座した尾張の徳川継友は心の内でにんまりと笑った。

五番目にしてようやく東方に勝者が戻ってきた。

控え部屋に安堵の空気が流れた。が、山高の胸に飛び散った血痕にその安堵の空気はかき消えた。

六番手のタイ捨流の神雷種五郎は尾張柳生の柳生六郎兵衛に胴を抜かれて、敗北した。

再び東方に沈鬱の空気が漂った。

惣三郎は六番目の試合も審判を務め、長沼右源次に替わった。

「金杉清之助どの、出番にござる」

瞑想していた清之助は瞼を開くと呼び出しの家臣、佐々木次郎丸に会釈をした。

懐から葉月の縫ってくれた鉢巻きを取り出してきりりと締めた。

次郎丸とは水野道場で竹刀を交えた仲である。

「ご武運を」

棟方新左衛門が囁き、会釈を返した清之助は木剣を手に控え部屋を後にした。

「おおっ、あの若者が金杉の子か」

吉宗が大岡に声をかけた。

「はっ、金杉清之助、十八歳の若者にございます。師匠は石見銕太郎、米津寛兵衛の二人にございます」

吉宗の視線が寛兵衛にいった。

「老人、三徳流の人首《ひとかべ》一楽斎は老練の剣術家のようじゃがどうかな」

「三徳流は伊達様のご城下に伝えられた秘剣でございます。人首雲四郎《うんしろう》の末裔の一楽斎どのはなかなか侮《あなど》られませぬぞ」

人首一楽斎は五尺六寸、小太りの武士だった。

両者は木剣を左手に抱え、膝を屈して会釈を交わした。

「お手柔らかに」

「こちらこそ」

清之助と一楽斎は相正眼で対決した。

間合いは一間半。

一楽斎の構えにも顔にも虚飾や衒《てら》いはない。

幾星霜の修行の成果が五体の筋肉を作り、平静な精神を与えていた。

対峙した清之助は一楽斎の構えを見たとき、初陣の緊張が解けた。

(勝敗を越えて、人首一楽斎どのにぶつかっていこう)

と思った。

静と静の対決はかえってその場の空気を濃密な緊迫したものに変えた。

静寂を破って走ったのは人首一楽斎だ。

小手から面へと連続した攻撃を見せた。

清之助は懐の深さと一楽斎に勝る迅速な動きで弾いた。

一楽斎はそれでも先手先手と攻撃し、清之助は丁寧に一つひとつを受けていった。

その攻防は小気味よく見物の目に映った。

「清之助は余裕があるようじゃな」

吉宗が感想を洩らしたがだれも答えない。

それほど二人の攻防は息が抜けなかった。

打ち疲れた一楽斎が自ら間合いを外した。

再び対峙一間。

一楽斎は電撃の面打ちを清之助に見舞ってきた。

ここで清之助が初めて守勢から攻勢に転じた。

清之助は面打ちを弾くと、一楽斎の左肩口を木剣で打った。いや、打ち下ろす直前に止めた。

それでも一楽斎の肩口に重い打撃が走った。

「勝負あり、金杉清之助、一本!」

長沼の宣告の前に一楽斎が飛び下がり、

「参りました!」

と声を上げていた。

そのときには清之助も木剣を引いていた。

「人首様、三徳流の奥の深さ、見せて頂きました」

一楽斎が会釈を返した。

殺伐とした勝負のあと、一陣の涼風が吹き抜けたような爽《さわ》やかな勝負であった。

「老人、清之助は寸止めに止めおったな」

「上様、剣術の試合は決闘にはあらず。無益な殺生や怪我は、避けるべきと考えたのでございましょう」

「あの若さでそのようなことを考えておるか」

「吉宗様、なんとも初々しい若武者ぶりにございますな」

紀州の宗直がいった。

「宗直どの、剣術家の勝負は命を賭したもの、憐憫《れんびん》は無用の長物にございますぞ。継友、あの若者にいささか剣士の覚悟が足りぬかと見ましたがな」

尾張の継友が考えを述べた。

「ご指摘、老人も納得致しますぞ。ですが、剣術家が非情に徹するにはしばしの歳月が必要にございましょうな」

寛兵衛が受け流した。

八番目の剣士、鉄人実手流の豊原春朝と本間流の大場信八郎の対決が始まった。

東方はその後も豊原、東軍流の川崎僧正、空鈍流の百武左膳と負けが先行し、十三番目棟方新左衛門の前まで四勝八敗の結果であった。

むろん団体戦ではない。

が、控え室の雰囲気はどうしても重苦しいものが漂っていた。

棟方新左衛門と片山熊之助は、正統派と異端の剣術の戦いであった。

片山は対決に入るや左右前後に飛び回って、ときに先制攻撃を仕掛け、ときに間合いを外して一瞬たりとも動きを止めることはなかった。

それに対して新左衛門は泰然自若の構えで間合いを詰めていき、熊之助が攻勢に転じようとした矢先に木剣を弾き飛ばして、面に一撃を送った。

その瞬間、片山熊之助がずるずるとへたりこんだ。

十四番目と十五番目の試合は、東と西の一勝一敗。

十五番の試合にて東方は、六勝九敗の結果であった。

山高与左衛門と対決した多門大鑑が亡くなり、新当流の塚原をはじめ五人が大怪我を負って、別棟にて医師の治療を受けていた。

この五人のうち、示現流の一撃を額に受けた空鈍流の百武左膳が死地を彷徨《さまよ》っていた。

刻限はすでに昼前になっていた。

勝ち残った十五剣士が暫時の休憩の間、二回戦の組み合わせが決められた。

東方		西方	
本間流	大場信八郎	二天一流	寺尾剛右衛門
津軽卜伝流	棟方新左衛門	甲源一刀流	逸見泰四郎

新陰流　神谷異心入道　　古藤田一刀流　真壁阿波守
示現流　酒匂兵庫　　鹿島一刀流　金杉清之助
馬庭念流　樋口十郎兵衛　　神後流　山高与左衛門
直心影流　由良正兵衛　　無住心剣流　井鳥円四郎
吉岡流　吉岡伝吉　　風山流　伊賀平蔵
尾張・柳生流　柳生六郎兵衛（二回戦不戦勝）

という結果になった。

組み合わせの発表のあと、金杉清之助は東の控えから西に移った。

「清之助、それがし、試合の間じゅう、胃がきゅっと痛んでどうにも仕方なかったぞ。まずはこれでほっと安心した」

付き添いの梶山隆次郎が廊下を歩きながら囁いた。

「師範に気苦労かけますな」

「そなたはよう平然としておられるな」

「平然とはしていませんよ」

二回戦は九つ半（午後一時）に再開された。

本間流の大場信八郎と二天一流の寺尾剛右衛門の試合は、寺尾の左手に持った木剣が大場の脇腹を叩いて骨を砕き、再び西方の勝ちで始まった。

津軽卜伝流の棟方新左衛門と甲源一刀流の逸見泰四郎の試合は好勝負となった。

互いが秘術を尽くして一進一退の撃ち合いになり、上覧の吉宗も、

「これこそ、名人達人の駆け引きじゃな」

と感嘆の声を洩らしたほどだ。

勝負は新左衛門の胴打ちと逸見の肩口への打撃がほぼ同時、審判の長沼右源次は、

「東方、胴打ち！」

と上げた。

まさに寸余の差であった。

新陰流の神谷異心入道と古藤田一刀流の真壁阿波守の勝負も緊迫した撃ち合いが繰り返され、真壁の木剣が一瞬早く神谷のつるつる頭を叩いて、額を割った。

清之助が当たる示現流の酒匂兵庫は三十二歳、五尺九寸、二十二貫。

四角い顔に目鼻立ちがどっしりと大きく、顎にも手にも剛毛が密生した偉丈夫《いじようふ》だ。

一回戦では、清之助についで若い百武左膳を一撃で生死の境に追い込み、意気軒昂《けんこう》たるものがあった。

清之助はしなやかな長身を母のしのが仕立ててくれた小袖袴に包み、額には葉月が縫ってくれた鉢巻き、その姿は一回戦となんら変わるところはなかった。

「薩摩《さつま》どの、さすがに示現流は厳しいな」

吉宗が松平薩摩守に話しかけた。

「御家流は戦場往来の剣にございますれば、若者相手にちと残酷に映るやもしれませぬがお許しくだされ」

薩摩の大守は自信満々に言い放った。

「金杉清之助も屠《ほふ》るつもりか」

「勝負でござれば」

長沼右源次が二人を確かめ、勝負を告げた。

その直後、酒匂兵庫はするすると後退すると、間合いを存分に取った。

示現流は野天に堅木を柱のように何本も立て並べ、その間を縦横無尽に走り廻りながら立木の頂点を木剣で力任せに叩いて回り、太刀風と足腰を鍛える素朴な実戦剣法だ。

清之助はむろん示現流の剣者とは、初めての対決である。

木剣を八双に立てて静かに構えた。

間合いはおよそ八間。

酒匂兵庫は気力が横溢するのを待っていた。

顔が赤黒く染まり、目が血走った。

「ちぇーすと！」

異国の言葉とも思える叫びが水野邸に響き渡った。

兵庫が腰を沈めて突進してきた。

一歩遅れて清之助も走り出した。

その走りはまったく対照的に見えた。片方は地響きを立てて突進し、もう片方は風に溶け込んだようにかろやかに走っていた。

「ちぇーすと！」

兵庫が再び奇声を発すると、垂直に飛び上がった。

清之助の腰が沈み、次の瞬間、谷間から谷間へ飛ぶ鹿のように跳躍していた。

試合場にどよめきが起こった。

兵庫は地上から四尺の高みに身を置いて、枇杷《びわ》の木剣を振るった。

清之助はさらに高く飛び上がって、兵庫の木剣に絡むように叩きつけた。

かーん！

なんと兵庫の枇杷の木剣が二つに砕け折れ、さらに清之助の木剣が兵庫の肩口を叩いて地面に叩きつけた。兵庫が転がって肩を押さえた。

ふわり
清之助が白砂に舞い降り、

「勝負あった！」

長沼の声が響いた。

三

水野邸の門前に張り出された組み合わせ表に、刻々と勝敗が記されていく。大名小路に住む大名家の家臣や奉公人たちが大勢集まって、

「なんと直心影流の由良先生が負けられたぞ」

「風山流とか申す田舎剣法の伊賀が健闘しておるな」

「金杉は十八というが、まだ勝ち残っているではないか」

と騒いでいた。

そんな人の群れの中から結果を記した若党が走り出し、馬場先御門を潜り、橋を渡って、読売屋に勝敗の結果を流す。

目敏《めざと》い読売屋に金をつかまされた若党がもたらした情報は、読売屋に伝えられると同時にその場にいた人々にも教えられた。

「おおっ、清之助さんも棟方さんもまだ頑張っておられますぜ」

「花火、こりゃ、ひょっとしたら、二人が戦う羽目になるぜ」

「それが決勝の舞台ならいいんですがね」

花火の房之助と西村桐十郎が言い合い、

「三児、め組のお杏さんに知らせろ」

「しの様にはどうします」

「しの様に知らせたほうがいいかどうか、お杏さんに任せるんだ」

「あいよ」

手先の三児が冷や飯草履をばたつかせて走り出した。

水野邸では三回戦の組み合わせが決まっていた。

東方		西方	
古藤田一刀流	真壁阿波守	津軽卜伝流	棟方新左衛門
無住心剣流	井鳥円四郎	神後流	山高与左衛門
風山流	伊賀平蔵	鹿島一刀流	金杉清之助
尾張・柳生流	柳生六郎兵衛	二天一流	寺尾剛右衛門

新左衛門が呼ばれて立ち上がったとき、清之助は新左衛門に笑みを送った。すると新左衛門も清之助に静かな会釈を返して、淡々と試合場に出ていった。

古藤田一刀流の祖は古藤田勘解由《かげゆ》左衛門《ざえもん》俊直《としなお》である。

相州北条家の家臣であった俊直は、はじめ新当流を修行していたが、天正十四年（一五八六）に伊東一刀斎が相州に回遊してきた折りに試合して敗れ、その門人になった。

その後、古藤田一刀流を興《おこ》していた。

三代目の弥兵衛俊定《やへえとしさだ》は十九歳で諸国の武者修行に出かけ、幾度もの他流試合に勝ち、古藤田一刀流に実戦剣法を導入した。

三十四歳の真壁阿波守は旗本三千四百石、縁あって古藤田一刀流を学んできた。

真壁と棟方の好試合を裁いたのは金杉惣三郎だ。

伯仲した闘《せめ》ぎ合いが続くこと四半刻、真壁の胴打ちと新左衛門の袈裟の攻撃がほとんど相打ちのように決まった。

惣三郎は一瞬早く真壁の胴打ちが決まったとみて、白扇を東に回し、

「真壁阿波守どの、一本!」

と宣告した。

新左衛門は胴打ちに体をよろめかせたがすぐに立ち直り、白砂に片膝を付くと真壁に会釈した。

無住心剣流の井鳥円四郎と神後流山高与左衛門の試合は壮絶なものとなった。

すでに山高は忠也派一刀流の多門大鑑を死にいたらしめ、馬庭念流の樋口十郎兵衛の胸から腰を砕いて、瀕死《ひんし》の淵に追いやっていた。

無住心剣流の流祖は針《はり》ガ谷夕雲《やせきうん》である。

夕雲は生涯浪人暮らしを続けたがその腕前を評価されて、紀州徳川家から内証扶持《ぶち》をもらっていた。

元来、無学の人であった夕雲を本郷駒込《ほんごうこまごめ》の竜光《りゅうこう》寺の虚白《こはく》和尚が導き、本然受用の一法を編み

出した。

井鳥円四郎は流祖の教え、柔和・無拍子の刀法で、

「勝とうと思わず負けようと思わず、上手の相手には相抜けなればよし」

とする考えを信奉していた。

相抜けとは引き分けになることを言った。

いわば平和剣法である。

しかし井鳥は山高の血走った相貌をみたとき、死闘になると覚悟した。

両者は最初から激しく撃ち合い、双方ともに木剣の掠り傷を受けつつ、決め手がないままにときが過ぎた。

必死の思いで間合いを外したのは井鳥円四郎だ。

荒く弾む息の下、呼吸を整えた。

が、山高は井鳥に休ませることを許さなかった。

正眼の井鳥と上段の山高が間合い一間半からぶつかり合い、山高与左衛門の上段からの一撃が井鳥の眉間に入って、悶死させた。

吉宗も言葉をしばし失っていたが、

「あの者、強いには強いが剣に情味がないな」

と洩らした。

「上様、山高与左衛門どの、それがしが聞き及ぶところによれば、剣技重厚、気質温厚の剣術家

との噂にございましたが、この度の試合にはなんぞ曰《いわ》くがございますかな」

と柳生俊方も首を捻った。

大岡忠相は尾張の徳川継友に視線をやりながら、

（あやつが上様を暗殺するための尾張の刺客じゃ、なんとしたことか）

と考えていた。

脳漿《のうしょう》と血が飛び散った白砂の上に新たな白砂が入れられ、戦いの痕跡が消された。

が、場内には殺伐とした空気が漂っていた。

そのざわついた雰囲気の中で風山流の伊賀平蔵と金杉清之助が対決した。

五尺一寸余の伊賀は奇怪な下方からの突きの構え、六尺二寸の清之助は正眼に木剣をとって相対した。

伊賀は一物の先が伸びたような構えで新当流の塚原小犀次を、吉岡流の吉岡伝吉をと名だたる剣豪を破ってきたのだ。

間合い一間。

伊賀は二つの戦いと同じ戦法で清之助に対した。

上目遣いに睨んでいた伊賀平蔵が気配もなく動いた。

突進しながら両手が半弧を描くように下から上へ突き上げられた。

長い木剣の先がかま首をもたげ、獲物を襲う毒蛇のように清之助の下腹に伸びてきた。

後《ご》の先《せん》。

清之助が動いたのは切っ先が半間と迫った瞬間だ。

正眼の木剣がしなやかに切っ先を払った。

伊賀平蔵の木剣が横に流れた。

その瞬間、踏み込んだ清之助の木剣が伊賀の肩口を、
発止《はっし》！

と軽く打った。肩の打撃は両腕の痺《しび》れを呼び、長尺の木剣を危うく取り落とそうとした。

「勝負あった！」

長沼右源次の宣告を無視した平蔵は、

「浅うござる、まだまだ！」

と叫びながら、必死で木剣を車輪に回して清之助の胴を打とうとした。

清之助の木剣が再び伊賀の肩口を叩いて、白砂に尻餅《しりもち》をつかせた。さらに眉間に向かって落とされた木剣がぴたりと紙一重のところで止められた。

「ま、参った！」

伊賀平蔵が叫んで勝負が決した。

「忠之、鹿島の小天狗、やりおるのう」

吉宗が喜びの声を思わず洩らし、

「鹿島の老人、よう育てられたな」

「馬喰《ばくろう》よりは種にございますよ」

と米津寛兵衛が平然と答えると、

「さようか、種がいいか」

と満足そうな笑みを浮かべた。

尾張・柳生の柳生六郎兵衛は、二天一流の寺尾剛右衛門を抜き胴に破って、四つ目の座を確保した。

残ったのは、真壁阿波守、山高与左衛門、金杉清之助、柳生六郎兵衛の四人であった。

組み合わせは、吉宗の前で行なわれた。

四本のこよりの先に四人の名が記され、撚《よじ》られた。

その一本を顧問の奥山佐太夫が引いた。

「柳生六郎兵衛様にございます」

撚りを戻した佐太夫がその場の者たちに見せた。

「二本目の者が柳生どのの対戦者にござる。米津寛兵衛どの、お頼み申す」

柳生俊方が複雑な心中を押し隠して言った。

すでに大和・江戸柳生の代表は敗れて、残っていないのだ。

寛兵衛が頷くとこよりを抜き、俊方に渡した。

「古藤田一刀流の真壁阿波守どのにござる」

静かなざわめきが起こった。

残る対決が山高与左衛門と金杉清之助と決まったからだ。

お杏は芝七軒町の惣三郎の長屋を訪ねた。が、そこにはみわと結衣だけが仏壇の前で身を固くして座っているだけで、しのの姿はなかった。

「お杏様……」

結衣が泣きそうな声で言う。頷き返したお杏が、

「清之助さんは二人を抜かれて八人の中に残っておられるそうですよ」

「よかった」

「さすがに兄上……」

口々にみわと結衣が言った。

「大変なのはこれから……」

お杏の言葉に二人が頷く。

「しの様はどうなされた」

「芝神明社の社殿にずうっと朝から……」

「知らせたものかねえ」

お杏が呟く。

「母にはもうしばらく我慢をしてもらったほうがよいかと思います。もしこの先、兄になにかあれば母の痛手は何倍にも増して返ってきます」

「そうだねえ」

「葉月様もご一緒されておられますから、夕刻までは頑張りきれましょう」

みわの返事にお杏は大きく頷き返した。

水野邸の試合場では柳生六郎兵衛と古藤田一刀流の真壁阿波守が対決していた。

一間をおいての相正眼の対峙は四半刻を過ぎても両者不動のままだった。いや、動けないのだ。

二人を裁く金杉惣三郎には、気力も技量も伯仲した者が仕掛けようにも仕掛けられない双方の心の内の葛藤《かっとう》が、手にとるように伝わってきた。

刻限は七つ（午後四時）に近付こうとしていた。

水野邸に冬の夕闇が忍び寄ってくる。

無風の庭に一陣の風が吹き込み、枝に残った枯れ葉を運んで舞わせた。

その瞬間、両者が同時に仕掛けた。

柳生六郎兵衛は真壁阿波守の眉間に、真壁は小手に木剣を振るった。

寸余早く柳生の木剣が真壁の額を叩いて転がした。

「勝負あった！　柳生六郎兵衛様一本にございます」

柳生の勝ちを宣した惣三郎は、真壁の様子に視線をやった。

鉄片を縫い込んだ鉢巻きが打撃を和らげ、軽い脳震盪《のうしんとう》を起こした真壁は頭を振っていたが、勝者と書院の間に会釈すると自らの足で控え部屋に戻った。

旗本の真壁を応援していた旗本衆から嘆息が流れた。

「金杉清之助どの」

控え部屋にその声が響いた。

そのとき、脇腹をぐるぐると布で固めた棟方新左衛門が姿を見せ、

「清之助どの、そなたなれば大丈夫にござる。普段どおりに師匠方の、父上の教えに従いなされ」

と激励してくれた。

「ありがとうございます」

清之助は棟方新左衛門の親切に礼を述べるとこの日、四度目の試合場へと向かった。

すでに試合場の四隅にはかがり火が焚かれていた。

山高与左衛門と金杉清之助の勝負を裁くのは長沼右源次であった。

血に染まった装束の山高とまだ純白の小袖袴の清之助は、腰を下ろして会釈をし合った。

立ち上がって構えれば、審判長沼の声で勝負は始まる。

「しばらく、それがし、審判長沼右源次様にお願いの儀がござる」

山高が声高に言った。

「なにか」

「それがし、この試合、真剣にて勝負を所望致す」

「真剣とな、この享保剣術大試合は木剣一本勝負が決まりにござる」

「そこを曲げてお願い致す」

と言い、山高は清之助に、

「のう、金杉清之助どの、真剣にても構わぬであろうな」

と挑みかかるように言った。

場内は思わぬ言葉に粛《しゆく》として声もない。

だれもが清之助の返答に注目した。

「山高与左衛門様がお望みとあらば、それがし、真剣にても構いませぬ」

落ち着いた声音に長沼右源次が審判団の長、柳生俊方を、二人の顧問の奥山佐太夫と米津寛兵衛を見た。

俊方が二人の長老の頷きを許しと見て、

「異例なれど山高どののたっての望み、また金杉どのも快く受けられたゆえ、承知致す。双方の付添人、差し料を持て！」

と声が響いた。

どよめきが場内に起こった。

梶山隆次郎は清之助のために相州鎌倉の刀鍛冶新藤五綱光が鍛えた一剣と脇差を携えて、初めて試合場に足を踏み入れた。そこには殺伐とした殺気と血の臭いが漂っていた。

「清之助、そなたを信じておるぞ」

「師範、ありがたいことにございます」

木剣を渡すと脇差と綱光を帯に差し入れた。

清之助はそのとき、なにか腰のあたりから充実した力が湧いてきて五体に満ちるのを感じた。

振り返った清之助と審判席に控える惣三郎の視線が交わった。

(いかがにございますか)

(それでよい)

父と子は短い会話を目で交わして満足した。

山高は黒の塗りの剝げた大小拵えをすでに差し落としていた。

尾張の徳川継友は予想どおりの進行に胸の内でにんまりとした笑みを洩らした。

その様子を大岡忠相が見ていた。

「御簾を上げよ」

吉宗が命じ、御簾が上げられた。

その目にかがり火に照らされた白砂が浮かんだ。

再び両者は相対した。

山高の顔は憑かれた者の表情に変わっていた。すでに二人を死に、もう一人を死の淵に彷徨《さまよ》わせた恨みつらみが五体に宿っているようだ。

一方、清之助の顔色は変わることがなかった。

二間の間合いで睨み合った両者の様子を確かめた長沼右源次が、

「勝負!」

と低い声で叫んだ。

山高与左衛門は、二尺四寸三分の勢州村正《むらまさ》を八双において、斬れ味鋭い刃を清之助に向けた。

一撃一殺の構えだ。

清之助はいまだ剣に手も触れていない。

両足を肩巾より少し広げ、右足をわずかに前に出し、腰を沈めた。

山高の顔が朱に染まって、両眼がぎらついてきた。

清之助は脳裏に一条の炎《ほむら》を描き浮かばせていた。

動と静。

対照的な対決だ。

「鹿島一刀流は居合いも教えるか」

吉宗がだれともなく話しかけた。だが、視線は二人の動きを見逃すまいとしていた。

「いえ、あれは清之助の独創の剣にございます」

寛兵衛が答えた。

その直後、山高が猛然と走った。

一瞬のうちに生死の間境が切られた。

伸び上がるように虚空に弧を描く八双が清之助の肩に落ちてきた。

その瞬間、清之助の右手が綱光の柄にかかり、鞘走った。

白い光が水平に流れ、それが炎に変じて、鋭角に虚空に跳ね上がった。

その一瞬、綱光二尺七寸三分が消えた。

「おおおっ！」

「な、なんと……」

どよめきが走った。

次の瞬間、清之助の頭上に一剣が現われた。

山高与左衛門は綱光を凝視していた。

すべての時が停止したかに見えた。

長い刻限が流れ去ったような感じもした。

が、それは一瞬の間のことであった。

新藤五綱光が音もなく山高の眉間に吸い込まれていった。

まるで冬の夜に地表に霜が下りるような静かな一撃であった。

「む、無念……」

真っ向唐竹割りを受けた山高与左衛門のがっしりとした体が揺れ動くと、音もなく崩れ落ちていった。

清之助が飛び下がり、綱光を腰に回し片膝をつくと、吉宗に低頭した。

「勝負あった！」

長沼右源次の声が遅れて響いた。

「金杉清之助、見事である」

思わず吉宗が叫び、会釈した清之助がつつつ、つと試合場を退場した。

「尾張どの、あの若武者に剣者の覚悟が足らぬとまだお考えか」

吉宗が継友に問うた。

継友は未だ視線を白砂に倒れ伏す山高与左衛門に残していたが、

「あ、いや、それがしも感服仕りました」

と慌てて答えた。

「老人、あの剣捌きは清之助独創の剣と申したな」

「はい、それがしが霜夜炎《そうやほむら》返しと名付けた技にございます」

「なにっ、霜夜炎返しとな。おおっ、言い得て妙じゃ。確かに霜の夜に針一本が落ちたほどの気配の秘剣であるな」

吉宗が満足そうに笑みを浮かべた。

四半刻の休憩の後、尾張・柳生の柳生六郎兵衛厳儔と金杉清之助は、木剣にて対決した。

二人のうちのどちらかが享保剣術大試合の勝者となり、

「天下一」

の栄誉を受けることになる。

が、先ほどの真剣勝負の余韻を引いて、場内はどこか虚脱していた。

清之助には未だ、天下一の剣者という欲望はない。

あるのは初代の柳生兵庫助利厳《ひょうごのすけとしよし》、柳生連也斎《れんやさい》など数多《あまた》の剣客を生んだ尾張柳生の剣風を見てみたいということだけだ。

二人は相正眼で対決した。

四十歳の柳生は若い清之助との対決が長丁場になる不利を避けて、一気に仕掛けた。

尾張柳生の秘術を尽くした連続技が清之助に襲いかかってきた。

清之助はその一撃一撃を身にたたき込むように覚えこませつつ、受け払っていった。

柳生の攻勢は無限とも思えるように続いた。

が、ふいに自ら退いて間を取った。

清之助はその動きを追うことを敢えて望まなかった。

間合い一間。

柳生は正眼、清之助は霜夜炎返しの構えに置いた。

「ええいっ！」

柳生が正眼の構えから飛び込み面を清之助の額に送ってきた。

清之助は脇構えを柳生の胴から腹に送った。

鈍い音が二つ同時に響いて、相打ちに決まった。

清之助の木剣は左から右へ車輪に回したところで止められた。

長沼右源次が、

「相打ち！」

の声を発しようとしたとき、清之助が白砂に飛び下がって、

「参りましてございます！」

と平伏した。

柳生は荒い息を弾ませながら、無言で立っていた。

「柳生六郎兵衛、見事である」

吉宗が声をかけ、柳生も膝を屈して挨拶を交わした。

「柳生六郎兵衛どの、面打ちにて一本勝ちにござる。これにて享保剣術大試合は決しましてございます」

長沼右源次が宣告した。

吉宗がつかつかと試合場近くまで歩むと、柳生六郎兵衛に長光《おさみつ》の太刀を贈り、称賛した。

そのかたわらに金杉惣三郎がひっそりと控えているのを大岡忠相が見ていた。

「六郎兵衛、有り難き幸せにございます」

面目を保った尾張柳生の柳生六郎兵衛が下がると、吉宗は清之助を呼んだ。

「金杉清之助、あっぱれなる武者振りであったぞ。この上も精進して父の名に恥じぬ剣士に育てよ」

と励まし、

「余の一字をとって金杉清之助宗忠《むねただ》を名乗るがよい」

と腰に差していた脇差相模国広光《ひろみつ》を抜くと贈った。

清之助は両手で広光を押し頂くと、

「清之助、これにまさる慶びはございません」

と挨拶を返した。

その光景を尾張の徳川継友が切歯して眺めていた。が、

(天下一を得たのは尾張柳生だ。これこそ、吉宗の企てを潰し、鼻を明かしたということではないか)

と思い直して密やかな満足に浸っていた。

吉宗の帰城は大幅に遅れていた。

座に戻った吉宗は水野忠之に、

「和泉、ご苦労であったな。そなたの剣術指南によい倅を持ったのうと伝えてくれ」

と言うとさらに米津寛兵衛に、

「鹿島の老人、あの者、大きく育てよ」

とわざわざ言葉を賜《たまわ》り、満足そうな笑みを洩らした。

四

享保剣術大試合は天下一の栄誉に尾張柳生の柳生六郎兵衛厳儔が、第二位に金杉清之助が就いて幕を閉じた。

試合場の水野邸から歩いて出られなかった剣士も多数いた。

山高与左衛門との戦いで忠也派一刀流多門大鑑、無住心剣流の井鳥円四郎が即死し、懸命の治療を受けていた馬庭念流の樋口十郎兵衛も息を引き取った。

三人の対戦者を死に至らしめた山高は、自ら望んだ真剣勝負で清之助に敗れて命を落としていた。

死者四人の他、空鈍流の百武左膳ら七人が吊台に寝かされて水野邸を去った。

五つ過ぎ、ようやく水野邸は静けさを取り戻した。

主の忠之は顧問や審判団を呼び、その労を労《ねぎら》った。

その席にまだ控え部屋に残っていた清之助が呼ばれた。

「清之助どの、本日はご苦労であったな。そなたの活躍をいたく上様もお慶びになられて帰城なされた。この忠之、大いに面目を施《ほどこ》した」

「過分なお言葉にございます」

「越前どの、寛兵衛先生の下での修行が終わったあと、清之助の身柄、水野家で引き取るわけにはいかぬか」

「それは良き話なれど……」

大岡忠相が即答を避けた。

「越前どの、清之助の父親はわが屋敷の剣術指南、その倅が水野に奉公するのは当然ではないか」

忠之は強引だった。

「水野様、金杉惣三郎の剣術指南は本日の大試合のためにござった」

「いや、上様も帰り際にそなたの剣術指南によい倅を持ったと伝えてくれと申されたではないか。金杉惣三郎は今後も変わりなく当家の剣術指南であるぞ」

「困りましたな」

老中水野忠之と南町奉行大岡忠相の問答に寛兵衛がからからと笑い出し、

「惣三郎どののことはいざ知らず、清之助は未だ修行中の身にございます。そのお答えを出されるまでしばし時間もございましょう」

と執り成した。

「そうであったな。だが老人、忠之の言葉、忘れんでくだされよ」

忠之が重ねて言った。


車坂から石見銕太郎道場に向かう道中、冬の遅い刻限にもかかわらず大勢の人々が集まって、棟方新左衛門と金杉清之助ら一行の帰宅を出迎えた。

近くの大名屋敷から駆け付けた家臣もいれば、町人たちやさらには寺の坊主たちまでもいた。

享保剣術大試合の結果はすでに江戸の町々に飛び交い、知らされていた。

読売がその経緯と吉宗の表情や言葉までをも伝えたからだ。

「天下一は尾張柳生の六郎兵衛様かえ」

「いや、なんでもその前の真剣勝負、山高与左衛門と金杉清之助の戦いがよ、すさまじかったというぜ」

「若武者は霜夜炎返しという秘剣であざやかに仕留めたってな」

「となりゃあ、ほんとの天下一は金杉清之助じゃねえのかい」

木枯らしが吹く江戸八百八町がこの噂でもちきりで、熱く盛り上がっていた。

清之助と新左衛門は水野家が用意した乗り物を断わり、米津寛兵衛と石見銕太郎、金杉惣三郎の三挺の乗り物のかたわらを肩を並べて歩いてきた。

「よう、日本一！」

行列にそんな声も飛んだ。

行列を迎える群衆の中に一条寺菊小童が混じり、

（見ておれ、ほんまもんの天下一がだれか見せてやる）

と暗い怨念を燃やし続けていた。

車坂が緩い下りに差しかかると、石見道場が見えてきた。するとめ組の提灯が明々と点され纏が振られて、木遣が二人の剣士の無事生還を祝って歌われた。

石見銕太郎、米津寛兵衛、金杉惣三郎の三人は門前で乗り物を下りた。

「わあっ」

という喚声が湧き起こった。

三人は出迎えた人々に丁寧に頭を下げると門の中に入っていった。

群衆の歓呼の声に新左衛門も清之助も一礼を返すと敷地に消えた。

二人は稽古が終わったあとと同じく井戸端に行き、釣瓶で水を汲み、顔や手足を洗おうとした。すると鍾馗の昇平がすっ飛んできて、

「水なんぞはめ組の昇平に任せてくんな」

と大力を見せて、冷たい水を何杯も汲んでくれた。

二人は桶に溢れる水で戦いの痕跡と余韻を綺麗《きれい》に拭っていった。

「気持ちがいいなあ」

「さわやかにございますな」

二人は言い合うと何度も顔を手拭いで拭った。

清之助の目にしのや妹たちの姿が映った。

「母上、今日一日、心配をなさっておられたでしょう。ほれ、このとおり元気に戻ってきましたよ」

清之助が両手を広げておどけて見せた。

「清之助……」

と言うとしのの瞼に涙が溢れて、言葉が出なくなった。

清之助が歩み寄り、

「母上、涙はもはや無用にございます」

と言い掛けながら、しのの肩を抱いた。

「兄上、葉月様と母上は一緒に朝から芝神明の社殿にお籠もりで、兄上の無事を祈っておられましたよ」

みわが教えてくれた。

みわと結衣の背後に葉月が立っていた。

「そうか、ありがたいことだ」

しのの肩の手を解いた清之助は懐から鉢巻きを出すと、

「葉月さん、これを締めて戦いましたよ」

と笑いかけた。

「清之助様、上様からお褒めの言葉を頂かれたそうで誠におめでとうございます」

葉月ははっきりとした口調で祝いの言葉を口にした。

成田街道で会ったときから葉月はぐんと成長していた。

清之助は頷き返すと、

「みわ、結衣、そなたらにも気を揉ませたな」

「いえ、私は気など揉んでおりませんよ」

結衣が口を尖らせる。

「兄のことは心配でなかったか」

「兄上、今日ばかりが格別ではありませぬ。一家でいつも兄上の身を案じているのですからね」

「これは一本結衣に取られたな」

「ささ、皆さんがお待ちですよ」

お杏が井戸端に姿を見せて呼びかけ、

「清之助さん、棟方様、ご苦労様にございました」

と二人にも言葉をかけた。

新左衛門がきっぱりしため組の姐ごの挨拶に会釈を返し、清之助が、

「お杏さん、母の面倒を見てくれてありがとうございました」

と頭を下げた。

「何言ってんだい、わたしゃ、何もしてないよ」

と答えたお杏は溢れてきた涙を隠すように、

「ささ、行ったり行ったり」

と井戸端から男たちを追い立てた。

一瞬の間、お杏としのは見合った。

「清之助さんがご無事でなによりでしたよ」

「お杏様……」

答えるしのの言葉はそれ以上続けられなかった。


尾張中納言家の上屋敷は千代田の御城の西側、市谷御門近くにあった。通称楽々園は東御殿、西御殿に分かれ、敷地総面積七万五千二百余坪と広大なものであった。

東御殿の大広間では今しも祝勝の宴の支度が執り行なわれていた。

むろん享保剣術大試合の勝者柳生六郎兵衛厳儔を迎えての祝勝会だ。

当人の六郎兵衛は小姓に湯殿に案内され、試合の汗を洗い流そうとしていた。

六郎兵衛にとって返す返すも残念な天下一の称号であった。たしかに上様は六郎兵衛に長光の太刀を贈られ、祝いの言葉をかけられた。だが、金杉清之助へのお言葉と六郎兵衛のそれは全く違っていた。清之助には情愛の籠った言葉で自らの脇差を贈られ、宗の一字を入れた名まで許されたのだ。

（天下第一の勝者を差しおいてなんたる厚遇か）

上様は真実の天下一は金杉清之助と考えておられるのではないか。

（いや享保の剣術大試合の勝利者はこの六郎兵衛だ）

己に言い聞かせる六郎兵衛に小姓が、

「背をお流ししますか」

と聞いてきた。

「いや、よい。下がっておれ」

そう命じた六郎兵衛は強張《こわば》った腕の筋肉を片方の手で揉み、ゆっくりと汗と血に塗れた衣服を脱いだ。

その時、湯殿で人の気配がした。

（湯女《ゆな》でもおるのか）

そう考えると六郎兵衛の疲れた頭に緊張が走った。

(この殺気は……)

六郎兵衛は脇差を摑むと、

「何者か」

と誰何《すいか》した。

湯殿から白い影がゆらりと現われた。

江戸を騒がす一条寺菊小童だが、六郎兵衛は知らなかった。

菊小童の左手が腰の一剣の鍔元にあって、利き腕の右手はだらりと下げられていた。

「何奴か」

菊小童は答えない。ただ、歩を詰めてきた。

「おのれ、天下第一の柳生六郎兵衛厳儔に勝負を挑む気か」

菊小童がさらに間合いを詰めて、歩を止めた。

六郎兵衛と菊小童は一間を切った間で向かい合った。

六郎兵衛は脇差の柄に手をかけ、いかなる攻撃にも対応できる体勢を整えた。

菊小童の白く透き通った顔ににやりとした笑みが浮かんだ。

六郎兵衛は脇差を抜き撃った。

菊小童の左手が返され、跳ね上げられた。

秘剣鞘の内。

予期せぬ強襲が踏み込んで脇差を遣おうとした六郎兵衛の太股を一瞬早く斬り上げていた。

「な、なんと……」

六郎兵衛が板の間に膝を屈し、菊小童が二の太刀を振り下ろそうとした時、

「柳生様、何事にございますか」

と異常に気がついた小姓が姿を見せた。

小姓と菊小童は見合った。

「あっ、一大事にございますぞ！」

小姓の叫び声に菊小童は湯殿に飛び込むと、釜の焚口へ通じる戸口から闇の庭へと飛び出した。

尾張屋敷では祝勝の宴が一転して、悲劇の場に変わろうとしていた。

広い道場に宴の席ができていた。

上座から米津寛兵衛、石見銕太郎、金杉惣三郎、石見道場を援助してきた大名・旗本家の重役方が居流れ、その近くには札差の冠阿弥の大旦那の膳兵衛、江戸町火消の総頭取の辰吉、荒神屋喜八、伊吹屋金七、南町奉行所同心の西村桐十郎、花火の房之助ら、さらには大勢の門弟衆が詰め掛けていた。

さらに女たちも呼び込まれた。

道場主の石見銕太郎が、

「ご列座の皆様に一言ご挨拶申し上げる。本日の大試合、滞《とどこお》りなく幕になり申した。すでに結果はご存じの通りだ。ともあれ、出場した二人、棟方新左衛門と金杉清之助の両名が元気にここにおることがなにより祝着至極のことにござる」

道場に盛大な拍手が起こった。

新左衛門と清之助は深々と頭を下げて感謝した。

「これからは無礼講にござる。本日は酒、肴《さかな》は存分に用意してござる。昔から剣術家は貧乏が相場にござるが金杉家の大家は天下の札差、冠阿弥どのでしてな。存分に酒も肴も頂戴した、遠慮はいり申さぬ」

石見の言葉に再び座が沸いた。

寛兵衛は一杯の酒にほろ酔いになり、

「鹿島のじい様に上様がお言葉をかけてくださったわ。長生きはするものじゃな。それもこれも石見銕太郎と清之助、二人の弟子のおかげじゃ」

と何度も繰り返して慶んだ。

伊吹屋の金七と葉月の迎えがきたのは宴が始まって半刻の頃合だ。

清之助は門前まで送りに出た。

「清之助様、この次は京橋のわが家にお出でください」

金七が清之助に言い、清之助も頷くと葉月に顔を向けて、

「改めて礼を申し上げる。今後とも母や妹をお頼みします」

と頭を下げた。

「葉月はしの様とお知り合いになれて幸せにございます」

娘はその言葉に想いをこめて言った。

駕籠に親子が乗り込んだ。

「清之助さん、おれがよ、伊吹屋さんまで送っていかあ」

鍾馗の昇平が玄関口に飛び出してきた。

「昇平さんが供なら安心だ」

「その代わりよ、明日の稽古はおれが一番だぜ」

駕籠が上がり、鍾馗の昇平と手代二人に伴われて、二挺の駕籠が門前を出ていった。

（ご壮健に過ごされよ）

清之助は胸の内で言葉を吐いた。

さらに四半刻後、金杉惣三郎の一家が門前に立った。

「母上、長屋までお送りします」

「清之助、気持ちだけでよい。そなたは本夜の主です、皆様の接待に努めなされ」

「はい、そう致します」

惣三郎が清之助を見た。

「父上、己の技の未熟をとくと知らされてございます」

「それでよい。十八のときの父は、そなたの十分の一もできなかったわ」

「ほんとうのことでございますか」

清之助が嬉しそうに聞いた。

「おお、ほんとのことだ」

「父上、新藤五綱光様が鍛えられた一剣、これからも清之助の危難を助けてくれそうな気がします。ありがとうございました」

惣三郎は倅の言葉に妙な思いを抱いた。

（ひょっとすると……）

が、その疑いを口にすることなく、

「ゆっくり休め」

と言葉をかけた。


この夜、石見道場の宴が終わったのは九つ（深夜零時）の刻限であった。

清之助は自室に戻ると父や師匠に宛てた何通かの手紙を認《したた》めた。それが終わったのが八つ（午前二時）を過ぎていた。

それから旅支度を整え終えた。

大師匠の寛兵衛と石見銕太郎が眠る座敷に向かって、廊下に座すと感謝の意とお詫びの言葉を胸の内に繰り返した。

新藤五綱光を手に道場から内玄関へ下り立った。するとその背に、

「旅に出るか」

という寛兵衛の声がした。

「先生」

「そなたがわしの手元から出ていくような気がしておったが、やはり当たったな」

「大試合にて清之助の途が果てないことを思い知らされました。諸国には隠れた剣術家が大勢おられることも知りましてございます。寛兵衛先生、清之助の武芸行脚《あんぎや》の旅をお許しください」

寛兵衛はしばし沈黙を守った後、吐きだすように言った。

「寛兵衛は年じゃ。そなたと再び相見《まみ》えることができぬかもしれぬ」

「先生」

「行け、清之助」

闇の中からの寛兵衛の声を振り切るように清之助は背を向けた。

車坂から増上寺の切通しを抜けて、清之助は芝七軒町の長屋に向かおうとしていた。

するとかつて見たのと同じ光景に接した。

切通しの頂きに一条寺菊小童が立っていた。

過日とは切通しの登り口が違うというだけだ。

「また、そなたか」

「…………」

「そなたと戦ういわれはなにもない」
菊小童は、
(江戸で褒めそやされる若武者を倒して、おれが、菊小童が天下第一の剣者となる)
と心の内で叫び右手で剣を抜くと、切っ先を地に垂らした。
すでに柳生六郎兵衛は倒している。
右手の上に左手が重なった。
秘剣鞘の外。
清之助は自ら間合いを詰めた。
二間半で足を止め、わずかに腰を沈めた。
霜夜炎返し。
互いに秘剣の全貌を知らなかった。
一期一会《いちごいちえ》の戦いが始まろうとしていた。
菊小童の左手が柄から外れ、切っ先へと下りて棟を支えた。
無言の対峙は永久と思えるほどに続き、冬の朝がゆっくりと近付いていた。
仕掛けたのは清之助だ。
二間半の間を詰めながら、右手が新藤五綱光二尺七寸三分を抜き撃った。
菊小童の右手が返り、棟にかけていた左手が鋭い回転を与えるように弾かれて翻った。
清之助の綱光が炎となろうとした寸前、菊小童の一剣が地面から這い上がってきた。

キーン
と絡み、二つの剣は音を立てた。

清之助は構わず右手に綱光を回し切ると上方に跳ね上げた。

再び炎が立ち上がり、頭上に反転して止まった。

菊小童の一剣は清之助の綱光に弾かれて、虚空に跳ね上げられるべき軌跡を変えて、元の位置に戻っていた。

虚空の剣と地表の剣。

仲冬の霜が下りるように戦いが再開された。

菊小童の一剣が片手斬りに振り上げられ、清之助の股間を襲った。

剣者の本能が清之助の五体を虚空に飛ばした。同時に、霜夜に針が落ちる寸前の静寂を忍ばせ、虚空に停止していた綱光二尺七寸三分の大剣が菊小童の脳天に吸い込まれた。

同時に仕掛けた斬撃は、虚空からの霜夜炎返しが先を得た。

菊小童は口を大きく開けた。

そのとき、初めて声が出た。

ほげえっ！

菊小童が切通しに横倒しに倒れ込んだ。

清之助は血振りをすると綱光を鞘に納め、菊小童の亡骸に合掌した。

そして、かすかに白み始めた空を東に向かって切通しを下っていった。

一〇〇字書評

切り取り線

購買動機（新聞、雑誌名を記入するか、あるいは○をつけてください）

□（　　　　）の広告を見て	
□（　　　　）の書評を見て	
□ 知人のすすめで	□ タイトルに惹かれて
□ カバーがよかったから	□ 内容が面白そうだから
□ 好きな作家だから	□ 好きな分野の本だから

●最近、最も感銘を受けた作品名をお書きください

●あなたのお好きな作家名をお書きください

●その他、ご要望がありましたらお書きください

住所	〒				
氏名		職業		年齢	
Eメール	※携帯には配信できません		新刊情報等のメール配信を 希望する・しない		

あなたにお願い

この本の感想を、編集部までお寄せいただけたらありがたく存じます。今後の企画の参考にさせていただきます。Eメールでも結構です。

いただいた「一〇〇字書評」は、新聞・雑誌等に紹介させていただくことがあります。その場合はお礼として特製図書カードを差し上げます。

前ページの原稿用紙に書評をお書きの上、切り取り、左記までお送り下さい。宛先の住所は不要です。

なお、ご記入いただいたお名前、ご住所等は、書評紹介の事前了解、謝礼のお届けのためだけに利用し、そのほかの目的のために利用することはありません。またそのデータを六カ月を超えて保管することもありませんので、ご安心ください。

〒一〇一－八七〇一
祥伝社文庫編集長　加藤　淳
☎〇三（三二六五）二〇八〇
bunko@shodensha.co.jp

祥伝社文庫

上質のエンターテインメントを！　珠玉のエスプリを！

祥伝社文庫は創刊15周年を迎える2000年を機に、ここに新たな宣言をいたします。いつの世にも変わらない価値観、つまり「豊かな心」「深い知恵」「大きな楽しみ」に満ちた作品を厳選し、次代を拓く書下ろし作品を大胆に起用し、読者の皆様の心に響く文庫を目指します。どうぞご意見、ご希望を編集部までお寄せくださるよう、お願いいたします。

2000年1月1日　　　祥伝社文庫編集部

初陣《ういじん》——密命《みつめい》・霜《そう》夜炎返《やほむらがえ》し　長編時代小説

平成14年9月10日　初版第1刷発行
平成18年9月30日　　　第20刷発行

著者　佐《さ》伯《えき》泰《やす》英《ひで》
発行者　深澤健一
発行所　祥《しょう》伝《でん》社《しゃ》
東京都千代田区神田神保町3-6-5
九段尚学ビル　〒101-8701
☎03(3265)2081(販売部)
☎03(3265)2080(編集部)
☎03(3265)3622(業務部)
印刷所　錦明印刷
製本所　ナショナル製本

ISBN4-396-33068-5　C0193

祥伝社のホームページ・http://www.shodensha.co.jp/

祥伝社文庫

佐伯泰英　**五人目の標的**　警視庁国際捜査班

東京・新大久保で外国人モデル連続殺人が発生。犯罪通訳官として捜査に挑むモデルのアンナに迫る危機！

佐伯泰英　**悲しみのアンナ**　警視庁国際捜査班

犯罪通訳官アンナが突如失踪。国際捜査課・根本刑事のもとに届けられた血塗れの指。国際闇組織の目的とは

佐伯泰英　**サイゴンの悪夢**　警視庁国際捜査班

怯えていたフラメンコ舞踏団の主演女優が、舞台上で刺殺された！　犯罪通訳官アンナ対国際的殺し屋！

佐伯泰英　**神々の銃弾**　警視庁国際捜査班

一家射殺事件で家族を惨殺された十二歳の少女舞衣《まい》。拳銃を抱き根本警部と共に強力な権力に立ち向かう…。

佐伯泰英　**密命①見参！　寒月霞《かすみ》斬り**

豊後相良《さがら》藩主の密命で、直心影流の達人金杉惣三郎《かなすぎそうざぶろう》は江戸へ。市井《しせい》を闊達《かったつ》に描く新剣豪小説登場！

佐伯泰英　**密命②弦月三十二人斬り**

豊後相良藩を襲った正室の乳母殺害事件。吉宗の将軍宣下を控えての一大事に、怒りの直心影流が吼《ほ》える！

祥伝社文庫

佐伯泰英　**密命③残月無想斬り**

武田信玄の亡霊か？　齢《よわい》百五十六歳の妖術剣士石動奇嶽《いするぎきがく》が将軍家を襲った。惣三郎の驚天動地の奇策とは！

佐伯泰英　**刺客《しかく》　密命④斬月剣**

大岡越前の密命を帯びた惣三郎は京へ現われる。将軍吉宗を呪う葵切り七剣士が襲いかかってきて…

佐伯泰英　**火頭《かとう》　密命⑤紅蓮《ぐれん》剣**

江戸の町を騒がす連続火付、焼け跡には〝火頭の歌右衛門〟の名が。大岡越前守に代わって金杉惣三郎立つ！

佐伯泰英　**兇刃《きょうじん》　密命⑥一期一殺**

旧藩主から救いを求める使者が。立ち上がった金杉惣三郎に襲いかかる影、謎の〝一期一殺剣〟とは？

佐伯泰英　**初陣《ういじん》　密命⑦霜夜《そうや》炎《ほむら》返し**

将軍吉宗が「享保剣術大試合」開催を命じた。諸国から集まる剣術家の中に、金杉惣三郎父子を狙う刺客が！

佐伯泰英　**悲恋　密命⑧尾張柳生剣**

「享保剣術大試合」が新たなる遺恨を生んだ。娘の純情を踏みにじる悪辣な罠に、惣三郎の怒りの剣が爆裂。

祥伝社文庫

佐伯泰英
極意　密命⑨　御庭番斬殺
消えた御庭番を追う惣三郎に信抜流居合が迫り、武者修行中の清之助にも刺客が殺到。危うし、金杉父子！

佐伯泰英
遺恨《いこん》　密命⑩　影ノ剣
剣術界の長老・米津寛兵衛、立ち合いにて惨死！　茫然とする惣三郎、その家族、大岡忠相に姿なき殺気が！

佐伯泰英
残夢《ざんむ》　密命⑪　熊野秘法剣
吉宗公の下屋敷が襲われ、十数人の少女が殺された。唯一の生き残り、鶴女は何を目撃した？

佐伯泰英
乱雲　密命⑫　傀儡《くぐつ》剣合わせ鏡
「吉宗の密偵」との誤解を受けた回国修行中の清之助。大和街道を北上。黒装束団の追撃を受け、銃弾が！

佐伯泰英
祥伝社文庫編
「密命」読本
金杉惣三郎十代の青春を描いた中編「虚けの龍」他、著者インタビュー、地図、人物紹介等…。「密命」を解剖！

佐伯泰英
追善　密命⑬　死の舞
旗本屋敷に火付け相次ぐ！　背後の事情探索に乗り出す惣三郎。一方、修行中の清之助は柳生の庄にて…。

祥伝社文庫

永井義男
算学奇人伝
「時代小説の娯楽要素を集成した一大作」と評論家・末國善己氏絶賛。開高健賞受賞作、待望の文庫化！

永井義男
阿哥《あご》の剣法 よろず請負い
奇抜な剣を操る男・阿郷十四郎。清朝帝の血を継ぎ、倭寇に端を発する阿哥流継承者の剣が走る！

永井義男
影の剣法 請負い人阿郷十四郎
十四郎が用心棒を引き受ける四谷の道場に、「倭寇」伝来の中国殺剣を操る刺客が現われた！

永井義男
辻斬り始末 請負い人 阿郷十四郎
倭寇伝来の剣を操るよろず請負い人阿郷十四郎に宝剣奪還の依頼が来る。だがそれは幕府を揺るがす剣だった。

永井義男
示現流始末
薩摩藩を揺るがす国禁の書を取り戻すことを依頼された十四郎。その前に、示現流の達人たちが立ちはだかる！

永井義男
濡《ぬ》れ衣《ぎぬ》 詩魂の剣士 生田嵐峯《らんぽう》
江戸詩壇を出奔した生田嵐峯が、十八年ぶりに江戸へ戻った。異形の剣を手に、過去の恩讐《おんしゅう》を斬る！